OS PLANOS

CARLOS MARCELO

OS PLANOS

LETRAMENTO

Copyright © 2021 by Editora Letramento
Copyright © 2021 by Carlos Marcelo

Diretor Editorial | Gustavo Abreu
Diretor Administrativo | Júnior Gaudereto
Diretor Financeiro | Cláudio Macedo
Logística | Vinícius Santiago
Comunicação e Marketing | Giulia Staar
Assistente Editorial | Matteos Moreno e Sarah Júlia Guerra
Designer Editorial | Gustavo Zeferino e Luís Otávio Ferreira
Capa | Júlio Moreira
Fotos da Capa e Contracapa | Luis Humberto (Congresso Nacional e Supremo Tribunal Federal, Brasília)
Foto da Orelha | Maria Alice Messias
Preparação e revisão | Lorena Camilo

Todos os direitos reservados.
Não é permitida a reprodução desta obra sem
aprovação do Grupo Editorial Letramento.

Dados Internacionais de Catalogação na Publicação (CIP) de acordo com ISBD

M314p	Marcelo, Carlos
	Os planos / Carlos Marcelo. - Belo Horizonte, MG : Letramento, 2021.
	286 p. ; 15,5cm x 22,5cm.
	ISBN: 978-65-5932-070-7
	1. Literatura brasileira. 2. Romance. I. Título.
2021-2816	CDD 869.89923
	CDU 821.134.3(81)-31

Elaborado por Vagner Rodolfo da Silva - CRB-8/9410

Índice para catálogo sistemático:
1. Literatura brasileira : Romance 869.89923
2. Literatura brasileira : Romance 821.134.3(81)-31

Belo Horizonte - MG
Rua Magnólia, 1086
Bairro Caiçara
CEP 30770-020
Fone 31 3327-5771
contato@editoraletramento.com.br
editoraletramento.com.br
casadodireito.com

Grupo Editorial
LETRAMENTO

Para JH.

Aos amigos da cidade.

Para Cristiano, que permanece no ar.

Sua ideia era dizer como certos homens chafurdam no lodo cotidiano de suas vidas até que, num lance, desprendem-se desta lama e se transformam.

William Kennedy, O grande jogo de Billy Phelan

Para que a cidade, flor agreste de beleza, semente humana de grandezas, se tornasse realidade, foi preciso a matéria-prima principal – o homem e o sangue do homem.

Clemente Luz, Invenção da cidade

SUMÁRIO

11	UMA MANHÃ DE DOMINGO
13	**O PLANO**
15	AZUL ILUSÓRIO
34	AMOR DE ONTEM
46	SANGUE E GOIABA
67	CORRENTES
78	UMA NOITE EM 1978
84	ADEUS, CIORAN
99	ÚLTIMA PARTIDA
120	!
139	UM FIM DE NOITE EM 1978
147	**OUTRO PLANO**
149	OUTRO LADO
169	REVOLVER
180	MORTOS E VIVOS
192	UM POUCO DE CULPA
205	UMA TARDE EM 1978
210	PASSEIO NOTURNO
221	ENCONTRO MARCADO
237	SENTINELAS
250	UMA TARDE DE SETEMBRO

267	**O PLANO FINAL**
269	UMA MANHÃ EM 1968
272	CERIMÔNIA
281	AS MÚSICAS
281	LADO A
282	LADO B
283	NOTAS DO AUTOR

UMA MANHÃ DE DOMINGO

Ninguém ainda sabia que havia um cadáver no lago, por isso o último domingo de agosto começou como os outros domingos do mês. Seco, silencioso, obscenamente ensolarado. Frutas jaziam em bufês nas padarias, ciclistas ocasionais ajustavam malhas grudadas nas coxas e bundas, pais que pretendiam passar o dia inteiro com a família ignoravam que os filhos tinham outros planos. Desde cedo, remadores deslizavam com os esquifes por cima da vila afogada depois de a água, confinada e libertada por ordens superiores, sair da represa para encharcar os alicerces e se infiltrar pelas lacunas das paredes de casebres erguidos com suor, tábuas e improviso. Nas primeiras horas da manhã nada deixou de acontecer como o previsto para o dia diferente da semana; dia de música, não de notícia. Afinal domingo não era dia para trabalhar, muito menos para morrer.

Todos sabiam que agosto trazia rachaduras nos lábios e nas cascas dos frutos das paineiras. O amarelo vivo dos ipês surgia e resplandecia nas áreas verdes das quadras, entre os eixos, além das asas, no centro do planalto. Livres dos galhos finos e pontiagudos, as flores coloridas flutuavam à mercê do vento. Pairavam de forma graciosa no ar rarefeito antes da queda na terra exausta. Também tingiam o cinza das calçadas, pintavam os para-brisas, enfronhavam-se na pelagem dos cães dóceis, apodreciam no chão coberto pelas fibras algodoadas.

Impulsionada por redemoinho de folhas e poeira, parte da floração de árvores próximas à ponte percorreu caminho improvável. Driblou os bicos das garças e chegou até o encontro cúmplice da areia com as ondas do lago que abraçava a cidade. Caprichosamente, uma das pétalas amarelas voou ainda mais longe e coloriu as costas do corpo do homem de terno cinzento que boiava com os pulmões inundados pela água fria.

***

O PLANO

Sei um segredo. Você tem medo.
Milton Nascimento e Lô Borges, *Tudo que você podia ser*

AZUL ILUSÓRIO

"Nem pensar! Só começo quando você chegar."

Duílio desligou o telefone e olhou o relógio. Quinze minutos desperdiçados, odiava esperar. Foi até a janela da saleta e acendeu outro cigarro mentolado. Enquanto fumava, acompanhou a trajetória das cinzas até a queda nas copas de árvores anãs, tosadas e tristes como poodles confinados em apartamentos à espera dos donos. Tide havia tentado explicar o motivo do atraso, mas o amigo tinha abreviado a conversa com o aviso.

"Estou esperando."

Uma longa tragada e Duílio mirou, além dos prédios, o horizonte acinzentado pela poeira da estiagem. Seria a seca mais prolongada em dez anos, escutou de um meteorologista na rádio. As chuvas viriam somente a partir de outubro, mas não duvidaria se pingos apressados molhassem os últimos dias de agosto. Pancadas fortes, inesperadas, traiçoeiras. Lembrou-se de uma tarde em que ele e os outros amigos foram surpreendidos no meio da W3 Sul por uma tempestade. Nunca entenderam de onde veio tanta água, não havia sequer uma nuvem quando saíram da Cultura Inglesa e chegaram à avenida. Os quatro passaram por muitas coisas juntos, mas foi naquele dia que Duílio, Tide, Rangel e Hélio Pires aprenderam a desconfiar do azul ilusório do céu.

Duílio consultou novamente o relógio. A manhã estava indo embora. Olhou as mãos, os pelos desgrenhados avançavam entre os dedos. Precisava cortá-los e dar um jeito também nas cutículas destroçadas. Ligaria para Diana e pediria para ela marcar um horário com a esteticista antes da sessão de bronzeamento. Para se distrair, tirou uma caneta preta do bolso e tentou reproduzir em uma folha de papel o que via da janela: prédios, árvores, pessoas. Rabiscou também as varandas e janelas do prédio da frente, esboçou os pilotis. Olhou o resultado. Descontente com o traço impreciso, jogou o papel no lixo. Precisaria de concentração no que iria fazer. Verificou a posição da câmera encaixada no tripé, começou a reler o texto que havia preparado no escritório.

"Me arrependo de ter aceitado fazer o que achava correto, mas por meio de métodos escusos."

Não gostou do que leu. Riscou a frase e escreveu outra por cima.

"Meu erro foi aceitar fazer a coisa certa, mas de um jeito errado."

Duílio apagou o vídeo e recomeçou da primeira frase.

***

Tide usou as mãos para proteger os olhos da claridade intensa ao descer do ônibus no eixinho de baixo. Tentou, sem sucesso, localizar a passagem subterrânea mais próxima. Teria de enfrentar o Eixão. Aguardou até vislumbrar uma trégua no vaivém de carros conduzidos por motoristas ocultos pelo breu das películas aplicadas nos vidros.

Ele correu para atravessar as sete faixas. Recobrava o fôlego no acostamento quando um ciclista surgiu do nada e quase o atropelou. Teve de se jogar no gramado para não ser atingido.

Tide levantou-se depois do susto e apalpou a calça à procura dos fones que usava na rádio. Deviam ter ficado na saleta reservada aos programadores, lamentou. Queria se distrair antes dos inevitáveis aborrecimentos com Duílio.

Seguiu pela trilha aberta em meio à grama queimada.

Alguns minutos de caminhada e Tide chegou ao primeiro conjunto de lojas na entrequadra. Dentro de uma academia, os traços e as tranças de uma jovem que pulava corda chamaram sua atenção. Entre uma série e outra de exercícios, parecia que ela o olhava enquanto arrumava o cabelo. A impressão se desfez depois de ele reparar que a moça estava diante de um espelho. Vigiava os próprios movimentos até se dar por satisfeita e registrar, com a câmera do celular, o suor do esforço. Seria ainda mais bonita se não fosse tão séria, Tide observou.

A destreza da frequentadora da academia com a corda fez Tide lembrar um dos números da acrobata do circo que passou pela cidade de seus avós, no interior de Minas, quando ele era criança. Montada em um filhote de elefante e iluminada por um canhão de luz colorida, a artista de olhos pintados e *collant* dourado jogava argolas para o alto e não as deixava cair no picadeiro. Na segunda vez em que a acrobata arremessou as argolas, ele estava apaixonado.

Quando o número acabou, ele foi até o lado do palco e levantou as cortinas vermelhas. A acrobata enchia um balde de água para oferecer ao elefante. Tide chegou perto, perguntou se poderia alisar o bicho.

"Bicho, não. É uma moça!", disse a artista. "E ela tem nome, sabia?"

A resposta desconcertou Tide, ainda mais porque veio com um sorriso. Ele gaguejou, quase não conseguiu perguntar.

"E você?"

Ainda sorrindo, a acrobata pegou um batom e escreveu a resposta na palma da mão dele.

"Lola."

A acrobata beijou Tide. Faltava uma semana para o aniversário do filho de Ilza e Athaíde e ele recebera um presente inesperado: o toque dos lábios de Lola.

A insistência de Duílio dissipou a recordação.

"Cadê você?"

Para ganhar tempo, Tide preferiu não responder à mensagem. Abandonou a lembrança da acrobata e contornou o prédio no meio da entrequadra até localizar o interfone. A porta de vidro se abriu. Teve dificuldade para vencer os três lances de escada e chegar à entrada da sala comercial, um dos imóveis que Duílio havia comprado como investimento. Levou as mãos aos joelhos, tentou controlar a respiração. Do lado de fora, conseguia escutar o amigo. O tom era de alguém que não acreditava no que estava lendo. Muito trabalho pela frente.

Tide respirou fundo e abriu a porta.

***

"Não adianta disfarçar. Eu sei que tá ruim", disse Duílio, depois da terceira tentativa. "Você não para de esfregar essa falha esquisita aí na testa."

Tide sorriu ao ser flagrado com os dedos na ausência de pelos que dividia uma das sobrancelhas. "É defeito de fabricação." Ele tirou a mão do rosto e mudou de expressão.

"Eu ia falar daqui a pouco, mas já que você se antecipou... não tá bom mesmo, não", disse Tide. "Também dá para ver o suor na sua testa e embaixo dos braços. Quem sua muito parece nervoso. Ou com medo."

Duílio levantou-se e trocou de camisa. Tide notou que os pelos brancos no peito do amigo haviam sido desbastados em três lugares diferentes para fixação de eletrodos.

"Fez checape? O que o médico disse?"

"O de sempre. Evitar carne vermelha, caminhar todo dia, beber somente uma vez por semana... tudo aquilo que todo mundo devia fazer, mas não faz."

"E você?", Duílio perguntou. "Muito magro, pálido. Tá se cuidando?"

Tide ficou calado.

"Precisa voltar a comer carne vermelha, Tide", disse Duílio. "E arrumar uma namorada. A gente rejuvenesce na mesma hora."

Tide continuou em silêncio.

"Tá, me diz o que você achou do vídeo."

"Um pouco longo." Tide voltou a alisar a sobrancelha. "Dá para falar algumas coisas de forma mais simples. A parte que você diz assim: 'Representa uma tentativa'. Por que não 'É a minha tentativa'?", sugeriu.

"Aí eu acho que fica muito informal."

"Pode até ser. Mas, do jeito que tá, passa arrogância."

Incomodado, Duílio mexeu nos botões da camisa.

"Não é arrogância, é convicção."

"Isso não é você quem decide. São os que estão te vendo", Tide retrucou, agora coçando o braço. "Seja humilde, ou pelo menos tente demonstrar."

"Porra, para de se coçar e fala mais", Duílio reclamou. "E sobre o que eu disse?"

"Foi você mesmo que escreveu ou foi o marqueteiro?"

"Não foi marqueteiro. Eu contratei um gestor de crise."

"Perfume na merda", Tide murmurou.

"Dei uma mexida", disse Duílio. "O que ele escreveu não era bem o que eu queria dizer."

"E o que você quer dizer?"

"Eu aceitei participar do esquema porque, nesse país, as coisas só funcionam assim. Não tive alternativa."

"Você realmente acredita nisso? Que não tinha opção?"

Duílio não respondeu.

"O que sei dessa história é o que você me contou", disse Tide. "Tô aqui para avaliar se a sua versão vai convencer, certo?"

"Não é a 'minha versão'. É a verdade."

"Que seja, Duílio. Mas isso não importa nesse momento."

Tide apertou o *play*.

"As palavras estão sendo atropeladas. Fala mais forte e mais devagar", recomendou. "Outra coisa: a explicação do esquema ficou muito fria, impessoal."

"É a parte que eu mais gosto. Qual o problema?"

"Muita informação de uma vez só. Melhor mais emoção do que explicação. E o que você disse no vídeo eu tenho certeza de que já escutei ontem, no final da entrevista dos procuradores."

"Eles estavam falando de outro esquema, muito maior do que o do senador." Incomodado, Duílio usava a chave do carro para arrancar a cutícula do polegar.

"Mas um deles mencionou o seu nome durante a entrevista", Tide lembrou. "Até comentei com a Diana."

"Qual procurador? O que aparece toda noite no *Jornal Nacional*? Se falou, foi sacanagem", Duílio reagiu. "Eu não tô naquela história."

"Você acha que, do jeito que as coisas estão no país, com novas denúncias todo dia, faz alguma diferença?"

Duílio ignorou a observação. Pigarreou antes de voltar a ler em voz alta o que escreveu no papel.

"Meu erro foi querer fazer o certo, mas do jeito errado..."

"Troca 'jeito' por 'forma', fica mais forte", Tide sugeriu.

"Tá bom assim. Fica mais espontâneo."

Tide balançou a cabeça. Para que havia sido chamado se Duílio não escutava o que ele tinha a dizer? O amigo notou e decidiu mudar o rumo da conversa.

"E a Diana?"

"Está indo todos os dias, mas ainda meio aérea", Tide contou. "Às vezes deixa o microfone ligado e o Caçapava tem de correr para tirar do ar."

"O urubu deixou de rondar a área?"

"Sumiu depois que uma patrulha passou a dar umas incertas no estacionamento do anexo."

"Eu pedi a patrulha ao comandante da PM", Duílio revelou. "Mas quero saber se ela continua atrás do cara ou se realmente parou com o pó. Fica de olho, por favor."

Recomeçaram a gravação.

Depois de dois minutos, Tide fez um sinal para Duílio parar.

"Você gaguejou ao explicar porque aceitou a suplência."

"Mas ficou bom assim! Mais natural."

Tide perdeu a calma.

"Sinceramente? Acho que a gente tá perdendo tempo aqui. Por que você me chamou se não ouve a minha opinião?"

Duílio se irritou.

"Já falei, porra. Tenho que dizer de novo? Você é o único que me diz não."

O dono da sala deu dois tapas leves no ombro de Tide.

"Vamos acabar logo. A gente ainda tem de rever a sua parte no plano."

***

Boa parte da manhã já havia ido embora quando, enfim, Duílio se deu por satisfeito e fez um sinal para Tide ir até a janela com ele. Acompanharam a movimentação de pedestres entre as quadras comerciais. Uma jovem com um carrinho de bebê pressionava, com insistência, o botão no poste do semáforo para interromper o fluxo incessante de carros. Não funcionou. Do outro lado da rua, um homem de cabelos brancos notou a aflição da mãe e apertou o botão no poste ao seu lado. A luz vermelha se acendeu quase de imediato e a mulher fez uma mesura para agradecer.

"O velho se deu bem", Duílio comentou, ainda na janela.

"Vai até o espelho antes de falar dos outros", Tide retrucou. "Velhos nós já somos."

A resposta de Duílio foi em tom baixo, mais para si do que para o amigo.

"Eu, não."

O advogado apanhou um *pen drive* e salvou o arquivo com o vídeo.

"Fica com você."

"Eu sou ruim para guardar as minhas coisas, imagina a dos outros. Por que não deixa com o Hélio?"

"Porque você é o meu *backup*", Duílio respondeu. "E tô pedindo coisas demais ao Hélio, daqui a pouco a Alba vai perceber e começar a pegar no pé dele."

Ele entregou o *pen drive*.

"Guarda com o *Made in Japan*. Duvido que você esqueça quem é o dono."

Duílio sabia que os seus discos, guardados em ordem alfabética, eram os únicos itens que sobreviviam à desordem no apartamento que emprestara ao amigo. O que ele desconhecia é que Tide tinha vendido muitos vinis para um colega de Nuno na faculdade, um baixinho de costeletas longas como as de Elvis em Las Vegas. Tide tinha quase certeza de que o rapaz havia comprado também o *Made in Japan*, e queria levar tudo do Deep Purple. Mas este LP não faria falta. Discos ao vivo banalizavam o momento da comunhão entre artistas e fãs, era o que Tide acreditava. Cansou de se irritar com suas bandas favoritas ganhando grana com registros de performances que seriam realmente inesquecíveis se tivessem permanecido apenas na memória de quem assistiu ao *show* e na imaginação de quem não teve a sorte de estar lá.

Tide guardou o *pen drive* em um dos bolsos puídos da calça *jeans*.

"Essa calça tá bem velha", Duílio notou. "Vou te dar outra de aniversário em dezembro. Quantos anos, sessenta?"

"Quase lá. Eu, o Hélio e a Diana", Tide acrescentou.

"Ela deveria se cuidar mais. Aquele cabelo grisalho…"

"Melhor do que tintura, você não acha?"

Duílio não respondeu.

Os dois saíram do escritório. No térreo, Duílio apontou na direção do estacionamento em frente aos prédios residenciais que, por algum motivo que Tide nunca entendeu, eram chamados de blocos.

"Parei dentro da quadra. Tem certeza de que não quer carona?"

Tide confirmou e eles se despediram com um abraço desajeitado.

Tomaram rumos diferentes.

Duílio desviou de um chihuahua histérico antes de entrar no carro e sumir por trás dos vidros escuros.

Tide deu meia-volta e passou em frente ao verdurão. O homem de cabelos brancos assoviava enquanto apalpava tomates, parecia remoçado pelo sorriso que ganhou de presente da jovem mãe. Tide parou em frente à academia. A mulher de trança que pulava corda não estava mais lá. Atraído pelo cheiro de café, ele entrou na padaria ao lado.

Tide contemplou a xícara antes de deixar o café queimar o céu da boca e aquecer as lembranças do que aconteceu depois de ir ao circo em Guanhães. A mãe sozinha na sala, esvaziando o cinzeiro cheio de bitucas deixadas pelo pai e cantarolando uma música de Erasmo Carlos. Ela quis saber do que o filho tinha mais gostado no circo.

"A moça da elefantinha. Mas os olhos dela eram tristes, mãe."

"Dela quem? Da mulher ou do bicho?"

Tide não respondeu. Havia se trancado no banheiro para recordar, com ajuda da mão direita, as coxas da acrobata. Jamais esqueceu a mistura dos sons da água vigorosa do chuveiro com a voz afinada de sua mãe cantando na sala.

Todo mundo está chegando só pra ver o sorriso dela

Tide seguiu para o ponto de ônibus. Decidiu incluir *Sorriso dela* na programação noturna. Cairia bem na primeira sequência depois de *A Voz do Brasil* e serviria de trilha enquanto ele esquentava a lasanha de domingo, adormecida no congelador. As outras faixas do disco também eram ótimas: *Os grilos*, *Meu mar*, *Preciso encontrar um amigo*, *Sábado morto*, *Vida antiga*... Quanto tempo não escutava *Vida antiga*!

Quero mandar de novo os meus recados

contar de novo os meus pecados

e ver o céu que eu nunca vi

Sonhos e memórias na cabeça, Tide cantarolava Erasmo ao entrar no ônibus que o levou até a rodoviária antes de passar pelo anexo do Senado.

***

Os radares na estrada do Jardim Botânico freavam o ímpeto de velocidade de Duílio. Ele não se conformava com a vigilância, conhecia o esquema de arrecadação que estava por trás das milhares de multas por excesso de velocidade. Era um motorista experiente, dirigia de forma cuidadosa. Tinha dezesseis anos quando tirou o carro da garagem pela primeira vez. Aproveitou uma viagem do pai para atravessar a Ponte das Garças e cair nas pistas largas e desertas da Avenida das Nações. Jamais esqueceu a sensação de dirigir num autorama gigante.

Duílio pesou o pé no acelerador. O motor reagiu de imediato e casas e pedestres desapareceram do retrovisor. Um ciclista indeciso na travessia das pistas de acesso à região dos condomínios fez Duílio lembrar que precisava falar com Hélio Pires. Reduziu o volume do som e ligou para o amigo.

"Sua chamada está sendo encaminhada para caixa de mensagens..."

Ignorou a gravação.

***

Hélio Pires tentou novamente ligar o ventilador. Nada. As pás permaneciam imóveis. Ele suspirou, contrariado, e saiu do escritório. Foi até o banheiro, tirou o boné com o logotipo do viveiro e molhou a cabeça. Usou toalhas de papel para enxugar a calva e o bigode grisalho. Olhou-se no espelho, não gostou do que viu. Passaria um hidratante, ao chegar em casa, nas manchas vermelhas acima da testa. Antes, porém, teria de se encher de paciência para enfrentar mais um dia de aborrecimentos com fornecedores e clientes.

"As plantas acalmam", diziam para ele.

"E as pessoas fazem mal ao coração", era o que tinha vontade de complementar.

A crise econômica do país fazia o viveiro definhar. As plantas não gritavam de contrariedade como as crianças ou ganiam de fome como os cachorros; por isso, entravam no topo da lista de corte de gastos. O movimento havia despencado em janeiro, o que era previsível por causa das férias, chuvas, viagens. Nos meses seguintes, porém, não voltou ao patamar de anos anteriores. Muito longe disso. Depois de um semestre no vermelho e sem sinais de melhora, ele e a mulher, Alba, demitiram cinco dos dez funcionários.

A preocupação de Hélio Pires com o futuro do viveiro só não era maior do que a decepção. Pouco antes de completar 50 anos, havia anunciado aos amigos uma nova etapa em sua vida. Passaria a se dedicar exclusivamente à loja de plantas, próxima ao Jardim Botânico, até então gerenciada apenas pela mulher. Chegavam às 6h30, abriam as portas às 7h e dividiam as tarefas. Enquanto Alba cuidava de mudas e sementes no terreno dos fundos, ele ficava enfurnado no escritório, de olho no caixa. Saía apenas para atender a clientela, de longe a parte mais desgastante do trabalho.

Com os cheques sem fundo, até que ele havia aprendido a conviver, mesmo quando escutava impropérios do tipo "só vou cobrir o cheque se você trocar as plantas, as que eu comprei já morreram". Difícil de enfrentar mesmo era a estratégia agressiva do novo dono do viveiro da esquina, um garotão de trinta e poucos anos que chegava num Mitsubishi preto cantando pneu e som nas alturas. Apadrinhado por figurões, o *playboy* ganhava nove entre dez licitações dos três poderes. Também reduzia os preços de forma drástica no *showroom* do viveiro e forçava os vizinhos a renunciar ao lucro para não perder a freguesia.

A irritação de Hélio Pires com a concorrência desleal chegou ao auge na véspera do Dia das Mães. As orquídeas que deixava na entrada do viveiro amanheceram mortas. "Isso não é praga, é veneno", Alba garantiu. Não acionaram a polícia. Sabiam que o *playboy* oferecia almoço e cafezinho para a dupla de PMs que fazia a ronda. Mas era preciso fazer alguma coisa.

Surgiu, enfim, uma oportunidade que não poderiam deixar escapar. O dono da loja ao lado decidiu se desfazer do negócio para ir morar com os filhos na Bahia. O casal concluiu que era a chance ideal para ampliar o viveiro. Mas e o dinheiro para isso? Mesmo com o vencimento integral que Hélio Pires garantiu ao passar para a reserva, o que tinham no banco estava longe do que o vizinho pedia. Recorreriam a um empréstimo, até poderiam pegar dinheiro com um agiota. Mas teriam de aproveitar a chance.

Mesmo com as preocupações de uma vida sem folga, trabalhando de domingo a domingo, Hélio Pires não dispensava pequenos prazeres. Toda manhã parava ao menos por dez minutos para acompanhar a lida de Alba com as plantas. "Bom dia, minhas filhas!", saudava a mulher, e calçava luvas para varrer as folhas caídas durante a noite, remover galhos secos, revolver o adubo, cultivar as sementes.

Ao menos uma vez por semana, ele ajudava Alba com as podas. Ela elogiava a habilidade do marido no manejo cuidadoso da tesoura de jardinagem. Não machucava as plantas além do necessário. Hélio Pires, por sua vez, ainda se encantava com a alegria da mulher a cada semente germinada e outras ações silenciosas da natureza.

Hélio Pires apalpou os bolsos da calça. Onde teria deixado o seu celular?

Voltou para o escritório. Três ligações não atendidas no telefone que esquecera embaixo das ordens de entrega. Ele esfregou a nuca, o boné quase caiu. Respirou fundo antes de ligar para o número insistente.

"Porra, você trabalha aqui do lado e eu cheguei antes de você!"

"Calma, Duílio! Tô saindo. Chego em dez minutos."

Hélio Pires ajeitou o boné e foi até o terreno onde Alba cuidava de uma palmeira com as folhas retorcidas pela ventania da noite anterior.

"Vou dar uma saída", avisou à mulher, sem encará-la.

"Duílio de novo? O que ele quer agora?"

"Não sei ainda", disse o marido, cofiando o bigode. "Volto para o almoço."

***

Encostado no capô do carro, na entrada de um dos condomínios no Jardins Mangueiral, Duílio segurava uma pasta para proteger o rosto do sol. A ausência de nuvens acentuava a linearidade da sequência de prédios baixos de dois e quatro andares, pintados em tom neutro e envergonhado. Parabólicas espetadas no alto dos prédios e esquadrias nas varandas desalinhavam a simetria tediosa de um setor ainda virgem de histórias, à espera de sonhos e cicatrizes para se emancipar e ser chamado de cidade.

A cancela na entrada do primeiro condomínio do conjunto habitacional ergueu-se lentamente. Pareciam os movimentos das pernas de Diana nas aulas no Ballet Norma Lillia. Duílio era o único da turma que tinha carro, fazia questão de levar a namorada ao balé antes de seguir para o curso de datilografia. Distraído com o passado, ele não viu o carro de Hélio Pires percorrer a via de acesso ao condomínio e parar ao lado da sua picape. O amigo desceu e o cumprimentou com um tapa no ombro.

"Quem te atrasou?"

Hélio Pires não respondeu, apenas avisou que teria de voltar antes do almoço.

"Com você vai ser rápido."

Duílio segurou o amigo pelos braços.

"Olha bem ao redor. O que você tá vendo?"

Uma moto com um botijão de gás parou ao lado da guarita de segurança. Dois toques de buzina e a cancela se ergueu.

"Não tem muita coisa para ver", Hélio Pires reparou.

"E o que tem é tudo igual, parece que eles não aprenderam com os erros no Plano", Duílio complementou.

Hélio Pires apontou para os contêineres de cores diferentes, dispostos lado a lado na entrada do condomínio.

"Coleta seletiva."

"Também reparei. Mas lixo não é a sua parte", disse Duílio. "Fala do que você sabe."

Hélio Pires levou as mãos à testa para reduzir a claridade e apontou para o lado oposto da entrada.

"Quase não há árvores. A arborização é incipiente, e as espécies plantadas vão levar uns dez anos para a primeira folheação."

"Preciso incluir no meu projeto os nomes científicos das plantas que a gente escolheu", disse Duílio, ainda encostado no carro. "Vai ter muito mais verde do que eles botaram aqui."

Hélio Pires não parava de olhar o relógio.

"Calma, Hélio! Vou repassar somente a sua parte. Depois você tá liberado."

À frente dos dois, uma camionete passou com geladeira, fogão, ventiladores e televisão amarrados por uma corda vermelha na carroceria.

"Aqui é lugar de gente que não quer perder o pouco que tem para os que não têm nada a perder", Duílio observou. "Pessoas assim precisam de proteção."

"Essa parte não é com o Rangel?"

"É uma das coisas que vou acertar. Se ele aparecer."

Duílio ligou para o amigo. Ninguém atendeu.

***

Uma casa imensa e Rangel estava só. Com ele, apenas a garrafa de uísque e o resultado do exame a aguardá-lo em cima da mesa. Não quis abrir o envelope no laboratório: a expressão da atendente na hora da entrega o fez tremer a ponto de segurar na cadeira para não cair.

Teve certeza de que ela sabia o que estava escrito. Achou que o uísque iria facilitar a abertura do envelope, mas não conseguiu. Ainda não estava preparado para o diagnóstico. Talvez nunca estivesse. E quem está? O que se faz quando um pedaço de papel avisa que a sua vida cabe em uma ampulheta?

Deixou o laboratório decidido a largar o envelope no carro. Queria se concentrar no jogo do time de Felipe. Não haveria transmissão direta pela tevê, teria de escutar a partida pelo rádio. Torceria para algum canal esportivo exibir os melhores momentos no fim da noite. Com sorte, veria o filho e sonharia com algo mais colorido que a verdade.

A possibilidade de padecer com uma doença degenerativa como a do pai assombrava Rangel desde o dia que reparou num tremor involuntário entre o indicador e o polegar. Irrequieta, a pele da mão saltava. Parecia ser puxada por dentro. A sensação, perturbadora, sumiu da mesma forma que apareceu: à revelia do dono do corpo. Na semana seguinte, os espasmos aumentaram e migraram para os dedos dos pés. Procurou um neurologista, que franziu a testa ao saber do histórico familiar do delegado e decidiu submeter o paciente a uma bateria de exames.

"O mais importante para fechar o diagnóstico é o exame de mapeamento", o médico alertou. "Preciso que seja feito com uma certa urgência."

O resultado ficou pronto antes do prazo, mas Rangel se recusava a abrir o envelope. Perdera as contas das vezes em que misturou a imagem de sua pele insurgente com a lembrança dos olhos agonizantes do pai. Por isso, mesmo sem ter ainda bebido uma gota de álcool na manhã seca, Rangel podia jurar que havia uma boca no envelope. Uma boca que não iria reproduzir o teor de um laudo objetivo e impessoal, como recomendavam os advogados, mas falaria o que ele mais temia ouvir. Um veredito.

"Estou nos seus músculos, nos seus nervos, no seu sangue. Eu faço parte dessa família."

Uma sequência de pesadelos atormentou a noite de Rangel. No último, e mais aterrador, via o corpo de Felipe boiando na piscina e nada podia fazer. Foi salvo pela insistência do despertador. Deu um pulo da cama e saiu do quarto.

Ao passar pela sala, viu o envelope branco em cima da mesa. Mas como? Tinha certeza de que o havia largado no carro! Estava perdendo o controle, precisava resolver isso logo. Foi até a cozinha, lavou o rosto com a água da pia e preparou um café.

Sai a angústia e entra o sofrimento, sai a angústia e entra o sofrimento...

Tentou se livrar dos maus pensamentos e voltou à sala decidido a abrir o envelope.

O telefone tocou no canto da sala.

Quase ninguém mais ligava para aquele número. Só poderia ser Felipe.

Acertou.

Rangel contou que assistira aos melhores momentos da partida. Quis saber por que o treinador havia substituído o filho no intervalo. E pela segunda vez seguida.

"Ele não dá satisfação aos jogadores", disse Felipe. "Só apontou para mim no vestiário e falou que eu não ia voltar para o segundo tempo."

Rangel se irritou.

"Não quero falar sobre o jogo, pai. Liguei porque minha mãe disse que você não fez a transferência."

Não era a primeira vez que Vera Lúcia usava o filho para ter notícias de sua mesada.

"Transferi ontem à noite, mas não consegui imprimir o recibo. Se ela fizer questão, eu mando o comprovante."

"Melhor você mandar pra mim e eu passo para ela."

Rangel tentou esticar a conversa, mas Felipe avisou que teria de desligar. Encontraria a namorada para almoçar no shopping, depois iriam ao cinema. Aproveitaria bem a folga porque viajaria no dia seguinte para o interior do Rio Grande do Sul.

"Se bem que não sei ainda se vou viajar: já tem *site* dizendo que não vou nem ser relacionado..."

"Me avisa assim que tiver uma definição", Rangel pediu.

Estava na cara que o treinador, pressionado pela sequência de derrotas, procurava alguém para culpar. E tinha o respaldo de alguns comentaristas. Na noite anterior, o delegado quase quebrara o rádio ao escutar um idiota detonando o filho: "Eu já disse e vou repetir: esse garoto, Felipe Rangel, não tem e nunca vai ter bola para ser titular!"

Rangel pesquisou na internet os podres do perseguidor de Felipe. Em menos de cinco minutos, descobriu que o comentarista havia sido acusado de fazer parte de um esquema com empresários de jogadores. Recebia grana em troca de elogios no microfone.

Agora ele entendia a perseguição, a covardia com o seu menino.

Lembrou de um policial de Minas que lhe devia favores. Pediria ao colega para passar na sede da emissora e dar um recado ao filho da puta.

"Conte para ele quem é o pai de Felipe Rangel: o que eu faço, o que sou capaz de fazer com a sua ajuda e de outros amigos daí. Avise que o meu amor pelo Felipe é extremoso. E repita a palavra 'extremoso' antes de desligar."

Mais o colega não precisaria dizer. Antes do início do próximo programa de debate esportivo, Rangel ligaria para a emissora e pediria para falar com o comentarista. "Aqui é o pai extremoso de um jogador que você persegue", diria.

Seria o suficiente. E, se não fosse, daria outro jeito.

O celular de Rangel vibrou e apareceu a foto de Duílio.

"Tá me ouvindo?"

O delegado o ignorou. Duílio parecia falar com alguém ao seu lado. Devia ser Hélio Pires, sempre o primeiro a chegar.

"Acho que ele não tá me escutando", dizia Duílio. "Vou escrever."

Alguns segundos depois, a mensagem pipocou na tela do celular.

"Estamos no Mangueiral. Quinze minutos para você aparecer na entrada do primeiro condomínio."

Rangel guardou o resultado dos exames em um dos bolsos do colete e pegou as chaves do carro.

***

Depois de apontar na principal via do Jardins Mangueiral, a picape prateada subiu com as rodas dianteiras no meio-fio. Duílio se preocupou. Será que Rangel agora bebia também pela manhã? Ele se preocupou ainda mais depois que o delegado deixou cair um envelope ao guardar as chaves no colete.

"É o resultado do mapeamento que você estava esperando?"

"Não", Rangel mentiu, ao apanhar o envelope. "Exames de sangue e urina."

Pediu para Duílio repassar rapidamente o que estava acertado para sábado, teria de seguir direto para a delegacia.

O alarme de um carro estacionado no condomínio interrompeu a explanação.

"Cabeça tá ruim hoje, melhor eu anotar tudo", disse Rangel, incomodado com o alarme. "Tem caneta aí?"

"Vai escrever? Você tá louco?"

"Somente os horários de chegada e de entrada na casa. E os nomes das músicas. Quantas vão ser? Três? Quatro?"

"O Tide não me passou a sequência, amanhã eu te falo. Vou anotar os horários. Você tem papel?"

Rangel retirou os exames do colete e entregou o envelope.

Duílio escreveu os horários no envelope e o devolveu. "Depois não esquece de rasgar", recomendou.

"Pode deixar que eu queimo."

Um aperto de mão e eles se despediram.

Rangel firmou as pernas, subitamente hesitantes, e, observado por Duílio, caminhou lentamente até a picape.

Os joelhos começaram a fraquejar desde que a mulher o havia largado para voltar a Belo Horizonte e o filho, selecionado por um olheiro que indicava jovens para as divisões de base dos clubes profissionais, a seguiu. Silenciosa, a mansão que construiu para a família virou um mausoléu. Para piorar, ele tinha sido transferido pelo diretor-geral para uma função burocrática. As horas ociosas no trabalho o exasperavam, não podia ficar encostado para o resto da vida.

As coisas só começaram a mudar quando Duílio o chamou para dividir um picadinho no Fred e fez mistério sobre o motivo do almoço. Esperou a sobremesa para abrir a boca. Entre uma e outra colherada na calda de chocolate do profiteroles, o amigo revelou que tinha conseguido, com um deputado da bancada da bala, a transferência de Rangel para a 10ª DP. Era tudo o que o policial queria no fim da carreira; comandar uma delegacia de grande prestígio.

Ambos sabiam, porém, que chegaria a hora de retribuir o favor.

E Rangel não poderia hesitar.

***

Duílio aproveitara um dos almoços mensais com os amigos para revelar a decisão de ir em frente com o plano que havia apresentado em dezembro. Teve o cuidado de distribuir as tarefas de acordo com o que os outros três teriam capacidade de realizar. A participação de Tide, por exemplo, seria indireta, mas decisiva. Zelaria para que pudessem escutar a sequência de músicas que serviria de senha para a execução. O trabalho de Hélio Pires, por sua vez, seria maior na fase de preparação. Batizaria o vinho com um extrato de amansa-senhor, planta de efeito anestésico. Depois, assaria as carnes do churrasco e sairia de cena.

Rangel estava encarregado da ação rápida, decisiva, definitiva. O abate do senador.

Se, claro, não fraquejasse na hora H.

As tremedeiras de Rangel estavam mais constantes, observou Duílio depois do encontro que tiveram no Mangueiral. Não contava com isso, mas não tinha tempo. Teria de seguir com o planejado depois de convencer o senador a vê-lo na noite de sábado.

Foi por meio de Rangel que Duílio marcou o encontro. Aproveitou para mandar o recado sobre o vídeo que estava tirando o sono do parlamentar. Duílio somente entregaria o flagrante da putaria se eles aproveitassem o churrasco para acertar as pendências dos últimos meses. E teria de ser em dinheiro vivo.

Acuado, o senador aceitara a intimação.

O rádio do carro tocava a regravação de um sucesso dos anos 1970; uma batida eletrônica tentava disfarçar a voz pequena do intérprete. Seria Tide o responsável por aquela atrocidade na programação da tarde?

Duílio teve de acompanhar o suplício até o final. Queria ouvir Diana. Pela entonação, saberia se a ex-mulher estava bem. Mas quem entrou no ar foi outra voz feminina, mais jovem, para anunciar a entrada de um repórter com informações sobre a pauta de votações no plenário do Senado.

Decepcionado, Duílio desligou o rádio e deslizou o indicador pela tela do celular. Encontrou o nome de Luiz Denizard, experiente colunista político, e enviou mensagem.

"Vou precisar de uma nota amanhã sobre o meu senador. Mas tem de sair na edição impressa para eu garantir que ele vai ler."

Em instantes, recebeu a resposta.

"Deixa comigo."

"Até que horas eu posso mandar?"

"Até as seis."

"Muito cedo", escreveu Duílio. "Você dá um jeito se eu mandar um pouco depois, certo?"

Denizard confirmou.

Satisfeito, Duílio desligou o telefone. Estava pronto para acelerar quando reparou, no outro lado da pista, na única árvore em um terreno desbastado. Ao redor dela, dezenas de troncos cortados. Não era um especialista como Hélio Pires, mas arriscaria que era uma sibipiruna. Mas por que somente aquela havia sido poupada? Sentiu vontade de aproveitar a sombra da árvore; levar um livro e uma cerveja, deitar-se depois do almoço, tirar um cochilo, ler até a noite chegar. Era o que precisava: tranquilidade.

Mas o sossego somente viria depois de se livrar do senador.

Teria cabeça para cuidar das coisas da vida que a gente vai deixando para depois. Queria levar para o escritório os livros dos tempos de universidade. Diana insistia para ele aparecer em um domingo, mas Duílio sempre dava um jeito de escapar. E não era por causa da ex-mulher.

Duílio evitava entrar na biblioteca da casa. Era irracional, evidência óbvia de que as feridas não haviam cicatrizado, mas a verdade é que ainda carregava a convicção de que os livros jurídicos poderiam ser úteis aos dois filhos. Duílio sonhou, por duas décadas, com o dia em que veria os nomes de Luti e Nuno na entrada do escritório de advocacia que herdou do pai. Por caminhos diferentes, o destino passou por cima do que Duílio havia imaginado para os filhos.

Talvez pudesse aproveitar o feriadão de setembro para arrumar os livros. Convocaria Diana, isto poderia ajudá-la a superar a perda do pai. Se bem que Duílio desconfiava que, desta vez, a morte de alguém tão próximo não seria tão dolorosa para Diana. Achava até que, para ela, seria o mesmo que para ele: um imenso alívio.

Duílio fotografou a árvore solitária e enviou a imagem para Hélio Pires.

"Sibipiruna?"

O amigo confirmou.

Excelente, acrescentaria no projeto do parque ecológico a aquisição de mudas de sibipirunas. Para Diana, mandou também a foto da árvore, mas com outra pergunta.

"Qual livro da nossa estante você sugere para essa sombra?"

Antes de guardar o telefone no bolso, Duílio notou que a mensagem havia sido visualizada. Entrou no carro. Não se preocupou em aguardar a resposta; por enquanto, bastavam a confirmação do recebimento e a ilusão de futuro contida nos dois tracinhos azuis.

***

AMOR DE ONTEM

Diana ignorou o filete de sangue que escorria entre os dedos do pé e formava uma curva antes de sumir no ralo do chuveiro. Concentrava-se em fazer a água da ducha cair pelos ombros e seios até chegar às pernas e molhar as cicatrizes nos tornozelos que rasgou com gilete no primeiro dia do ano. Desta vez o ferimento foi superficial e involuntário, mas reforçaria sua decisão de evitar sandálias. Desde a adolescência tinha vergonha dos pés. Os dedos, então! Grandes e tortos. Fazia questão de escondê-los nos sapatos apertados que usava para trabalhar. Quando a depressão não a impedia de ir ao trabalho, claro.

Nos dias mais difíceis, Diana ficava presa à cama. Na semana anterior, telefonou para o estúdio e avisou a Caçapava que não conseguiria gravar as locuções dos especiais de fim de semana. Teve de escutar a reclamação de uma colega, Milena, acrescida de um comentário maldoso para o sonoplasta.

"Nossa amiga precisa trocar a medicação, ou mudar de psiquiatra."

Milena tinha trinta anos a menos, mas a diferença de idade nem incomodava tanto. O que tirava Diana do sério eram as reações que as duas provocavam no trabalho e nos corredores do Congresso. Os olhares para a colega eram acompanhados de convites para jantar, sair, trepar. Para Diana, indiferença. Ou, no máximo, curiosidade. Nos dias de grupos de estudantes, então, ela ficava especialmente deprimida ao ser chamada de "tia" pelos meninos e com as perguntas das meninas sobre a mecha grisalha que cobria a testa. Era assim que ela se sentia entre os mais jovens: sobrevivente de alguma década esquecida no século 20. Um fóssil no museu.

Diana tentava, sem sucesso, se livrar dos piores traumas. Queria lembrar apenas as coisas boas da juventude. Como gostava de andar sozinha perto do lago, pisar a terra molhada pelas chuvas de dezembro, deixar a lama vermelha se infiltrar entre os dedos! Sentia falta também das miniblusas, do umbigo à mostra, dos cachos nos cabelos, do tempo que fazia do corpo uma aventura. Do *drive-in* no sábado, do sol na piscina do Iate nas manhãs de domingo. Amava especialmente as noites de sexta, cada semana uma expectativa, uma promessa. Saía do cursinho para encontrar Duílio, Tide e os outros garotos. Bebiam, fumavam, curtiam um som até o amanhecer.

A garagem da casa de Duílio serviu de palco para a banda de rock que os meninos formaram. *The boys in the band*, como na música do Gentle Giant que eles tentaram tocar num dos ensaios. Ela enrolava os beques, sugeria o repertório, cantarolava refrões, passava a limpo as letras rabiscadas por Tide, às vezes apenas um verso repetido em diferentes andamentos.

Aumente o volume do teu grito

Outras composições ficavam sem letra. Cabia à Diana avisá-los que não estavam chegando a lugar algum e que isso não importava tanto.

"Aproveitem enquanto vocês são jovens", dizia a mãe da garota. E eles aproveitaram.

Foram vorazes, alucinados, inconsequentes.

Até o dia em que se tornaram perigosos.

E Diana, sem dizer nada a ninguém, decidiu que se afastaria deles.

A primeira gravidez mudou tudo. Ela foi morar com Duílio e os cuidados com Luti, recém-nascido, a fizeram se distanciar de Tide, Rangel e Hélio Pires. Duílio continuava com as noitadas. Jurava que era somente com os amigos, mas as manchas de batom e vinho na camisa o desmentiam.

Aí começaram a chegar as contas, as crianças, as rugas. Aos poucos, o tempo ultrapassou os cinco.

Eles eram os jovens de ontem.

Antes, não. Era bem diferente. Não perdiam tempo com o futuro, preferiam inventar formas de se distrair em uma cidade ainda desprovida de pele e alma. Certa vez, na casa de Duílio, gastaram a tarde inteira para reproduzir a foto de Carole King na capa de *Tapestry*. Duílio, obstinado, pegou a câmera Nikon do pai e usou três filmes de 36 poses até se dar por satisfeito. O próprio Duílio revelou as fotos. Uma delas foi para o porta-retratos que jazia em uma das prateleiras destroçadas pelos cupins na biblioteca da casa.

I feel the earth move, under my feet

Havia algumas semanas que Diana não tocava nada de Carole King no seu horário, mesmo as canções mais conhecidas. Ouviu de Tide da última vez em que pediu: "São bonitas, mas estão gastas".

Talvez fosse paranoia, mais uma encucação, porém Diana tinha certeza de que as palavras de Tide sobre os *hits* da cantora se aplicavam também a ela.

You're so far away

O filete de sangue avermelhava o ralo do banheiro.

Diana havia se cortado depois de correr para desligar a tevê, não queria escutar os nomes do pai e de Duílio no noticiário político. Tropeçou no box, derrubou o estojo de maquiagem em cima da pia e pisou no espelho partido.

O pé começou a arder, mas Diana estava preocupada com a cabeça. Precisava repor o estoque de ansiolíticos. Onde havia guardado a receita?

Now it's too late, though we really did try to make it

A separação ainda doía mais do que qualquer ferimento. Nunca esqueceria do dia em que Duílio, acabrunhado como nunca ficava, avisou que viajaria por uma semana e, na volta, iria para um de seus apartamentos. Por ingenuidade, ela achou que ele finalmente tinha decidido começar a reforma, tantas vezes adiada depois que Luti se foi.

"Mas a gente não precisa ir para lá, podemos ficar na chácara do meu pai", respondeu Diana, enquanto penteava os cabelos no banheiro.

Duílio a fitou no espelho e não disse nada. Somente naquele momento Diana percebeu que "a gente" não existia, o que havia na conversa breve e no olhar demorado era um aviso de despedida. A escova caiu e a esposa se abaixou para pegá-la. Quando se levantou, o marido não estava mais lá.

No dia em que apareceu disposto a levar todas as roupas para o apartamento da Asa Sul, Duílio esboçou uma explicação. Veio com uma conversinha de que eles eram muito diferentes. E as tais diferenças, que desgastavam o dia a dia, tinham se acentuado depois das chegadas de Luti e Nuno.

"Lembra do casal de *Nosso amor de ontem?* Eles se gostavam, mas decidiram que precisavam seguir separados para crescer. Com a gente é parecido."

Claro que ela lembrava. Tinham menos de um mês de namoro, era a primeira vez que iriam ao cinema juntos. Foi logo que Duílio começou a pegar o carro do pai, mesmo sem carteira de habilitação. Ele tentou convencê-la a ir ao Conic assistir a *O dia do chacal* na última sessão do Cine Atlântida. Ela não queria ação, queria drama; lembrou que o pai a havia proibido de circular no Setor de Diversões, ao lado da rodoviária, "lugar de pobre, de reco e de prostituta", ele repetia. Quando chegaram ao Cine Karim, na familiar Asa Sul, descobriram que a censura era 18 anos; somente entraram porque Duílio molhou a mão do porteiro. A conversinha fiada do marido fez Diana querer encarnar a Katie de Barbra Streisand do filme que assistiram de mãos dadas e arrancar os livros da estante para arremessá-los no Hubbell que o destino a ofereceu, menos certinho e mais canalha do que o personagem de Robert Redford. Ela engoliu o ódio, carregou as malas de Duílio para fora de casa e fechou a porta.

Diana sentou-se no chão do banheiro e contemplou a mancha vermelha nos ladrilhos. Tentou se concentrar na recomendação do psiquiatra depois da fase aguda da depressão: pensamentos positivos.

Começaria superando a frustração por ter sido preterida na escolha da apresentação do programa de entrevistas que havia estreado no mês anterior. Milena estava à vontade no comando da nova atração, reconheceu. Mas por que o chefe não quis que ela, a locutora mais experiente da emissora, gravasse ao menos um piloto? Difícil entender.

Precisava também de atividade física diária, nem que fosse uma volta com Mike no quarteirão. Fazer alguma coisa, qualquer coisa, mas todo dia. Somente assim pararia de revolver o passado.

Talvez o I Ching pudesse indicar novos caminhos. Também poderia voltar a ler Hermann Hesse. Deixava *Sidarta* na cabeceira para as noites de insônia, mas onde estariam *Demian* e *O lobo da estepe*? Seus livros se misturavam com os de Duílio na estante. Quase enlouqueceu até encontrar a edição de *Zero* que o ex-marido resolveu, do nada, consultar. Duílio nem a cumprimentou; pegou o exemplar, fotografou uma das páginas e foi embora sem dizer o motivo de tanta urgência para localizar o romance de Ignácio de Loyola Brandão. Ainda saiu reclamando do mato no jardim, da lentidão do portão da garagem, das folhas flutuando na piscina, do muito que viu nos poucos minutos na casa que abandonara. "Você precisa cuidar melhor disso aqui. Tudo caindo aos pedaços", disse Duílio, antes de beijá-la levemente na testa e se despedir. Logo depois que ele foi embora, ela usou as unhas para arranhar a pele. Queria remover aquele beijo de piedade, beijo chocho, beijo que se dá numa tia no hospital. Esqueceu-se de dizer ao psiquiatra, mas as aparições inesperadas de Duílio eram muito mais devastadoras do que a ausência definitiva de Luti.

O sangue parou de escorrer.

Ainda no chão, Diana passou a contar os azulejos na parede do chuveiro. Oito, doze, dezesseis, vinte e dois. Contou de novo, agora só chegou a vinte. Teria incluído também o da torneira? Por que os números não batiam?

Precisava retomar as atividades cotidianas. Talvez pudesse pedir ajuda a Alan, a quem ela recorria para podar a mangueira, trocar lâmpadas do lustre da sala e outras tarefas que uma casa exigia. Daria uma gratificação para o filho de Mirian fazer a parte pesada da arrumação da biblioteca. Diria para ele ficar com outros livros além dos que ela o presenteara no início do ano. Quando Alan se aproximava para comentar uma passagem de um dos exemplares que levou para casa, em São Sebastião, as pernas dela bambeavam. Um rapaz que gostava de ler, coisa rara!

Diana fechou os olhos e massageou o clitóris.

"Acabou aí, mãe?"

Diana parou de se masturbar e fechou o chuveiro. Enrolou-se na toalha e saiu do box. Nuno entregou uma camiseta que ela vestiu enquanto ele enxugava seus cabelos. Já no quarto, ele a cobriu com lençóis de linho do enxoval de casamento, iniciais D&D bordadas em alto relevo nas extremidades. Desligou a tevê, cerrou as cortinas e apagou a luz.

"Tenta dormir."

Diana obedeceu. Tomou os últimos comprimidos da cartela de Rivotril e afundou o rosto no travesseiro. Ao seu lado, Nuno editava um vídeo no celular. Ao ver a mãe dormindo, Nuno apanhou a toalha úmida e foi até o banheiro. Removeu a cocaína em cima do espelho quebrado e usou a toalha para enxugar o sangue perto do ralo.

***

Ainda faltava um ato final para Diana ter certeza de que estava recuperada da depressão. Precisava terminar de esvaziar o quarto de Luti. Nem Duílio, muito menos Nuno, quiseram ajudá-la. Ela havia começado por um dos armários, mas logo parou ao ver as camisas de flanela, as camisetas da NBA, as bermudas largas... Toda vez que mexia nas roupas enxergava Luti sorrindo quando ela pedia para ele levantar a bermuda e não deixar a cueca à mostra. E ainda faltavam os discos, os cadernos, as revistas importadas, as fitas, o violão, os quadrinhos... O *skate*, então, não conseguia olhar; pedira para Alan escondê-lo embaixo da cama. Os adesivos de bandas na janela também a incomodavam;

quebrou a unha no primeiro que tentou remover. Deitou-se na cama, sentiu o cheiro do suor de Luti no travesseiro. Não era possível, depois de tanto tempo? Chorou, bebeu e cheirou a noite inteira. Nunca mais entrou no quarto. A chave ficava com Mirian. Uma vez por mês, a empregada abria as janelas e removia a poeira das roupas, tênis e tralhas do jovem morto.

Diana também tinha dificuldades para lidar com fatos recentes e estranhos. No mês passado ela fazia o horário da noite e, logo que saiu do ar, o telefone do estúdio tocou. Atendeu e ninguém disse nada. Teve a impressão de escutar alguém arfando antes de desligar.

Ela havia esquecido o episódio até que, na noite anterior, instantes depois de anunciar as últimas músicas de seu horário e se despedir dos ouvintes, o telefone tocou. Desta vez, Caçapava atendeu. De novo, nem uma palavra. Minutos depois, à espera do Uber na entrada do estacionamento vazio, o celular de Diana vibrou. Mensagem de número não identificado. Leu e começou a tremer.

"Por que não atendeu? Queria ouvir sua voz antes de eu dormir, mas falando só pra mim. Tenho sonhos com você, sabia? Sonhos bons. Um dia você vai sonhar comigo."

O Uber chegou. Diana perguntou se o motorista sabia bloquear chamadas indesejadas. Ele pediu para ver o celular, deu uma olhada rápida no aparelho antes de dizer que não sabia. Diana guardou o telefone e colou o rosto na janela. Procurava a lua cheia. Minutos depois a encontrou, refletida em um dos vidros da fachada da sede da Procuradoria-Geral da República.

Ao chegar em casa, Diana viu a luz acesa no quarto de Nuno. Beijou a testa do filho. De fones, concentrado na saga de vingança do mais novo *God of War*, ele não retribuiu. Ela foi até o terraço. Tentou ver a lua, mas as nuvens a impediram.

Diana pegou o celular e voltou à mensagem anônima. Não tinha lido a última frase.

"Do seu ouvinte número um."

Diana tremeu. Foi ao quarto de Nuno e, para ser ouvida, tirou os fones do filho.

"Vou precisar da sua ajuda."

Ela mostrou a mensagem.

"Como faz pra bloquear? E pra descobrir de quem é o telefone?"

Nuno leu a mensagem em voz alta. Riu.

"Pra quê, mãe? Deixa o cara. Ele tem bom gosto. E sabe português. Viu que ele acertou a diferença do *mas* para o *mais*?", disse Nuno, entre sorrisos. "Sua voz é boa pra dormir mesmo", completou, ainda sorrindo.

Diana fechou a cara.

"Bloquear é fácil", Nuno garantiu.

Pegou o telefone, mexeu no teclado.

"Pronto."

Tirou uma foto da mensagem e a enviou para o próprio número antes de devolver o celular.

"Vou mandar pro meu pai, ele tem uns esquemas e vai dar um jeito de descobrir quem enviou."

"Não quero", disse Diana. "O Duílio vai dizer que é bobagem, que eu inventei essa história pra chamar a atenção."

"Então deixa quieto."

Ele tirou da mochila um tablete de chocolate branco.

"Você tem que parar de comer besteira. Toma um copo de leite, um iogurte..."

Nuno ignorou a mãe. Abriu a embalagem do chocolate, partiu o tablete e mordeu o maior pedaço.

"Você não tem um amigo na polícia? Pede pra ele", disse, de boca cheia, enquanto guardava o que sobrou do chocolate.

Enfim, Nuno havia falado algo útil. De fato, Rangel poderia esclarecer o mistério da mensagem. Diana mandou o filho lavar as mãos, desta vez ele obedeceu. Ela aproveitou para pegar o outro pedaço do chocolate, enfronhado entre embalagens rasgadas de dropes e de camisinhas.

"Porra, mãe!", disse Nuno, ao voltar do banheiro. "Você mexeu na minha mochila!"

"Detesto passas", disse Diana, examinando as manchas escuras no chocolate branco. "Da próxima vez, compra sem nada. Puro."

"Puro... Sei."

As mãos de Nuno pingavam nas pernas. "E você ainda consegue do puro? Viu na internet o vídeo com a operação da polícia? Prenderam quinze por tráfico somente na Esplanada, o seu fornecedor deve ser um deles. Fica esperta!"

A provocação do filho fez Diana sentir o rosto queimar.

"Enxuga as mãos, Nuno! Tá molhando a calça."

"E pra larica? Pode ser com passas, ou também tem que ser puro?"

Diana abaixou a cabeça.

"O que você viu ontem não vai acontecer de novo. Eu juro."

"Tá bom", disse Nuno, desenrolando os fios dos fones. "Mas, se acontecer, toma isso aqui: é o que eu uso pra ficar ligado de noite."

Ele colocou novamente os fones e deitou-se na cama, os pés em cima do travesseiro. Contrariada, Diana foi para o seu quarto.

Sentada com as pernas cruzadas em cima da cama, Diana usou o celular para pedir a Duílio o telefone de Rangel. Os traços azuis avisaram que o ex-marido visualizou o pedido, mas, como cansou de fazer nos últimos meses, não respondeu. Devia estar com alguma puta nova, Diana pensou. O sangue ferveu. Pegou *Sidarta*, tentou reler o capítulo com uma de suas passagens preferidas: o encontro do jovem peregrino com os sábios e idosos *samanas*.

"Quando todo e qualquer eu estivesse dominado e morto, quando, dentro do coração, se calassem todos os anseios e instintos, inevitavelmente despertaria no seu ser a quintessência, o último elemento, aquilo que já não fosse o eu, o grande mistério."

Não conseguiu passar da primeira parte. Desistiu da leitura, tomou alguns comprimidos e deitou-se, à espera do sono.

***

O sol da manhã fez Diana se levantar para fechar as cortinas. Aproveitou para procurar o papelote que havia escondido na última gaveta da mesinha de cabeceira. Revirou chaves, papéis, recibos de contas de água e luz. Não achou nada. Pior. Encontrou uma folha datilografada e assinada por Duílio, Tide, Rangel e Hélio Pires. Hesitou antes de reler. Não sabia qual seria a reação dos quatro se soubessem que ela havia guardado uma cópia da confissão que os quatro assinaram mais de trinta anos atrás. Devolveu o papel ao fundo da gaveta.

Ela pegou o telefone. Enfim, Duílio tinha dado algum sinal de vida.

"O que você quer com o Rangel?"

Como sempre, o marido tentava mantê-la sob controle. Ela começou a escrever uma resposta desaforada. Desistiu e apagou. Largou o telefone. Foi até o banheiro. Procurou resquícios do pó e não encontrou. Nuno havia sido muito eficiente na limpeza, muito mais do que com o próprio quarto. Abriu a torneira do chuveiro, a água fria poderia reduzir a fissura.

Voltou para cama depois do banho e assistiu a um filme antigo até cair no sono. Mergulhou em um pesadelo que a fez acordar com o coração disparado: Nuno e Luti trocavam socos e ela não conseguia separá-los. Sentiu-se culpada.

Como imaginou uma cena tão improvável?

Dez anos separavam os irmãos que, mesmo assim, não se desgrudavam. Toda semana usavam os convites da cota do avô para ir ao Clube do Congresso. De vez em quando, Diana seguia com eles para fazer uma sauna ou apenas tomar sol. Luti se destacava no tênis. Alto, quase dois metros com a raquete, era sempre escolhido pelos sócios mais velhos para as duplas. Fazia o fundo de quadra; deslizava no saibro, enquanto o parceiro ficava grudado na rede, à espera da oportunidade para os voleios. Ganhou muitos torneios internos e Diana fez questão de espalhar os troféus pela casa. Ela perguntou a Nuno se ele queria ficar com as raquetes de Luti, ele sequer a respondeu. A mãe, então, guardou-as no fundo do armário do filho, por cima dos discos e das HQs. As bolinhas de tênis ficaram largadas num canto da garagem até serem encontradas e rasgadas por Mike, que entregou o crime ao aparecer com fiapos amarelos entre os dentes tortos.

***

Diana saiu do banho. Enxugou os cabelos, os braços. Olhou-se no espelho. Reparou que os seios, de tamanhos diferentes, pareciam assimétricos como os ladrilhos do chuveiro.

Escutou a campainha. Pelo horário, deveria ser o rapaz do *pet shop*. A despesa com Mike pesava no orçamento, ela sabia. Havia refeito as contas no mês passado. O banho passaria a ser de quinze em quinze dias, mas não poderia deixar o cachorro sem a tosa mensal. Se ao menos Nuno ajudasse com as tarefas de casa...

Ainda com a toalha enrolada no corpo, ela gravou um áudio para Rangel. Desculpou-se por incomodá-lo, antes de pedir a ajuda do delegado.

Recebeu a resposta enquanto se vestia.

"Podemos conversar na rádio e eu aproveito para ver o que dá para fazer no telefone do estúdio. Que horas você entra no trabalho?"

Eles combinaram de se encontrar pouco depois do almoço. Fazia algum tempo que não se falavam, mas Diana sabia que poderia recorrer a Rangel. Sempre atencioso, mostrou-se disponível toda vez que ela precisou. A ocasião mais recente havia sido em uma festa temática no Parque da Cidade. Foi ele quem a levou de madrugada ao pronto-socorro depois que ela, descalça e alucinada, cortou os pés em um azulejo solto no fundo da Piscina com Ondas, desativada havia décadas e transformada em pista de dança para ressuscitar, por meio de sons, doses e luzes, o frenesi adolescente de quarentões e cinquentões.

O delegado havia sido particularmente prestativo em outra oportunidade. Em um dos janeiros chuvosos, a mansão do pai de Diana foi arrombada. Levaram computadores, impressora, som, *home theater*, até o ar-condicionado de uma das suítes. Só não pegaram o cofre com dólares e joias da família porque não o acharam, escondido no fundo falso de um dos armários. Duílio estava no exterior, mas conseguiu acionar Rangel, que foi até a casa do senador e trancou-se com os empregados na garagem. Ninguém saiu de lá até que um deles, o mais novo, confessou que havia facilitado a entrada dos ladrões. Rangel não apenas recuperou tudo o que havia sido furtado como se ofereceu para montar um esquema de vigilância 24h com o uso de câmeras.

O pai de Diana fez questão de agradecer pessoalmente.

Depois de um almoço no Fritz, já no estacionamento da Rua dos Restaurantes, mandou o motorista do carro oficial abrir o porta-malas e entregar uma caixa de uísque para o delegado repartir com os agentes. Rangel também indicou a empresa de um amigo que lhe devia favores para instalar as câmeras de segurança da rua da casa que Duílio mantinha para encontros discretos, próxima da residência que deixou para Diana e Nuno. Anos depois, por uma questão de economia, o esquema ininterrupto de vigilância foi desfeito. Sobraram apenas uma mentirosa placa de aviso de monitoramento e um pobre coitado de moto, a vaguear de apito e cassetete, entre cochilos na madrugada.

***

Diana escutou batidas leves. Abriu a porta do quarto com os cabelos molhados, a roupa ainda grudada no corpo.

Era Alan.

Estranhou, o filho de Mirian não aparecia na parte íntima da residência sem ser chamado. E ela não tinha coragem de convidá-lo. Ainda não. Quem sabe um dia, uma noite?

"Desculpe, dona Diana…"

Ela iria pedir para ele não falar "dona", mas voltou atrás diante da expressão tensa do rapaz, escondendo os dentes grandes e brancos que a fascinavam. Alan contou que não tinha achado Mike. Havia procurado no quintal, na garagem, na cozinha, no jardim. Nenhum sinal do cachorro.

"Ele está aqui?"

"Só se estiver embaixo da cama."

Ela gritou o nome do cachorro. Uma, duas, três vezes. Nada. O quarto de Luti vivia fechado, mas ela pediu para Alan ir até lá.

Diana tinha dificuldades para terminar de se vestir. Sempre gostou de cachorros, mas Mike era especial. Ganhara de Hélio Pires quando completou cinquenta anos, foi um dos poucos motivos de alegria no aniversário. Logo se apegou ao filhote de olhos escuros e pidões, batizou-o com o nome do cantor preferido de Luti.

Talvez Nuno soubesse de Mike!

Diana teria de arrumar forças para falar com o filho, ainda estava machucada pela última discussão. Foi até a sala e pegou o telefone. As mãos tremiam, o telefone quase caiu.

O celular de Nuno estava desligado.

Constatou que estava atrasada. Pegou as sandálias e chamou o Uber. Pediria para Alan percorrer as casas vizinhas. Mike poderia estar preso entre as cercas vivas, os pelos enroscados nos galhos dos ciprestes. Ou ter sido atacado pelos rottweilers do vizinho da casa da frente, que sempre deixava o portão aberto.

Diana tremeu de novo.

Chamou Alan. Pegou um porta-retratos e retirou a foto de Nuno com Mike no colo.

"Leva e mostra pra todo mundo. Vigilante, empregado, morador. Avisa que tem uma gratificação."

Ela se recusava a acreditar que Mike havia sumido. Também queria sumir, não aguentaria outra perda. Tentou achar na agenda do celular o nome do rapaz que a abastecia de pó, mas o contato havia sido apagado. Obra de Nuno, deduziu.

Diana esmurrou a mesa. Alan se assustou.

Um carro buzinou na entrada da casa.

Quem sabe alguém encontrou Mike na rua e veio devolvê-lo!

Ela tentou correr até a garagem, mas a alça solta da sandália a fez tropeçar e cair de joelhos. Acionou o controle remoto e o portão ergueu-se lentamente até revelar o que Diana somente deduziu depois da queda.

Não era Mike, era o Uber.

Diana entrou novamente em casa, desta vez pela cozinha. Os joelhos ardiam e logo ficariam inchados se não fizesse nada. Ao pegar gelo, deu de cara com a garrafa de vodca que Mirian esquecera de recolher. Não resistiu. Bebeu enquanto pressionava os cubos no ferimento.

Joelhos esfolados e hálito de vodca, Diana saiu de casa para mais um dia de trabalho.

***

SANGUE E GOIABA

Fazia calor na saleta ao lado dos estúdios da rádio, parecia que o ar-condicionado havia sido desligado. Tide tirou da bolsa de couro a capa de um dos LPs de sua coleção e a usou para se abanar. O sol infiltrado entre as persianas o impediu de perceber que as lâmpadas não estavam acesas. Seria um apagão? Mas por que os geradores não estariam ligados? Ainda bem que, ao chegar, ele havia feito a impressão das sequências dos especiais de domingo. Foi até o estúdio: a rádio continuava no ar. Entregou a Caçapava duas cópias dos programas especiais que produzia; uma ficava com o operador de áudio, a outra com o locutor.

"A Diana ainda não chegou?"

As sobrancelhas erguidas do sonoplasta serviram como resposta.

"Milena avisou que o entrevistado dela chega em 20 minutos", disse Caçapava, no rosto a expressão de quem antevê problemas.

Tide balançou a cabeça e deixou o estúdio. O fornecimento de energia elétrica foi restabelecido e as luzes se acenderam. Ele poderia retomar o que adiava: definir as músicas para tocar na noite de sábado e repassar a relação para Duílio.

Pegou uma resma de papel. Fazia questão de escrever os títulos das canções e os nomes dos intérpretes. Somente depois de se convencer de que havia algo especial no encadeamento é que buscava no computador a listagem com os números correspondentes ao arquivo digital.

A sequência que Duílio encomendou iria ao ar no início do programa semanal de *flashbacks*, um dos poucos da emissora que veiculava gravações internacionais. As três músicas teriam de durar dezoito minutos. E fazer algum sentido, claro.

Tide leu a listagem. Nada o atraiu.

Precisava de um café e um cigarro.

Foi até a copa, agitou a garrafa térmica vazia. Saiu para fumar no estacionamento do anexo do Congresso.

Nuvens escuras acima da Praça dos Três Poderes iludiam apenas os turistas. Todos na cidade sabiam que a chuva somente chegaria em outubro. À frente de Tide, uma moça de vestido colorido vendia sanduíches e salgados em um minifurgão. Tide fez o seu pedido para outra mulher, cabelos prateados e vincos na testa, encostada na parte de trás do veículo. Depois de encher um copo de café, a mais velha gritou para a jovem na frente do furgão.

"Filha, cobra somente a empada desse coroa enxuto. O café é cortesia."

Ela riu e emendou com um comentário para Tide.

"Com todo respeito, viu?"

Tide também riu. Entregou uma nota de dez que a moça guardou em uma bolsa de crochê. As moedas do troco vieram com um sorriso que revelaram vincos idênticos aos da testa e queixo da mãe. A genética era inescapável, Tide reparou; impossível modificar o que está escrito no DNA.

Mesmo com os vincos, ou talvez por isso mesmo, as duas mulheres chamaram sua atenção. As mãos inquietas, os ombros desalinhados, os olhos cheios de vida, a beleza cansada. Sinais de semelhança e simetria, ao menos aos que paravam para observá-las.

Tide elogiou a maciez da empada.

A moça apontou para a mãe. "Ela sempre capricha nos salgados." Perguntou se ele não queria bolo de laranja. "Fiz hoje cedinho."

Tide recusou a oferta. Deixava os doces para as festas de fim de ano em Guanhães com os pais e tios. Um dos primos, de Lagoa Dourada, levava para a ceia de Natal um rocambole recheado com doce de leite que nem mesmo uma das tias, encarregada do pudim de pão e outras sobremesas, conseguia superar.

A moça da van deslizava as unhas vermelhas na tela do telefone que exibia as opções de um aplicativo de *streaming*. Ela escolheu uma música e aumentou o volume. Uma cantora rimava "infiel" com "motel" e gritava a decisão de expulsar "o traidor do seu coração". Tide fez uma careta.

"O senhor não curte?"

Não, Tide não gostava de intérpretes que usavam a garganta para sublinhar os versos. Naquele estilo, entre as vozes femininas, ele curtia Aretha, Janis, Elis, olhe lá. Preferia a suavidade de Nara Leão; fazia tempo, aliás, que não a incluía em suas sequências: *João e Maria, Nasci para bailar*, a insuperável gravação de *Estrada do sol...*

Os pingos da chuva que ontem caiu ainda estão a brilhar

Pronto, estava definido: Nara Leão, cantando Dolores Duran e Tom Jobim, abriria a programação de domingo.

"Quero que você me dê a mão..."

"Tá cantando pra mim?", perguntou a moça do furgão.

"Não, pra ninguém", Tide respondeu, constrangido. "Acho que era pra mim mesmo", acrescentou, sorrindo.

Tide afastou-se do furgão. Foi até os fundos do estacionamento. Aproveitou a sombra de uma mangueira para terminar o café e contemplar, de longe, os retângulos e esferas do Congresso Nacional. Veio à cabeça uma lembrança.

"Isso não é um prédio, meninos. É uma aula de geometria."

Quem foi mesmo que falou? Não lembrava, mas foi logo que chegou ao planalto central. O que mais estranhou, além da vastidão seca e desolada, não foi a profusão de formas geométricas ou a ausência de esquinas, mas de ladeiras. Demorou algum tempo para notar que muita gente dali nasceria e morreria sem enfrentar uma pirambeira em dia de chuva.

Olhou o relógio. Diana estava novamente atrasada.

O que a locutora alegaria desta vez? Ou voltaria a culpar a depressão?

O destino havia escalado Tide para ser testemunha e mensageiro de uma tragédia. Foi pouco antes de voltar a morar em Minas. Tide trabalhava como gerente de uma das mais movimentadas lojas de discos na W3 Sul. Luti apareceu numa tarde quente, trazia na mão um punhado de goiabas que comprara de um ambulante. Contou a Tide que vinha do Conic. Deixara algumas fitas-demo de sua banda de rock na Berlin Discos e na Redley Records do Conjunto Nacional. Meio sem jeito, perguntou se a loja aceitaria vender os cassetes. Tide disse que não havia problema, outras bandas iniciantes já haviam deixado fitas em consignação. Mostrou a pilha ao lado do caixa, nomes estranhos escritos em inglês e português nas capas rebuscadas por grafismos.

"Boto fé!"

Animado, Luti contou que tinha poucos cassetes na mochila. Deixaria apenas um, mas voltaria depois de pegar as capinhas na gráfica. Despediram-se. Tide largou Luti na seção de CDs importados e foi aos fundos da loja mostrar a um cliente as novidades em *laserdiscs*.

"Você tem o *laser* dos Três Tenores, ou um somente do Pavarotti?"

Entretido com o aficionado por ópera, Tide ignorou o chamado de um de seus vendedores, que gritou de novo e correu para fora. Tide pediu licença ao freguês e foi ver o que tinha acontecido. Escutou mais gritos e uma buzina. Saiu da discoteca e viu um ônibus parado na avenida. À frente dele, o *skate* e o corpo de Luti.

Diana e Duílio estavam em Machu Picchu. Não usavam celular, foi um inferno para Tide conseguir o telefone do hotel e deixar recado. Diana ligou horas depois, perguntou o que tinha acontecido. Tide pediu para falar com Duílio. Ela não deixou, ainda brigou com ele.

Tide, então, contou a Diana.

Escutou um grito. Duílio pegou o telefone.

Tide relatou o que viu e o que soube. Quase tudo.

Ao sair da discoteca, Luti parou para tirar uma das goiabas da mochila. Com uma das mãos ocupadas, perdeu o controle do *skate* ao tropeçar em uma pedra solta no calçamento irregular. Escorregou e caiu no asfalto justo no instante em que passava um ônibus da linha Grande Circular. Foi atingido em cheio.

Duílio respirou fundo.

Tide relatou o desespero do motorista, que jurou não ter visto Luti. Duílio não pareceu se convencer.

Tide e Rangel esperavam os amigos no aeroporto. Duílio insistia em saber o nome do motorista, avisou que pediria a cabeça dele ao diretor da TCB. Diana mandou o marido ficar quieto. Encheu Tide de perguntas. Queria saber se Luti estava consciente quando ele se aproximou, se chegou a reconhecê-lo, se morreu sozinho. Tide desconversou. Preferiu poupar o casal do que ficou sabendo na loja: Luti correu porque foi flagrado por um vendedor quando enfiava um CD do Faith No More no bolso da bermuda. Tide acertou com Rangel que os amigos não precisariam saber do furto. O policial deu um jeito de a informação não constar na ocorrência; mandou o escrivão registrar que o garoto perdeu o equilíbrio no *skate*, foi parar na pista ao lado da calçada, o ônibus o acertou, fim da história.

O que Tide não dividiu com Rangel, muito menos com Diana e Duílio, foram as imagens que o fizeram perder o sono naquela noite. Os braços longos do jovem, abertos e estendidos em direções opostas, a testa rasgada pelo aço da carroceria do ônibus; o fio vermelho escurecendo o asfalto, as rodas do *skate* apontando para o céu azul. Tide guardou também os cheiros adocicados de sangue e goiaba madura que escapavam, misturados, do lençol branco que arrumou em uma loja de enxovais para cobrir o corpo de Luti depois de esvaziar o bolso da bermuda e levar o CD de volta à seção de importados.

Diana, enfim, atendeu o telefone. Jurou que estava chegando e desligou antes de saber que a locução dos especiais poderia ser gravada depois da entrevista de Milena. Ela parecia mais exasperada do que o normal. O que teria acontecido?

Tide acendeu outro cigarro. As nuvens escuras já haviam se dissipado. Dali conseguia avistar as folhas das palmeiras plantadas entre o Congresso e a Praça dos Três Poderes. Como cresceram desde a primeira vez que as viu! Tinha quantos anos, doze? Fez as contas mentalmente. Errou. Tinha, no máximo, dez anos no dia em que o pai de Duílio, João Silveira, os levou para jogar bola na praça enquanto ele fotografava os monumentos.

Onde estariam as suas fotos?

Talvez em Guanhães, na casa dos pais. Pediria ajuda do irmão para encontrá-las.

Tide usou o tênis para esmagar o cigarro. Não dava mais para adiar, teria de concluir a escolha das músicas com a duração que Duílio havia encomendado. Não era um pedido, era uma ordem. Ele, Hélio Pires e Rangel sabiam disso. E, se havia algo que eles aprenderam no Colégio Militar, além de manter os sapatos e cintos impecavelmente engraxados, foi encarar as consequências de uma ordem descumprida.

Ele viu Diana descer de um sedã preto. Esbaforida, ela tropeçou e quase caiu antes de entrar no anexo do Congresso.

"A manhã promete...", Tide murmurou para ninguém ouvir. Fumaria mais um cigarro antes de voltar para o trabalho.

***

"Eu calculei o tempo. Preciso de dezoito minutos de música sem interrupção. Como você vai fazer eu não sei."

No início, Tide considerou que a encomenda de Duílio era apenas um capricho. Depois passou a achar engenhosa a ideia de um elemento externo como a senha para o início da ação dentro da casa. E era a cara de Duílio, ele gostava desses joguinhos. E gostava ainda mais de enredar os amigos de uma forma que eles não conseguissem escapar. Foi assim em 1978, seria assim novamente.

Duílio revelou o plano em almoço que marcou no Faisão Dourado no final de dezembro. A tarde havia começado de forma surpreendentemente amena para o início do verão; a floração dos cambuís pintava alamedas e calçadas de amarelo. Tide e Rangel chegaram praticamente juntos. Minutos depois, foi a vez de Hélio Pires. "Esse é o melhor mês para o viveiro. Além de o pessoal gastar o décimo terceiro salário, a cidade vira o meu *showroom*", comentou, depois de parar a bicicleta ao lado da mesa. "A procura é tanta que eu deixo as mudas já na entrada da loja."

Rangel apontou para o acesso às lojas da W3.

"Aquela árvore, perto da oficina, é um cambuí?"

"A mais alta? Sibipiruna. O pessoal confunde muito, mas a Alba me ensinou um jeito fácil de reconhecer. Sibipiruna tem a copa vazada. Cambuí tem a copa grande, mas fechada", disse Hélio Pires.

Os três ocuparam uma mesa embaixo de um poste, distante dos outros clientes do restaurante conhecido pelo despojamento e pelas porções generosas.

"E o vaso de yuca, tá bonito?"

Não deu tempo de Tide responder. Duílio apareceu mais agitado do que de hábito. Pediu desculpas e justificou o atraso.

"Perdi meu tempo em outra discussão com o velho, não dá mais."

O garçom se aproximou e Duílio estendeu uma nota de cinquenta.

"Isso é pela mesa no lugar certo. Vão ser duas picanhas completas. Antes, um filé no palito, e capricha na cebola."

Depois de o garçom se afastar, Duílio pegou o capacete que Hélio Pires havia colocado em cima da mesa.

"Que novidade é essa, Hélio?"

"Distância curta, agora eu só faço de bike. Geração saúde: vou chegar aos sessenta muito mais inteiro que vocês."

"Bike... Sei!"

O comentário de Duílio foi interrompido por um ambulante de traços orientais que os abordou para oferecer carregadores e capas de celular. Rangel o dispensou. Minutos depois, um menino ofereceu panos de prato. Precisava do dinheiro para comprar cadernos escolares, contou.

"Material escolar em dezembro?"

Duílio ignorou a desconfiança de Rangel.

"Quanto é, garoto?"

"Três por dez."

"Pronto, toma aqui", disse Duílio, estendendo uma nota de vinte. "Pode ficar com o troco."

Ele apontou para Hélio Pires.

"Os panos você entrega pra ele."

O garoto obedeceu.

"Diz à Alba que é presente meu pra ver se ela para de fazer cara feia ao me ver."

Hélio Pires esboçou uma resposta, mas Duílio o interrompeu.

"Não precisa mentir. Sei que ela não vai com a minha cara."

O menino guardou a nota de vinte numa carteira emborrachada e foi embora. Duílio olhou para os lados, ninguém ao redor.

"Agora a gente pode conversar."

Pediu para os amigos se aproximarem. Falaria baixo, avisou.

"Vocês sabem o que eu tô passando com o meu ex-sogro", disse Duílio, pernas irrequietas e cotovelos fincados na mesa. "Ontem aconteceu de novo. Os caras no meu pé desde a semana passada, fui lá na casa dele cobrar a emenda. Aí o escroto me diz que pensou melhor e mudou de ideia. Não vai fazer do jeito combinado, quer rediscutir os valores."

As veias do pescoço de Duílio saltavam.

"Todo mês ele inventa uma novidade e pede mais dinheiro para apresentar as emendas. Se continuar assim, eu vou para o buraco." As pernas de Duílio agora sacolejavam a mesa. "Não dá mais."

O baseado antes do almoço deixou Tide desatento. Ele tinha dificuldade para acompanhar a ladainha de Duílio. Até porque muita coisa ele já sabia. Conhecia as desavenças familiares por meio dos desabafos de Diana nos bares da 109. Em uma noite que ficaram no Beirute até Santino, seu garçom preferido, avisar que iria colocar os bancos em cima das mesas, ela havia contado que o pai iria suspender os depósitos mensais que fazia para Nuno. O senador reclamava que o neto não demonstrava interesse pelas fazendas da família.

Entre xingamentos, Duílio deixou escapar o motivo da discussão mais recente: Hermes Filho exigira aumento na percentagem da bolada que recebia de duas empreiteiras. As outras reclamações eram as de sempre. A fortuna que Duílio pagou pela vaga de suplente, a desconfiança que o parlamentar andava com uns esquemas paralelos de arrecadação, a suspeita de que o velho tinha arrumado um jeito de enfiar o nome de Duílio na Lava-Jato e que, por isso, era uma questão de tempo até algum procurador de Curitiba vazar a informação para os amiguinhos da imprensa.

Tide avisou que precisava ir ao banheiro.

"Segura um pouco, agora é a parte mais importante", disse Duílio. "Gravei um vídeo para me proteger. Quem assistir vai achar que é uma confissão, mas, na verdade, eu vou entregar os esquemas do velho. No domingo eu começo a espalhar o vídeo. No mesmo dia, o jornal do Denizard vai sair com uma nota revelando que o senador será o próximo a ser denunciado por propina e lavagem de dinheiro. Aí a polícia identifica o corpo e pronto: basta ligar os pontos..."

Tide tentou se concentrar, mas se distraiu com a aproximação de um homem descalço, barba desgrenhada e sacola nas costas.

"É uma área sem iluminação, então o corpo só deve ser encontrado de manhã", disse Duílio, sem perceber a chegada do mendigo. "A partir daí o Rangel assume a investigação. Tudo certo nessa parte?"

Rangel assentiu. Lembrou que o delegado-chefe é o primeiro a ser avisado em casos mais rumorosos, ainda mais quando a ocorrência se dá na circunscrição de uma delegacia sem plantão aos domingos. Ele conhecia bem os agentes, o perito criminal e o papiloscopista da delegacia; todos lhe deviam favores. Ignorariam o adjunto que tinha acabado de chegar e obedeceriam a Rangel.

O mendigo se aproximou da mesa onde estavam os quatro e assustou os pombos que disputavam os restos de comida. Hélio Pires fez um sinal para que todos se calassem. O intruso abordou Duílio, o único de terno e gravata na mesa.

"Chefe, o senhor..."

Duílio gesticulou para o homem se afastar, como quem enxota um vira-lata.

"Passa fora. Tô sem dinheiro."

A reação do mendigo surpreendeu os quatro.

"Não quero dinheiro, só uma informação!"

"O que você quer saber?"

"Vá tomar no seu cu!"

"Vá você!"

A jugular de Duílio saltitava, parecia querer fugir do pescoço.

Hélio Pires tentou um tom mais ameno.

"Amigo, a gente tá numa conversa séria aqui..."

"Não sou seu amigo."

"Já deu, pode ir embora", Duílio ordenou. "Você tá fedendo."

"O senhor também fede." O desconhecido apontou para os quatro. "Todos vocês. Cheiro de merda."

O mendigo remexeu a sacola até retirar um martelo.

Duílio se retraiu na cadeira.

Rangel levantou-se, posicionou-se em frente ao mendigo e ergueu a camisa.

"Olha pra cá."

Mostrou a pistola no coldre colado à cintura.

"Me dá o martelo."

O tom do intruso mudou da fúria à súplica. ""Faça isso comigo não, doutor. Preciso dele pra pegar serviço."

"Que serviço? De vagabundagem? Deixa o martelo em cima da mesa."

Contrariado, o mendigo obedeceu ao delegado.

"Agora some daqui."

"Eu vou, mas..."

"Calado!"

Rangel abaixou a camisa e sentou-se novamente.

Antes de ir embora, o mendigo avançou em uma das travessas e pegou o que restava do filé no palito. Foi andando, sem pressa, de boca cheia.

Duílio levantou-se e tentou atingir o homem pelas costas com um pontapé.

Tide o deteve.

"Deixa o cara ir embora."

Duílio sentou-se novamente.

"Continua com a sua história", Tide pediu.

"Não é só uma história. É a minha vida que tá em jogo. E, se não der certo, a de vocês também."

Hélio Pires usou um guardanapo para enxugar o suor da testa. "Da gente, Duílio? Como assim?"

"Acho que o velho sabe do lance da piscina."

"Mas como ele saberia? Só se você contou."

"Por que eu iria fazer isso, Hélio? Não sou idiota. Ninguém aqui é." Duílio ajeitou os fios de cabelo que o vento insistia em desarrumar. "Mas é que do nada ele veio com uma conversa que algumas coisas do passado vêm à tona quando a gente menos espera. Eu fiquei grilado." Ele usou um palito para fisgar lascas de cebola. "Por isso é melhor resolver isso de uma vez. Até pra gente não correr esse risco."

Quietos, os três tentavam absorver tudo o que Duílio havia contado.

Hélio Pires chamou o garçom, cobrou a picanha.

Tide ainda prestava atenção no mendigo até ele sumir como apareceu, entre as árvores que separavam o comércio dos edifícios residenciais.

"Eu estava mesmo precisando de um desses", comentou Rangel, ao manusear o martelo.

"Agora posso ir ao banheiro?"

Tide não esperou a resposta de Duílio. Levantou-se e deixou a mesa.

Hélio Pires o imitou.

"Também preciso mijar, mas um de cada vez!"

Ninguém riu.

A caminho do banheiro, Hélio Pires apontou para um cartaz pregado na parede de uma sapataria ao lado do restaurante.

"Tributo ao Led Zeppelin, a maior banda de rock do mundo", leu em voz alta. "E aí, alguém discorda?"

Ninguém respondeu.

Tide aproveitou a saída para colocar as ideias no lugar. Por que Duílio havia ressuscitado a história da piscina? Tinham combinado de esquecer o episódio. Se o objetivo era pressioná-los, a menção havia sido desnecessária. Claro que os três iriam ajudar o amigo a realizar o que ele havia planejado, lembrar o que fizeram de errado parecia chantagem. E, se fosse, refletia um certo desespero de Duílio para se livrar do senador.

Tide também se incomodou com a hesitação do amigo ao ser confrontado pelo mendigo. O Duílio que Tide conhecia desde criança não era assim; tomava a iniciativa, não admitiria ser acuado. Por que estaria reagindo de uma forma diferente? Ele tentou afastar os maus pensamentos. Lavou o rosto e mexeu no celular. Sua namorada, Janine, ainda não havia respondido à mensagem com *link* para uma *playlist* que fez para ela se distrair no trabalho.

Os quatro ficaram ainda algum tempo no Faisão. Duílio pagou a conta e acompanhou Rangel até a entrada do restaurante. Hélio Pires pegou a bicicleta e, com Tide ao seu lado, a empurrou pela alameda que cercava os prédios da quadra.

"Você não achou o Duílio meio esquisito?"

Tide concordou com a cabeça, mas mudou o rumo da conversa. Perguntou o nome de uma árvore de tronco espesso e bifurcado próxima à mesa que haviam ocupado.

"Amendoim-bravo. É a que mais tem aqui, pode observar. A ideia era essa, uma espécie predominante a cada quadra. Se a pessoa se perdesse, ela poderia se localizar pelas árvores."

"Não fode, Hélio. Quer dizer que os caras que fizeram a cidade planejaram até as árvores das quadras?"

"Mas foi isso mesmo! Repara entre as lojas e os blocos dessa quadra: quase tudo amendoim-bravo. Mas os porteiros plantaram as frutíferas para colher manga, pitanga, abacate, goiaba..."

"E ficou melhor", Tide observou.

"Olha ali... Acho que tem até dracena!"

Para confirmar a suspeita, Hélio Pires pedalou até uma vegetação rasteira. Desceu da bicicleta, agachou-se e arrancou a folha de uma das plantas.

"É dracena, mesmo. Isso é uma praga. Cresce logo e se espalha rápido, não precisa de semente para germinar."

Distraído, ele ignorou a cena que Tide acompanhava no estacionamento da quadra: Duílio com metade do corpo para fora do carro, buzinando com insistência para chamar a atenção do dono da Pajero que o impedia de sair.

"Tá vendo as folhas por cima do tronco da árvore? São de outra planta, o imbé. Ele se apoia no tronco do amendoim-bravo para crescer na direção do sol. Só assim ele vai conseguir viver." Hélio Pires animou-se com a própria explicação. "Mas não é filho da puta como a erva de passarinho, que cola na casca, cresce, entra no tronco e vai sugando até matar a hospedeira. O imbé é uma epífita."

Tide continuava entretido pelas tentativas de Duílio de retirar o carro da vaga em frente ao Faisão; agora o amigo gesticulava para um jovem, com idade para ser o filho dele, provavelmente o motorista da Pajero.

"É o quê?"

"Epífita. Como a orquídea. As epífitas encostam nos troncos, mas não sugam a seiva da outra planta. A folhagem do imbé precisa do sol para fazer a fotossíntese. Só sobrevive quem chega na luz. E dá para chegar sem retirar os nutrientes da planta que a sustenta, senão as duas morrem."

Hélio Pires apontou para o tronco bifurcado do amendoim-bravo, parcialmente escondido pela folhagem do imbé.

"Olha de novo. Tá vendo o que eu disse? Uma se apoia na outra, mas sem simbiose."

"Eu vi. E daí?"

"Pesquisa na internet sobre epífitas e plantas parasitas, as diferenças entre elas. Você vai entender o que eu acabei de falar, Tide", disse Hélio Pires, com um pedantismo meio desproposital. "Depois me procura."

Os dois escutaram gritos na entrada do restaurante. Agora Duílio batia boca com o dono da Pajero.

"O Duílio tá muito nervoso, Tide." Ele agachou-se e examinou um fruto desgarrado na calçada. "Se continuar assim, vai fazer bobagem no sábado."

Tide pisou forte para tentar quebrar a casca. Não conseguiu.

"Como chama?"

"Baru."

Hélio Pires recolheu o baru e examinou o fruto.

"Você se deu bem. Vai ficar na rádio. Eu e o Rangel temos que dar conta do senador e torcer pra ninguém nos ver e pro Duílio não nos atrapalhar."

Tide deu de ombros.

"E tem outro jeito? Você sabe como ele é."

Hélio Pires ergueu as sobrancelhas e cofiou o bigode.

"É verdade. Tem de ser sempre do jeito dele."

Ele entregou o baru a Tide.

"Pode abrir e comer. Você vai gostar da castanha. Tem gosto de amendoim."

***

Duílio repetiu até a exaustão as etapas de seu plano, mas a verdade é que Tide saiu reticente do almoço. Será mesmo que o pó da planta que seria dissolvido no vinho deixaria o senador grogue no tempo previsto? Hélio Pires jurou que sim, mostrou até os *prints* da pesquisa que fez na internet. Mas, e depois? Tudo bem que não havia iluminação na parte do terreno que se estendia até a margem do lago, mas como Duílio poderia garantir que ninguém iria ver os três carregando o corpo até a água? Rangel não estava sendo otimista demais ao assegurar que a investigação seria um teatrinho e conseguiria controlar a perícia, os agentes, as imagens de câmeras de segurança, enfim, tudo que poderia incriminá-los?

E ainda tinha o vídeo gravado por Duílio, a ser divulgado pelo colunista do jornal no mesmo dia da descoberta do corpo. O amigo estava convicto de que a confissão de caixa dois seria suficiente para dissipar a suspeita óbvia de o suplente estar envolvido na morte do parlamentar. Será?

Tide bem que tentou discutir esses pontos no dia da gravação do vídeo, mas Duílio assegurou que a preocupação era desnecessária. Ele e Rangel tinham bons contatos, iriam cuidar de tudo. Tide insistiu, disse que estava apreensivo também com Rangel, às voltas com o diagnóstico de uma doença degenerativa.

"Eu já levei tudo isso em conta, mas não tenho mais alternativa. Sou eu ou o senador", disse Duílio a Tide, ainda na sala da Asa Norte. "Por isso, eu preciso de vocês."

Impossível dissuadir o amigo, Tide observou. Teria de ajudá-lo. Seria a sua forma de retribuir a ajuda que Duílio deu para tirá-lo do buraco. Desempregado havia quase um ano, Tide voltara a morar com os pais em Minas. Parou de dar notícias e os amigos ficaram preocupados. Diana aproveitou um feriado para visitá-lo. Tentou convencê-lo a voltar, passaram momentos agradáveis juntos. Contou que Duílio estava batalhando um emprego para ele fazer o que mais gostava: ouvir música o dia inteiro. Tide levou na brincadeira, mas dias depois Duílio telefonou para perguntar se ele não estaria interessado em uma vaga de programador musical na Rádio Senado.

Tide aceitou, claro.

Além do cargo comissionado, Duílio ofereceu ao amigo um teto na Asa Norte. O apartamento era no primeiro andar e estava malcuidado; paredes descascadas, mofo no teto da sala, vazamento no banheiro. Mas Tide nem cogitou recusar. De Minas levou discos, livros, o violão de doze cordas e alguns móveis que sobraram depois da separação. Os meses viraram anos e Duílio jamais cobrou o aluguel.

O prédio ficava ao lado de uma oficina de automóveis e Tide acordava com a conversa fiada dos mecânicos embaixo da sua janela. Para não ser incomodado no restante da manhã, deixava o rádio ligado e conferia o andamento de sua programação, interrompida apenas quando havia atividade nas comissões parlamentares.

Na cabeça de Tide, elaborar sequências musicais equivalia à montagem de um quebra-cabeça. Ele acreditava que havia uma certa arte em unir composições de autores de origens e épocas diferentes em módulos harmônicos. Funcionava melhor quando os locutores percebiam a intenção do programador e faziam a transição de uma música para outra sem interrupções nem vinhetas, de forma sutil, quase uma mixagem. Diana, mesmo de ressaca ou de porre, ainda era a melhor nisso, dizia que os blocos de Tide sempre rendiam uma "viagem boa". Certa vez, ao zapear de madrugada, parou para assistir a um documentário sobre Herbert von Karajan. De fraque, o maestro explicava por que exigia trajes impecáveis dos integrantes de sua orquestra.

"A música é a personificação do belo."

Tide gostou, até anotou a frase. Também enxergava beleza na música. E nas combinações que fazia com elas.

Dentro dos limites, claro.

Na programação regular, Tide seguia à risca a diretriz estabelecida pelo diretor da emissora, radialista das antigas, apadrinhado por um senador goiano.

"Esqueçam gente nova. Quero que vocês trabalhem com artistas que todo mundo já escutou ou ouviu falar. De manhã, vocês carregam nos sucessos dos grandes nomes da música popular brasileira. Incluam também uns sambinhas, uns rocks calmos e, no máximo, um tema instrumental a cada hora. É o que o diretor de comunicação gosta de ouvir e a turma dos gabinetes não reclama. À noite é diferente. Podem botar um som mais balançado, mas prestem atenção nas letras. Não quero palavrão nem contestação política. Na madrugada, aí vocês podem viajar, programar umas doideiras do nosso tempo. Assim ninguém enche o meu saco e eu não encho o saco de vocês."

Tide obedecia à orientação do chefe. De manhã, o som inofensivo; de noite, balanços e algumas "doideiras". Fazia mais. Alternava cantores e cantoras, evitava andamentos parecidos, jamais repetia os medalhões da MPB, tudo para garantir a "viagem boa" que Diana curtia.

Às vezes, ele recorria à memória afetiva e elaborava sequências que fazia questão de compartilhar com os amigos no grupo que Duílio criou para os quatro no WhatsApp. Os outros elogiavam as escolhas, também mandavam sugestões. Hélio Pires e sua preferência por vozes femininas; Duílio interessado em ritmos agitados; Rangel, sem paciência para música brasileira (dizia que somente gostava de Os Mutantes, mas sem Rita Lee), disposto a morrer abraçado ao Pink Floyd, Genesis e outros dinossauros do rock.

Um dia, ao compartilhar no grupo a *playlist* do programa semanal de *flashbacks*, Tide recebeu de volta no privado uma mensagem enigmática de Duílio.

"Quanto tempo?"

Tide demorou para entender que o amigo queria se informar sobre a antecedência do trabalho. Depois de contar que, em média, as narrações eram gravadas dez dias antes de ir ao ar, com exceção dos turnos em que os locutores entravam ao vivo, recebeu nova mensagem de Duílio.

"Tive uma ideia, vou te ligar."

Duílio encheu Tide de perguntas. Como era feita a programação da noite de sábado, se ainda havia locutores no fim de semana, se Diana fazia plantão como os outros. Foi depois daquele telefonema, Tide avaliou, que Duílio definiu a participação do amigo no plano.

Se não era uma bolada como recebiam os colegas mais antigos ou os que ocupavam cargos de chefia, o salário de Tide permitia que ele ajudasse os pais. Todo mês depositava uma quantia para ajudar o pai a fechar as contas da farmácia da família, mal das pernas após a chegada de uma grande rede de Belo Horizonte. Apesar de o custo de vida na capital da República ser compatível apenas com os rendimentos dos servidores que tinham os contracheques reforçados por auxílios e quinquênios, o dinheiro dava para Tide viver sem grandes apertos. E, mais importante, ele não tinha medo de acordar com agentes da Polícia Federal à sua porta em mais uma operação, espetacularizada pela cobertura midiática e batizada com algum nome engraçadinho, contra a corrupção.

Quantos na área nobre da cidade podiam dormir tranquilos? Poucos? Muitos? Ninguém sabia.

O certo é que Tide tinha orgulho de ser um deles.

Acendia o primeiro cigarro do dia depois de um café forte. Passava as manhãs lendo ou dedilhando o violão. Nunca teve professor, aprendeu o pouco que sabia em umas revistinhas de papel vagabundo da banca da quadra. Mas foi muito tempo atrás, quando a banca ainda vendia revistas. Também conseguia tirar de ouvido alguns sucessos da MPB e as músicas que ele, Duílio, Hélio Pires e Rangel fizeram quando montaram uma banda de vida breve e conturbada.

O batismo da banda provocou a primeira discussão. Dois deles queriam um nome, dois tinham outra sugestão. O impasse consumiu horas e beques até Diana ser consultada e desempatar a favor de Plano Alto, a escolha de Tide e Duílio. Os ensaios começaram em uma semana especialmente chuvosa de janeiro. Tide disse aos amigos que o som deveria reunir elementos progressivos e psicodélicos, mostrou alguns discos. Somente esqueceu que, para isso, eles precisariam saber tocar. O que conseguiam fazer era uma mixórdia que ficava ainda mais confusa quando Diana, loucaça, invadia os ensaios agitando maracas, jurando que era Baby Consuelo nos Novos Baianos.

Tide ficara incumbido de escrever as letras. Para se inspirar, anotava em um caderno o que lia em grafites nos fundos de entrequadras comerciais e em pontos de ônibus.

sei

sua sede

parede

Tide tentava encaixar, nos arranjos intrincados, os versos em livrinhos mimeografados dos poetas cabeludos que perambulavam com bolsas de couro pelas mesas dos bares do Plano Piloto e Taguatinga.

de dia

corro

com meus medos

à noite

passeio

com meus sonhos

Alguns versos ele cantava nos concertos ao ar livre que desafiavam o marasmo monumental de domingo.

Meu coração tem um desejo imenso

de ver o dia nascer pelo avesso

Outros poemas que o fascinavam, porém, não cabiam em músicas.

Pra mim chega.

Nunca mais vou medir os dias

nem as pesadas noites

pela batida de um coração que apodrece.

E vê se não esquece

de retirar dos corpos as manchas de sangue

os mapas irregulares que me destinam

a um país ocupado.

Os quatro estavam empolgados com a banda, chegaram a marcar um *show* em uma lanchonete do Gilberto Salomão. Desistiram depois de escutar o registro de um dos ensaios. O resultado era tosco, muito aquém do que imaginavam. Mas tudo bem, sabiam que a música seria apenas um passatempo. Não enxergavam futuro para uma banda de rock numa cidade que só queria saber de discoteca, MPB, samba, silêncio. Outras distrações e os primeiros compromissos profissionais selaram o destino do grupo, que morreu no mesmo lugar onde nasceu: na garagem de Duílio, a bateria de Rangel acumulando poeira e a ferrugem escurecendo o arame do caderno espiral de oito matérias com as letras que a Plano Alto jamais gravou.

Os LPs de Tide não cabiam mais na estante da sala. Ficavam escorados no sofá ou empilhados no corredor. Em uma das vezes que esteve no apartamento, Rangel observou que a discoteca do amigo valia um carro zero. Tide ficou surpreso, jamais cogitara comprar um automóvel. Tinha pânico de direção. As mãos suavam e os dedos se encrespavam ao volante. Fracassou na prova para tirar a carteira, deixou o motor morrer logo na partida. Desistiu de tentar novamente.

Ele tentava aprender a conviver com suas limitações, que a ex-mulher dizia ser falta de ambição. "Fracassado", foi o que Mônica disse a Tide na última discussão que tiveram, pouco antes de ela avisar que iria para Nova York em busca da vida que merecia. Ele não se abalou tanto como imaginava. Sabia que não poderia realizar os sonhos da esposa de ter dois filhos, uma casa com piscina e churrasqueira, duas vagas na garagem, muitas fotos dos quatro encasacados no réveillon da Times Square. Tide acostumou-se a viver sem carros e crianças. Mas jamais ficaria sem as sensações descritas em *O livro das ilusões*, sempre na sua cabeceira.

"A música cria uma inteira gama de êxtases interiores. Desperta-nos primeiro o pesar de não ser o que teríamos de ser. Depois basta um instante e sua magia nos cativa, transportando-nos para o nosso mundo ideal, para o mundo onde deveríamos viver."

Foram as palavras de Emil Cioran que socorreram Tide depois de ser abandonado pela mulher.

"Só o sofrimento muda o homem. É incrível o que a dor pode transformar. Mudança de perspectiva, de compreensão e de percepção."

Por meio de Cioran, Tide também entendeu por que passava tanto tempo dedilhando o violão ou revirando LPs.

"Só amam a música aqueles que sofrem por causa da vida. A paixão musical substitui todas as formas de vida que não foram vividas."

A "paixão musical" descrita pelo filósofo romeno fazia Tide ir além do que se esperava de seu trabalho. Escolhia canções que imaginava constar na memória afetiva dos ouvintes. Se um deles conseguisse reviver acontecimentos marcantes a partir de uma música que escutou por acaso, o programador consideraria cumprida a sua missão: a de alterar a percepção do tempo. Era o que ocorria quando tirava o domingo para escutar os discos preferidos. Sabia onde e quando os havia comprado, se estava sozinho ou acompanhado, o frio na barriga ao retirar o vinil da capa e colocá-lo sob a agulha, os olhos fechados para se concentrar no que realmente interessava, o som a reavivar lembranças e despertar sensações fortes o suficientes para espantar a solidão.

De forma inconsciente, Tide dava um jeito de não ficar sozinho a maior parte do dia. Batia ponto de segunda a sábado no *self service* vizinho à oficina. Descia para almoçar logo que o cheiro de comida se infiltrava entre os odores de graxa e óleo. Depois de vencer a dificuldade para escolher as folhagens menos desmaiadas do bufê, ocupava uma das mesas distantes da algazarra feliz dos mecânicos esfomeados.

Certo dia, na hora da pesagem, a moça da balança comentou que Tide sempre almoçava sozinho. "Preciso dizer uma coisa. Quem está com Jesus nunca está só", disse a moça, bolsa no colo, as alças do sutiã marcadas na blusa branca.

"Tome. É a palavra do Senhor."

Ela entregou a Bíblia que ficava ao lado do caixa. Ele agradeceu o gesto da moça, mas garantiu que nunca andava sozinho. "Aqui mesmo tem um monte de gente comigo", respondeu Tide, abrindo a bolsa cheia de LPs que havia selecionado para digitalizar e incorporar as músicas ao acervo da rádio.

A moça pegou a Bíblia de volta.

Depois do almoço, Tide seguia a pé até o ponto de ônibus na W3. Ficava especialmente atento ao sobrevoo dos pombos prontos a atacar restos de comida em marmitas jogadas em contêineres imundos. Deparava-se no trajeto com uma sucessão de construções desordenadas. Escolas recém-reformadas a ostentar na fachada os trinta anos de existência como sinônimo de tradição, oficinas com faixas a gritar descontos para troca de pneus e outros serviços automotivos, paredes de videokês marcadas com pichações indecifráveis, letreiros desbotados a oferecer bênçãos e cursos de dança, grades ariscas fixadas na tentativa inútil de proteger famílias amedrontadas em casas geminadas de muros baixos e jardins entregues à grama e ao lixo, quitinetes destinadas ao sexo e ao sono de putas e michês e outros trabalhadores autônomos, todos amontoados em um lugar que somente aparecia na tevê em dia de volta às aulas, de eleições e de rebelião de menores infratores na unidade prisional próxima aos prédios, casas e lojas, o pedaço da cidade que escapou do controle de seus criadores.

Tide havia se acostumado com a desordem daquele canto da Asa Norte. Poderia ficar ali para sempre, escutando os seus discos enquanto removia o mofo do teto e a poeira nas folhas eriçadas do vaso de yuka. E foi assim que ele viveu até o dia em que a fivela de uma sandália o levou a conhecer Janine.

Ele havia terminado sua refeição no *self service* e, na hora de pagar a conta, deixou a comanda cair. Abaixou-se e deu de cara com pés femininos confinados em um par de sandálias alaranjadas. Uma das fivelas estava prestes a se soltar, Tide observou. Ele avisou à dona das sandálias, que sorriu ao agradecer o aviso.

Foi o primeiro contato.

Tide voltaria a encontrar a moça alguns dias depois, desta vez na agência bancária onde ele acabara de fazer o depósito mensal para o pai. De *jeans* e camiseta vermelha, Janine discutia com um vigilante por causa da porta giratória que teimava em acionar um alarme e travar quando ela tentava entrar. Tide assoviou para Janine e apontou para os pés dela.

De novo, a fivela.

Janine tirou a sandália, arrancou o ornamento e o entregou para o segurança. Descalça, entrou na agência.

Com um sorriso largo, agradeceu a Tide e perguntou se ele estava de saída. Se não estivesse, poderiam dividir uma tigela de açaí num quiosque ali perto. Desnorteado com o convite, ele mentiu duas vezes. Disse que gostava de açaí e que acabara de chegar. "Então por que você está com esses papéis?", perguntou Janine, sorrindo novamente e apontando para os comprovantes de transferência bancária nas mãos dele.

No instante em que Janine desmontou a sua mentira, Tide desistiu de tentar enganá-la novamente. Não conseguiria; ela parecia ser esperta, muito mais esperta que ele. Também porque, depois do terceiro sorriso, veio um encanto súbito e avassalador. Ocupou o peito, a cabeça, os nervos, o corpo inteiro de Tide. Sem saber, assim como sem entender o porquê, ele vislumbrou os dias e as noites com Janine. Dividiria tudo com ela; as alegrias, as refeições, os segredos, as contas, os lençóis, os pesadelos, o futuro, as aflições. Sem saber, Janine fez Tide admitir o que tentava diariamente dissimular com discos, livros, beques, sonhos; era impossível ser feliz sozinho. Ele não queria nada com Janine que não fosse de verdade. Por isso, no breve período em que ficaram juntos, mas que, ao menos para ele, foi um tempo imenso, o melhor dos tempos, Tide jamais mentiu.

   Foi sincero do início ao fim.

**

CORRENTES

No escritório do viveiro, Hélio Pires conferia os recibos de pagamentos do dia anterior enquanto Alba procurava no armário as luvas de látex que usaria para podar os galhos de um pequizeiro. Ela parou ao ver na tevê uma reportagem sobre o uso de vasos de plantas para ocultar os parlamentares que entravam e saíam do Palácio do Jaburu, a residência oficial da vice-presidência da República, muito mais movimentado depois de o ocupante daquele palácio assumir o comando do Executivo.

"Esses butiás e essas arecas-bambus estavam aqui no vizinho até o início da semana", Alba observou.

"Então foi isso que o mocinho comemorou depois de encher o caminhão e mandar entregar no Jaburu."

"Por que a gente não consegue uma venda boa como essa, Hélio?"

Uma pergunta desnecessária. Alba e o marido sabiam a resposta. O concorrente desfrutava de trânsito livre no Planalto e na Esplanada. Herdara do pai os contatos com políticos influentes e seus apadrinhados. Mesmo depois do impeachment, era assim que as coisas continuavam a ser decididas. Foi o que garantiu um conhecido de Hélio Pires dos tempos de caserna, um coronel irritadiço que Alba tinha o desprazer de encontrar todo sábado no supermercado. Sete da manhã e o militar reformado estava na fila da seção de carnes, aos gritos, exigindo pena de morte para os corruptos e alertando para a ameaça iminente do comunismo. "É preciso restabelecer a ordem e endireitar esse país. Nossa bandeira é verde e amarela, jamais será vermelha!", esbravejava, antes de mandar o açougueiro moer um quilo de patinho.

Alba ignorava a cantilena, ainda mais depois de saber que o coronel havia sido flagrado em um esquema de compras superfaturadas de uniformes e coturnos. Se quisessem entrar no jogo da Esplanada, ela e o marido teriam de molhar a mão de alguém. Mas isso eles não fariam. Melhor investir na compra da loja ao lado. Tentariam, ao menos, enfrentar o jogo pesado do concorrente. Faltava apenas um detalhe. De onde viria o dinheiro para o negócio?

Alba não tinha a menor ideia, mas Hélio Pires sabia. Tudo ficaria mais fácil depois da noite de sábado.

Por algum tempo, Hélio Pires achou que Duílio tinha desistido do plano. Encontraram-se duas ou três vezes depois do almoço de fim de ano, no Faisão Dourado, e ele não tocou no assunto.

Numa manhã fria de junho, o amigo apareceu no viveiro para lembrá-lo. Duílio veio com uma conversa de que estava à procura de uma planta de médio porte para a nova sede de seu escritório. O dono da loja mostrou os vasos na entrada.

"As de folhagem colorida são as léias-rubras. Ali do lado delas, as das folhas estreitas, são as palmeiras-ráfis."

"Essas ráfis são engraçadas", Duílio observou. "As folhas ficam apontando para cima, parecem cabelos arrepiados. São do cerrado?"

"Não são daqui", Hélio Pires esclareceu. "Minha clientela não gosta muito de planta brasileira. Quanto mais exótica, mais vende: Malásia, Tanzânia, Madagascar. As ráfis são da China e se adaptaram muito bem."

"Posso levar uma dessas para colocar na minha sala."

Duílio esticou os olhos para os fundos da loja.

"Mas eu queria uma dica de quem conhece mesmo. A Alba tá aí?"

Hélio Pires contou que a mulher estava no horário de almoço.

"Então a gente pode conversar melhor."

Duílio olhou para os lados antes de prosseguir.

"Tá lembrado do que eu falei pra vocês em dezembro?"

Duílio fez um sinal para o amigo acompanhá-lo até os fundos.

Depois de se certificar de que tinham apenas as plantas como testemunhas, acariciou o caule de uma das bromélias mais vistosas e revelou o motivo da visita.

"Não aguento mais. Ele é insaciável."

"Ele quem?"

"O senador, claro."

Duílio pressionou as unhas no caule até a seiva escorrer.

"Não faz isso com a planta, por favor."

Duílio ignorou o pedido e deslizou o dedo na seiva.

"Isso faz mal?"

Ele esfregou o líquido no antebraço de Hélio Pires, que reagiu com um safanão.

"Fala logo, porra. O que você veio fazer aqui?"

"Escolher plantas para o escritório. Não falei?"

Duílio apontou para a bromélia ferida. "Acho que vou levar essa também."

"Eu te conheço. Para de enrolar."

Duílio inclinou a cabeça para examinar a marca que deixou na bromélia.

"A última conversa com o senador me tirou do sério. Quase fiz uma besteira."

Hélio Pires olhou para a parte de seu braço onde Duílio espalhou a seiva. Em instantes, a pele avermelhou.

"O velho esqueceu de morrer, Helinho. E a gente vai ter de lembrá-lo. Vai ser do jeito que eu falei no Faisão."

Helinho? Ninguém o chamava assim. Quase sempre era Hélio Pires. Antes eles o chamavam de Pires, como no Colégio Militar. Alguns falavam apenas Hélio. Mas no diminutivo, quase carinhoso? Duílio nunca foi disso. Não com ele.

De fato, Duílio precisava da ajuda dos amigos.

"Agora presta atenção."

Hélio Pires obedeceu. Não parava de coçar o cotovelo. Queria que Alba estivesse ali para livrá-lo de Duílio e da alergia.

***

Alba chegou quase meia hora depois de Duílio ir embora. Comentou que o marido estava com uma cara estranha. Ele desconversou e foi até o escritório. Tentou falar com Rangel, depois com Tide. Queria dividir a inquietação.

Nenhum deles atendeu.

Hélio Pires pegou um fichário ao lado do caixa e começou a atualizar o cadastro dos clientes. Planejava lançar um programa de fidelidade na tentativa de recuperar parte da clientela que bandeou para o *playboy*.

"Consegui outro fornecedor de terra, um senhor de Luziânia", Alba contou. "Ele garante que é terra boa, bem soltinha, sem entulho. Pode entregar um caminhão todo mês. Acho que vale a pena trocar."

Hélio Pires não conseguia prestar atenção. Ainda estava na cabeça com o que Duílio disse ao se despedir: "Você vai me ajudar a fazer o velho virar adubo".

Alba notou a distração do marido.

"Tô falando sozinha, Hélio? De novo?"

Ele balançou a cabeça e tentou mudar o assunto.

"Viu que as jabuticabeiras começaram a florir?"

Alba apontou para o calendário na parede. "Elas não erram nunca", disse, sorrindo.

Setembro, mês de jabuticaba. A fruta que apresentou Alba a Hélio Pires.

Pela janela do ônibus que o levava toda manhã ao QG do Exército, ele a viu pela primeira vez. Ela colhia jabuticabas e olhava para os lados, como criança fazendo arte. No dia seguinte, ele chegou mais cedo ao ponto do transporte exclusivo dos militares. Teve a sorte de encontrá-la novamente, desta vez com um cãozinho de latido agudo e insistente. Ele criou coragem e se aproximou para dizer que jabuticaba era a sua fruta favorita, quem sabe ela pegaria algumas para ele? Era uma mentira, claro. Ele não gostava de jabuticaba; na verdade, evitava a fruta por causa das manchas que podiam macular o seu uniforme. Mas foi o pretexto que arrumou para fazer contato.

Deu certo.

Eles aproveitaram a folga semanal de Alba para passar a tarde de domingo no Parque da Cidade. Jogaram migalhas de pão para cisnes históricos, deram risadas nos brinquedos da Nicolândia, sentaram-se embaixo de uma mangueira para comer os sanduíches de frango que ela levou. Terminaram o dia em um motel na entrada do Núcleo Bandeirante. Assistiram ao *Fantástico* e jantaram filé com fritas depois do sexo. Muito antes, porém, ao ver Alba de pernas cruzadas no gramado do parque, chupando jabuticaba feito menina, olhos gulosos e boca lambuzada, Hélio Pires já tinha a certeza de que faria de tudo para estar com ela nos sete dias da semana.

Hélio Pires cogitou largar a chatice do cadastro e passar a tarde inteira com Alba na área do cultivo de mudas. Talvez assim tirasse da cabeça os horários e instruções que Duílio havia repassado.

19h30

"Você entra na casa, guarda a garrafa de vinho que você preparou na adega e acende o fogo da churrasqueira. Não precisa tocar a campainha: a porta de trás vai estar apenas encostada."

20h30

"O velho chega. As primeiras carnes têm de estar prontas para ele beliscar. A partir desse horário, você não sai mais da churrasqueira. Eu ligo o som ambiente na rádio, aviso que vou até a adega, pego a garrafa e encho a taça dele."

22h

"Essa hora o velho já apagou. Você sai pela porta de trás, volta para o seu carro e liga o rádio. Ainda vai estar tocando a primeira música que o Tide programou. Fica atento: a vinheta entre as duas músicas é a senha para o início da ação na casa."

22h10

"Acabou de começar a segunda música: é quando as coisas acontecem. O Rangel sai do carro, entra pela porta que você deixou encostada e termina o que a gente começou. Você fica com o som ligado. Se alguma coisa der errado lá dentro, eu ligo no estúdio. A Diana é a plantonista da noite, ela vai atender. O Tide vai estar do lado dela e vai saber que sou eu. Aí ele dá um jeito de trocar a música sem que ela perceba."

22h15

"Eu e o Rangel esperamos o início da terceira música para largar o velho no lago. Você volta na casa, recolhe o que usou no churrasco e some com a garrafa."

22h20

"O Rangel dá uma última olhada, confere se ninguém viu nada e vai embora."

Duílio pretendia repassar novamente as instruções, mas Hélio Pires o interrompeu com um murmúrio.

"Antes das dez e meia acabou tudo e estou livre..."

"Nós estamos livres", corrigiu Duílio. "Tem certeza de que entendeu tudo ou preciso repetir alguma parte?"

Hélio Pires o ignorou. Preferiu falar sobre o anestésico natural que escolhera. Pelo que havia conversado com Alba, o pó de mulungu seria a escolha mais adequada para batizar o vinho. Mas o senador teria de beber, ao menos, duas taças para perder os sentidos.

"Ele bebe bem, isso não é problema", disse Duílio. Desconfiado, quis saber se o amigo havia revelado a Alba o motivo do interesse pela planta.

"Claro que não. Conversei sobre isso muito tempo atrás, ela não vai lembrar."

Hélio Pires contou que fez uma pesquisa na internet e confirmou que o mulungu não alterava o gosto nem a aparência da bebida.

"O sujeito vai ficando zonzo até desmaiar."

Na noite de sábado, evitariam a troca de mensagens para evitar rastreamento. "Por isso, a gente não pode se falar. Nós quatro, de jeito nenhum." Assim que o senador chegasse, ele mandaria mensagem com um trecho de livro. A imagem da página seria a confirmação que o plano seria executado. Depois disso, nenhuma palavra entre eles.

Hélio Pires passou a mão na testa, removeu as gotas de suor que se insinuavam para os óculos.

"Tudo isso eu entendi", ele disse. "Mas como eu aviso a vocês se alguém aparecer do lado de fora?"

A orientação de Duílio o desconcertou.

"Um assovio longo, outro curto. E só."

Logo ele que não conseguia assoviar sequer o refrão de uma música? Impossível.

"Treina. Se não conseguir, baixa na internet e solta o áudio na hora."

Duílio tinha sempre uma saída.

***

Hélio Pires foi até o quiosque ao lado do estacionamento que os viveiros compartilhavam na entrada das lojas. Comprou um coco verde e avistou um dos vendedores do concorrente embaixo de uma jaqueira. Puxou conversa. Perguntou se o funcionário sabia algo sobre a venda de duas palmeiras para o Palácio do Planalto. O rapaz foi lacônico, disse que o chefe havia cuidado pessoalmente da negociação. Mas deixou escapar o destino das palmeiras azuis. Uma seria entregue na residência oficial do presidente do Senado, a outra na casa do ministro-chefe da Casa Civil. Presentinhos da Presidência da República.

Hélio Pires se enfureceu.

Vistosa, com a folhagem assemelhada a um leque aberto, a palmeira azul tinha caído nas graças dos paisagistas. A alta procura fez o casal gastar um valor proibitivo na importação de sementes de Madagascar. Enquanto isso, o concorrente usava a palmeira para fazer um agrado às autoridades! Não podia ficar assim.

Hélio Pires despediu-se do vendedor e arremessou o coco vazio em uma lixeira enferrujada. A raiva fizera o estômago arder pela segunda vez nos últimos dias. A primeira foi durante conversa recente com Duílio. Tentou adverti-lo sobre os riscos que correriam.

"A gente não pode fazer isso, Duílio. Seu sogro não aparece no noticiário nacional, mas é um senador da República."

"Ex-sogro", Duílio corrigiu. "E um filho da puta como quase todos os outros senadores. Mas esse eu conheço bem. Não vale nada. Sempre foi um canalha com a filha, com os netos, nunca deu nada pra eles", disse o amigo, a voz desregulada pela raiva.

"Mas por que você vai fazer isso agora?"

"Porque é o melhor momento, Hélio. Tá todo mundo de olho em Curitiba, esperando a divulgação do esquema inteiro."

"Os *sites* vão destacar no domingo a morte do senador, até porque é um dia sem notícia." Duílio deu um tapinha no ombro do amigo. "Mas na segunda-feira de manhã tem nova coletiva dos procuradores. Aí só vai dar Lava-Jato, o cadáver desaparece do noticiário."

Duílio detalhou o que faria depois da divulgação da notícia. "Vou plantar uma nota no Denizard dizendo que eu fiquei muito abalado com a notícia, considerava Hermes Filho como um segundo pai." Não daria entrevistas, antecipou. "Mas, assim que a mesa diretora marcar a data da minha posse, eu faço um pronunciamento. Aproveito para anunciar meus primeiros projetos e bola pra frente."

"Eu ainda acho…"

Duílio apertou o ombro do amigo.

"Não dá mais tempo de achar nada!"

Hélio Pires suspirou. Estava perdendo tempo: Duílio jamais voltaria atrás. Teria de procurar Rangel.

Duílio abriu a pasta e tirou um maço de notas de cem. "Para a carne do churrasco", disse, ao entregar o dinheiro.

***

Depois de bater boca no telefone com um fornecedor de terra vegetal, Hélio Pires avisou a Alba que sairia mais cedo do escritório.

"Vou ver se acho aquele nosso cliente que trabalha com o setor de compras do Planalto", mentiu. "Tentar descobrir como é que o rapaz aí do lado conseguiu colocar os vasos dele no Jaburu."

Ela sugeriu que ele fosse de bicicleta.

"Hoje, não. Tô sem cabeça para pedalar."

"Por isso mesmo", Alba insistiu. "Faz bem, e você se distrai."

O marido ignorou o conselho e pegou as chaves da picape na mesa do escritório. Alba beijou seu rosto. Um pouco surpreso, ele retribuiu.

O casal demorou alguns anos para se acertar em um dos itens mais delicados nos relacionamentos, a delimitação do que deve ser dito e o que permanece dentro de cada um. Alba jamais perguntou, por exemplo, o que o marido fazia nas noites de segunda-feira; ele dizia apenas que precisava sair e não tinha hora para voltar.

Da última vez, ao vê-lo chegar e ir direto para o banho, Alba aproveitou para vasculhar o cesto de roupas sujas. Além do cheiro de cigarro, encontrou uma nódoa escura no punho da camisa. Em um primeiro momento, achou que era mancha de vinho.

Enganou-se.

Era sangue.

Ela voltou para a cama e esperou o marido cair no sono para procurar ferimentos nos braços e pernas.

Não achou nada.

Alba perguntou na manhã seguinte se ele havia se cortado com a tesoura de jardinagem do viveiro. Hélio disse que não se lembrava, e a história morreu daquele jeito, apressada e imprecisa.

Foi diferente em uma madrugada no início do ano. Hélio aparecera com as botas enlameadas e arranhões nas mãos e no cotovelo. No café da manhã, Alba perguntou o que tinha acontecido. Enquanto mastigava um pedaço de pão adormecido, ele embolou as palavras para dizer que tinha caído da bicicleta. Alba ofereceu óleo de camomila para passar nos machucados, sua mãe sempre utilizava para acelerar a cicatrização. O marido não se opôs.

Enquanto besuntava os arranhões, Alba criou coragem e perguntou se ele corria algum tipo de risco durante os passeios noturnos.

"Tudo sob controle", disse Hélio.

O alívio de Alba o fez passar as mãos nos cabelos da mulher. Tentou beijá-la. Ela abaixou a cabeça e, em vez da boca, o beijo morreu na testa.

Pouco tempo depois, ao fazer café, Hélio avisou que pedalaria uma vez por semana também no fim de tarde. Precisava ganhar condicionamento para se dedicar a longos percursos, explicou. Ficava horas fora de casa; chegava exausto, mas feliz. Se alguém aparecia no viveiro e perguntava por ele, Alba mentia. Inventava que o marido estava em atendimento externo. Venda de adubo, projeto paisagístico, transporte de mudas para uma chácara onde não pegava celular, nada disso a incomodava. Para Alba, importava mesmo era o compromisso que ele havia assumido de voltar ileso, de preferência até nove da noite, para tomar uma taça de vinho branco e assistirem juntos ao *National Geographic* até ele cochilar vendo ataques de leões a antílopes e ela levá-lo, anestesiado pelo sono, para o quarto do casal.

* * *

A manhã de sexta-feira no viveiro começou como tantas outras de agosto; o céu monótono sem nuvens, o ar carregado de poeira. Hélio Pires borrifava as orquídeas na área externa da loja quando sentiu o celular vibrando no bolso. Pegou o telefone e leu a mensagem do filho de Diana.

"Oi, tio, aqui é o Nuno."

O rapaz magro, com o rosto cheio de espinhas, estivera recentemente no viveiro para gravar um depoimento de Alba sobre plantas medicinais.

"Minha mãe tá desesperada."

Nuno enviou também a foto de um cachorro pequeno, que parecia ainda menor por causa da tosa severa.

"Esse é o Mike, lembra dele? Pois é, o Mike sumiu. Você tem ideia do que eu posso fazer para encontrá-lo?"

O cãozinho havia sido um presente de Hélio Pires e Alba. O casal achou que o animal podia ajudar a amiga a superar a morte de Luti, o irmão de Nuno. Mas isso fazia, no mínimo, uns dez anos. Por que Nuno achava que ele poderia saber onde estava o cachorro?

Era melhor ter cuidado ao responder.

Hélio Pires guardou o celular no bolso e voltou a molhar as orquídeas.

Parou ao ver uma picape levantar poeira no estacionamento e estacionar embaixo de uma sucupira. Reconheceu o motorista antes mesmo de a porta do carro se abrir.

"O que houve, Rangel? Errou o caminho da delegacia?"

"Se fosse isso…"

"Duílio pediu para eu te ver. Ele acha que a gente precisa conversar." Rangel completou com um sorriso cúmplice: "Ele acha. Eu tenho certeza."

Os dois entraram e Hélio Pires encheu um copo descartável no garrafão próximo ao caixa.

"Escutei no rádio que a umidade hoje vai ficar pior que num deserto."

Ele entregou a água ao amigo.

"Como estão os ciprestes?"

"Os da cerca viva? Todos secos. Quase mortos." Rangel tinha dificuldades para segurar o copo de plástico. "Depois que a gente resolver a história do Duílio você podia ir lá em casa e ver o que dá para salvar. Mas eu vim aqui para falar outra coisa."

Rangel amassou o copo e o jogou no lixo.

"O Duílio tá preocupado. Eu tô muito mais."

Nos fundos da loja, Alba usava uma mangueira para molhar as mudas.

"Você sabe que o motivo dessa briga do Duílio com o senador é ódio, não é dinheiro", disse Rangel. "Um não vai sossegar enquanto não acabar com o outro."

Por trás dos ombros de Rangel, Hélio Pires reparou que Alba havia largado a mangueira para observá-los.

"Não pode sobrar pra gente, como na história da piscina", disse o delegado.

"Aquilo foi uma sacanagem! Até hoje eu não engoli o que o Duílio fez."

"Nem eu." Rangel olhou para o céu. "O rádio falou sobre a umidade de hoje?"

"Disseram que não vai passar de quinze por cento."

Rangel olhou para os lados.

"E se eu falar que pode chegar em trinta por cento? O que você me diz?"

Hélio Pires certificou-se de que Alba estava longe, revolvendo a terra molhada em um dos vasos de begônias. Não havia como ela escutar a resposta que ele deu para Rangel.

"Eu digo que, do jeito que as coisas estão indo, tudo é possível."

***

UMA NOITE EM 1978

Sob chuva forte, a Caravan dirigida por Duílio atravessa a ponte e chega ao Lago Sul. Ao lado de Hélio Pires, Tide cola o rosto na janela do banco traseiro a tempo de ver um raio riscar as nuvens escuras e tocar a superfície do Paranoá.

Trovoadas.

Rangel aumenta o som do rádio, Bee Gees no volume máximo.

We're staying alive, staying alive

"Ninguém aguenta mais ouvir isso", Tide reclama. "Muda aí."

Rangel obedece.

"Só eu tô morrendo de fome?", ele quer saber.

"Eu também", diz Duílio. "Vou dar uma parada no Gilberto."

Estacionam no centro comercial, pedem sanduíches e *milkshakes*. A chuva inunda a calçada da lanchonete. Terminam de comer e Duílio sugere uma esticada até sua casa.

"Meus pais ainda não voltaram da fazenda."

Os outros concordam.

Cinco minutos e estão na casa de Duílio. Ele vasculha os bolsos da calça Lee, não encontra as chaves. Toca a campainha. Mirian pergunta quem está do lado de fora.

"Fica tranquila. Sou eu e os meus amigos", Duílio responde.

Ela abre a porta e os quatro entram.

Mirian segura pelo braço o filho do patrão.

"Du, sua mãe não quer você andando com esses meninos do Plano."

Duílio a ignora. A empregada pergunta se deve servir o jantar.

"A gente já comeu, agora vai ter uma baguncinha aqui", Duílio responde. "Mas você não vai ver nem escutar nada, tá bom? Pode ficar lá dentro vendo a sua novela."

"Tá acabando, falta mostrar só as cenas do próximo capítulo."

"Então corre para não perder. Deixa um balde de gelo na cozinha, depois fica no seu quarto."

Depois da ordem, o filho do dono da casa beija o rosto redondo da doméstica e a dispensa. Mirian desaparece.

Duílio escolhe, no carrinho de bebidas, uma das garrafas de uísque do pai.

"Pires, traz os copos e o balde", diz Duílio. "A gente precisa relaxar."

Ele abre a gaveta na cômoda de jacarandá onde a família guarda os jogos e pega um tubo de varetas coloridas. Junta as hastes com as duas mãos e as deixa cair em cima da mesa de centro. Fascinado, agacha-se diante do emaranhado. Estuda a forma de retirar as varetas, uma a uma, sem que as outras se mexam.

Hélio Pires volta com os copos. Faz barulho ao se servir.

Duílio pede silêncio. Concentra-se na retirada da haste preta, a mais valiosa. Usa as palmas das mãos para levantá-la.

Dá certo.

Agora Duílio pode utilizar a haste preta para remover as varetas amarelas, verdes e vermelhas. Enxuga na calça o suor das mãos. Na ponta dos dedos, a garantia da precisão do movimento.

A mão esbarra na pilha e as varetas se movem.

"Porra!"

"O Duílio tá fora", avisa Rangel. "Sua vez, Tide."

Os quatro se alternam na remoção das varetas e o jogo termina.

Hora da contagem: cada cor, um valor.

Rangel vence, seguido por Hélio Pires e Tide.

"Isso é coisa de criança." Duílio aponta para a mesa de sinuca. "Agora é para gente grande."

Os quatro andam até a mesa.

Rangel coloca três notas de dez cruzeiros em cima do tecido verde.

"Duas duplas. Eu pago a minha. Quem vai comigo?"

Tide e Hélio Pires não se mexem. Duílio cobre as cédulas de Rangel com as notas que tira da carteira.

"Eu banco, mas escolho a dupla. Depois vocês dão um jeito de me pagar."

Duílio agrupa as bolas coloridas em um triângulo; a preta no topo do vértice, a branca do outro lado da mesa. Ele passa giz na ponta do taco.

"O Tide tá comigo na dupla", Duílio avisa. "Eu começo."

Entre doses de Dimple e provocações, eles tentam acertar as caçapas.

A bola preta teima em não cair.

Duílio esfrega giz na ponta do taco e inclina o corpo.

"Bola sete, caçapa do meio."

Tacada certeira.

Duílio recolhe o dinheiro e abre outra garrafa de uísque. Enche os copos e serve os amigos. Vai até o toca-discos e escolhe o Lado B do LP *Machine Head*. Logo nos primeiros acordes, simula o *riff* da guitarra de Richie Blackmore.

Grita o refrão.

Smoke on the water, fire in the sky

Rangel ergue o taco e estica os braços.

"Quem ainda tá no jogo?"

Sem esperar a resposta, Rangel anuncia a tacada.

"Bola cinco, caçapa do meio."

Tide não para de mexer as pedras de gelo no copo.

"A gente vai ficar aqui a noite toda fingindo que não aconteceu nada na piscina?"

Ninguém responde e Tide insiste.

"É isso mesmo?"

"Por mim, não tem nada o que conversar", diz Rangel. "Passou, Tide. Já era."

"Não é assim, porra!"

"Pra mim, é!"

Rangel derrama o uísque diluído pelo gelo derretido em um vaso onde jaz uma samambaia com as folhas arriadas.

"Não faz isso com a planta."

O pedido de Hélio Pires é ignorado.

"O que a gente precisa falar?", Rangel pergunta para Tide. "Ninguém viu nada."

"Será mesmo?", Tide comenta, desconfiado.

"O Rangel tem razão, Tide", diz Duílio. "A água estava muito suja. Se eu, que estava perto dela, não vi nada, imagina os outros. E tinha gente demais."

Hélio Pires derrama a água do balde na samambaia.

"Pois acho melhor a gente se prevenir. Como a gente pode confiar que ninguém vai abrir a boca?"

"Só quem podia falar alguma coisa era ela, Pires", diz Duílio. "E não vai falar."

Rangel apanha novamente o taco de sinuca. "Eu entendi o que o Pires disse, Duílio. Ele não tá falando de quem estava esperando as ondas na superfície."

"Como assim? De quem vocês estão falando, Rangel?"

Rangel leva a extremidade do taco até o peito de Duílio.

"De você."

Faz o mesmo com Hélio Pires e mancha de giz a camisa do amigo.

"De você."

Agora a ponta do taco atinge o ombro de Tide.

"De você."

Por fim, Rangel encosta o taco no próprio queixo.

"E de mim."

Eles bebem, quietos.

Nada se escuta na sala além do tilintar das pedras de gelo nos copos e da voz de Ian Gillan.

They burned down the gambling house

Duílio abaixa o volume do toca-discos. "Então vamos resolver isso antes da Diana aparecer", ele ordena. Bebe o que sobrou do uísque e chama os amigos para acompanhá-lo até o escritório do pai.

It died with an awful sound

Largam o Deep Purple na sala e vão até o escritório.

Duílio apanha uma folha em cima da mesa de mogno. Escreve algumas linhas e descarta o que escreveu. Tenta outras vezes até se dar por satisfeito.

"Acho que agora ficou bom."

Duílio lê em voz alta o que acaba de escrever.

Nas primeiras linhas, uma confissão. No final, os nomes completos dos quatro.

"Eu primeiro?", Tide reclama. "Eu não fiz nada!"

"Você não fez nada? Tá bom...", Rangel rebate. "Eu que fiz, então."

"É ordem alfabética, Tide", Hélio Pires observa.

"A gente estava junto na piscina, então o que a gente fez também foi junto", diz Duílio. "Todo mundo assina. Aí ninguém nunca vai poder botar a culpa no outro."

Duílio faz a folha de papel passar de mão em mão.

"Athaíde tem H", Tide observa.

Duílio pergunta se há mais correções.

Ninguém responde.

Duílio abre um estojo verde e retira a máquina de escrever do pai. Pega três folhas de carbono, coloca entre os papéis e os prende na Olivetti. Está pronto para começar, mas Hélio Pires toca em seu ombro.

"Os professores da Bennett não te ensinaram a fazer margem? Falta o recuo. Deixa que eu faço."

Duílio troca de lugar com Hélio Pires.

O som da forte pressão das teclas da Olivetti amortece os solos da guitarra de Blackmore.

Depois de jogar as folhas de carbono no cesto de lixo, Hélio Pires entrega cópias da confissão para cada um dos quatro.

"Agora todo mundo assina", Duílio ordena. "E guarda bem guardado."

Tide balança a cabeça ao ler a sua cópia.

"Que foi? Datilografei alguma coisa errada?", Hélio Pires pergunta.

Tide não tira os olhos do papel.

"Não é isso."

Ele volta-se para os amigos. "Há quanto tempo a gente se conhece? Cinco, seis anos?"

"Mais", diz Hélio Pires.

Tide pega sua folha e a estende na direção dos três.

"Então não precisa disso", diz Tide. "Pra mim, não precisa."

Duílio apanha a folha de Tide. "É verdade que a gente se conhece há muito tempo." Ele dobra o papel em quatro partes iguais. "Todo mundo aqui é amigo, quase irmão. Mas isso é hoje. Será que vai ser assim para sempre?"

Duílio enfia o papel dobrado no bolso de trás do jeans de Tide.

"Cada um guarda a sua cópia."

Duílio pede aos amigos que voltem para a sala e a campainha toca.

Diana chegou.

***

ADEUS, CIORAN

A escuridão da noite sem lua engolia os fundos da casa de Rangel, erguida no último e mais extenso lote do único condomínio da região onde ainda havia terrenos desocupados. Tide olhou ao redor. A tranquilidade do amigo estava com os dias contados: faixas fincadas com estacas na terra vermelha, entre árvores de galhos tortos e cupinzeiros, anunciavam lotes vizinhos à residência do delegado. Tide acariciou a superfície lisa de uma folha que encontrou no chão, depois a devolveu ao emaranhado de galhos na cerca viva. Sentou-se em um banco ao lado do dono da casa. Mesmo sem iluminação, reparou no castigo imposto pela seca no pomar e na grama.

"E a cerveja que você prometeu?", Tide perguntou.

Rangel foi até a cozinha e voltou com dois copos tulipa. Sentaram-se em um banco perto da churrasqueira, a garrafa de cerveja entre eles. Tide encheu os copos e entregou um deles ao anfitrião.

"Um brinde!"

Os dentes do delegado, descontrolados, esbarravam nas bordas do copo enquanto ele bebia. Rangel apressou-se a esclarecer:

"Isso nos dentes é bruxismo, não tem nada a ver com a tremedeira da mão."

"Não tô falando nada."

"Não falou, Tide. Mas pensou", disse Rangel. "Todo mundo repara, só não tem coragem de falar."

"Todo mundo que repara também sente alguma coisa, Rangel", disse Tide. "Eu mesmo tenho uma gastrite que não passa nunca. Da escoliose não vou nem falar, já troquei o colchão e ainda acordo todo torto."

"Quem mandou ser alto e magro?"

"E eu escolhi ser assim?"

Rangel mudou a expressão.

"Fiz o que você pediu e levantei a ficha do tal Tayrone. Tá no carro."

"Depois dessa cerveja a gente dá uma olhada", disse Tide. "Saiu o resultado do exame?"

Rangel entregou uma folha que retirou do bolso da camisa.

"Pode ler."

Tide passou os olhos no laudo.

"Viu que é grave?"

"Não sou médico", Tide respondeu. "Só entendi que o exame foi repetido para confirmar o resultado."

"O que o médico me disse foi pior", disse Rangel: "Doença degenerativa, progressiva, irreversível. Perguntou até o que eu sabia sobre cuidados paliativos."

Tide bebeu um pouco antes de voltar a falar.

"Não seria bom procurar outra opinião?"

"Tenho consulta na semana que vem com outro médico", Rangel mentiu. Ele estendeu a mão direita. "E só saio se ele me receitar um remédio que dê conta disso." Os dedos, trêmulos e teimosos, se insurgiam contra a ordem do cérebro para que se aquietassem.

Seria melhor mudar o rumo da conversa, Tide avaliou.

"Esse condomínio é isolado demais para quem mora sozinho."

"Não era para ser assim."

O delegado encheu o copo do amigo.

"Quando foi a última vez que você veio aqui? Foi nos meus quarenta anos?"

Tide confirmou. Lembrava muito bem da festa que Rangel fez para comemorar também a conclusão das obras. Não foi fácil construir a casa planejada pelo delegado. Rangel descartara o estudo preliminar do escritório de arquitetura indicado por Duílio. Não fosse a interferência do amigo, que se encarregou de superar os impasses com o arquiteto responsável e ainda contribuiu com sugestões sobre o aproveitamento da área do terreno e a madeira a ser utilizada na parte externa, a planta jamais teria saído do papel.

Rangel havia gastado uma nota na comemoração dos 40 anos. Contratou bufê, manobristas, DJ, instalou uma tenda no terraço para a pista de dança. Tudo começou a dar errado quando, uma semana antes da festa, brigou com Vera Lúcia. Poderia ter sido apenas outra discussão na rotina de desentendimentos do casal. Mas foi uma briga tão feia que, além dos copos quebrados e dos arranhões mútuos, fez Vera Lúcia passar uma noite insone e, na primeira hora da manhã, decidir que iria embora.

Ela deixou Felipe, o único filho do casal, na escola. Em vez de pegar a direção da Asa Norte para entregar o cheque-caução do aluguel das toalhas no bufê, seguiu para o Setor Comercial Sul. Orientada pelo flanelinha, largou o carro no modo "deixa-solto" no estacionamento e foi até o escritório de uma advogada que conhecera na hidroginástica. Queria que ela cuidasse de sua separação. Contou que temia a reação do marido, dado a acessos de fúria e que, em casa, no carro e no trabalho, mantinha uma arma ao alcance. Segurando a mão da advogada, Vera Lúcia ligou para o marido e avisou que ela e o filho nunca mais voltariam à casa planejada e construída para abrigar a família Rangel.

Mesmo com a decisão de Vera Lúcia, o delegado manteve a comemoração. Seus convidados eram a maioria da lista, tinha certeza de que eles compareceriam ainda que soubessem da separação. Deveria ter desconfiado que não seria bem assim quando recebeu a ligação do titular da 8ª DP.

"Uma festança vai pegar mal, ainda mais com as coisas que a Vera Lúcia está falando."

Rangel errou ao ignorar a advertência do colega. Quase ninguém apareceu. Os garçons, ociosos e um tanto constrangidos, enchiam os copos de uísque e as taças de vinho dos presentes: poucos amigos, os puxa-sacos do trabalho e alguns ex-colegas de escola, agora calvos e casados, atenções voltadas à pesca de camarões, mariscos e ostras na paella gigante servida pelo bufê.

Com os pés esticados em uma das cadeiras das dezenas de mesas vazias cobertas com toalhas brancas de linho, bandejas intocadas de canapés em cima de cada uma delas, Rangel foi socorrido pelos amigos.

Hélio Pires o levou até a pista onde Diana e Duílio dançavam como adolescentes em uma festa sem a presença dos pais e Rangel sentou-se na mesa mais próxima da pista para observá-los.

Duílio aproveitava o *medley* de *discothèque* para arriscar sua conhecida imitação de John Travolta em *Os embalos de sábado à noite*. Rangel riu. Relaxou, levantou-se, até dançou um pouco. Voltou para a mesa assoviando Bee Gees.

Staying alive, staying alive

Mandou um dos garçons servir uma dose dupla da garrafa azul de Royal Salute escondida na despensa. Agora Duílio e Diana suavam no ritmo contagiante de sucessos remixados de Tim Maia e Lulu Santos. O tempo até que fizera bem ao casal, Rangel observou. Reparou também nas mãos inquietas de Duílio, a percorrer as coxas e as nádegas da mulher.

O dono da festa esvaziou o copo e mandou o garçom trazer a garrafa de uísque. Bebeu até cochilar.

Acordou com uma voz conhecida no seu ouvido.

"Qual a sensação de entrar para o clube dos quarentões?"

Antes de abrir os olhos, Rangel já sabia quem sussurrava.

"Tide! Porra, como é que você veio parar aqui?"

O amigo havia voltado a morar com os pais em Minas depois da separação.

"A culpa é dele", disse Tide, apontando para Duílio, que viu o gesto e sorriu.

O DJ colocou um *techno* que funcionou como deixa para Duílio e Diana saírem da pista.

"E se a gente voltasse ao nosso tempo?", Diana sugeriu. Assoviou para chamar a atenção de Hélio Pires, um pouco amuado pela ausência de Alba. Foi até a garagem e os outros a seguiram.

Duílio acionou o controle remoto e o portão se abriu.

Em vez dos carros de Rangel, encontraram o arsenal da adolescência. Guitarra, violão, baixo, bateria, amplificadores.

Duílio plugou a guitarra, Hélio Pires empunhou o baixo e Rangel foi para a bateria. Tide ajustou a correia do violão e, enquanto testava o microfone à sua frente, virou-se para os três.

"Qual vai ser a primeira, hein?"

Antes da resposta, escutou um grito.

"Espera!"

Descalça, Diana correu na direção de Tide. Tropeçou nos cabos e quase caiu.

"Não é assim, alguém tem que apresentar vocês!", disse Diana, enquanto tentava pegar o microfone à frente de Duílio.

"Som!"

Ela repetiu a palavra algumas vezes até alguém gritar que a escutava.

"Agora sim!", disse Diana, bebendo mais uísque. Colou a boca no microfone.

"A melhor banda que essa cidade já teve! Com vocês..."

Blêin!

A estridência da guitarra de Duílio agredia os tímpanos, mas ninguém se importou. Começaram a tocar. Erraram a entrada da primeira música. Rangel fez um sinal com a baqueta, eles pararam e recomeçaram.

Duílio e Tide dividiam os vocais, Hélio Pires de olho no baixo, Rangel a espancar os pratos. A cada música, Diana bebia e servia uísque aos amigos. Sorria, assoviava, gritava. Única testemunha do que os quatro fizeram, sabia todas as letras. Depois de esvaziar seu copo, ela foi até o microfone de Tide e cantou *Não sei*, adaptação de um poema que circulava em edição mimeografada e eles, os jovens de antigamente, viviam a repetir nos bares entre gritos de protesto contra a ditadura militar.

Não sei

se é teu nome

que me voa da boca

na hora de todos os pássaros

de todas as asas

Não sei

se somos nós

ou a imagem de outros corpos

rolando em outros cantos

da cidade

Não sei

Enquanto repetiam o "não sei" do refrão, os cinco trocavam olhares, ignoravam a reação de estranheza dos convidados que sobraram na festa.

Duílio, Tide, Diana, Rangel e Hélio Pires divertiam-se com o que de mais forte a música pode proporcionar.

Uma viagem no tempo.

The boys in the band.

Diana largou o microfone e foi até a bateria. Ajudou Rangel a enxugar com a camisa o suor que escorria da testa.

"Isso é que é festa, hein! Parabéns!"

Diana segredou ao anfitrião que precisava de algo mais forte do que uísque 12 anos. Um amigo estava a caminho com pílulas coloridas.

"Mas você não vai me prender, Zé!"

Depois de sussurrar, Diana curvou-se para beijar o amigo. Mirou a bochecha, mas seus lábios tocaram também o canto da boca do aniversariante. Surpreso, Rangel parou de tocar e demorou para retomar o ritmo da música.

A madrugada chegou e os convidados, ao perceber que a diversão na garagem seria restrita aos cinco amigos, foram sumindo. Alheios ao esvaziamento, Duílio e Hélio Pires iniciaram uma *jam*. Rangel aproveitou para dar um tempo na bateria. Com a sobriedade que restou, foi até a cozinha e dispensou os garçons. Sabia que eles teriam de andar dois, três quilômetros para pegar um ônibus até a rodoviária do Plano Piloto, de lá outro ônibus até as suas cidades. Distribuiu uma gorjeta generosa e autorizou que cada um levasse para casa uma bandeja de canapés e o que sobrou da paella. Sentiu orgulho do gesto. Contaria a Felipe para ele saber que o pai não era o monstro que a mãe pintava.

Já no terraço, Rangel viu Diana e Tide nos fundos do terreno, o vestido dela o único ponto branco na escuridão.

Imaginou o que os dois iriam fazer ali. Foi atrás para confirmar a suspeita.

Tide passou o braço pelos ombros de Diana. Caminharam juntos até que um pequizeiro os escondeu.

Rangel deitou-se. Observava as estrelas no céu sem nuvens quando viu Diana e Tide de volta, sorridentes, as roupas amarrotadas. Os dois tomaram um susto ao ver o dono da casa estirado no chão.

"Não consigo achar Órion. Vocês me ajudam?"

Diana e Tide deitaram-se ao lado de Rangel e os três ficaram juntos por algum tempo, caçando constelações até esvaziar a garrafa de Royal Salute.

Duílio os aguardava com o violão, Hélio Pires havia encontrado um pandeiro. Levaram um som até o amanhecer. Aplaudiram a chegada do sol e saudaram os quarenta anos do anfitrião com um canto desafinado de parabéns. O álcool impediu Rangel de lembrar como chegou na própria cama. No fim da manhã, meio surdo e com o estômago embrulhado, foi até a sala. Hélio Pires roncava na poltrona, Tide e Duílio estavam estirados no sofá. Aos pés deles, Diana dormia no chão; pernas desencontradas, calça entreaberta, blusa manchada de uísque, uma poça de vômito no tapete iraniano.

Rangel foi até o banheiro, voltou com uma das peças bordadas do enxoval de casamento que Vera Lúcia, agora ex-mulher, esquecera de levar. Com cuidado para não acordar os amigos, ele limpou o tapete e passou as bordas da toalha com as suas iniciais na boca de Diana antes de beijá-la.

***

Uma coluna de fumaça cinza surgiu nos fundos da casa e o cheiro de mato queimado chegou até o terraço. Rangel reclamou da lentidão da empresa contratada pelo condomínio para fazer o aceiro, teria de buscar por conta própria alguém capaz de preparar a terra e impedir que o fogo rondasse o seu terreno. Tide parecia distraído. O dono da casa mudou de assunto.

"Posso sugerir as músicas de sábado? Que tal *Stairway to heaven*? Ou *Knocking on heaven's door*?"

Tide coçou a orelha e balançou a cabeça. As duas tinham sido as primeiras que havia cogitado quando Duílio avisou que precisaria de músicas longas, mas logo as abandonou. Não queria mandar recado pelo título das canções. Não esse tipo de recado.

"Meio óbvio. Precisa nem responder, já entendi." Rangel bateu levemente na garrafa de cerveja. "Mais uma?"

O telefone de Tide tocou. Rangel pegou a garrafa e foi cantarolando até a cozinha.

Mama, take this badge off of me, I can't use it anymore

Abriu a geladeira, em cima dela o caneco amassado de alumínio que trouxe da casa do pai no Núcleo Bandeirante. Pegou a cerveja.

Knock, knock, knocking on heavens' door

Ao voltar com uma garrafa, Rangel parou de cantar Bob Dylan. Queria escutar a conversa de Tide.

"Ainda bem, Diana! Mais aliviada agora? Claro. Amanhã, às duas, então. Até amanhã."

Tide desligou o telefone. Contou que Diana havia ligado para tranquilizá-lo. Havia encontrado Mike, o responsável por seu atraso pela manhã.

"A Diana deve gostar muito desse cachorro", observou Rangel. "O filho dela foi atrás até do Hélio Pires para saber se ele tinha ideia de onde estava."

"O Nuno procurou o Hélio?", Tide perguntou. "Que estranho! A Diana acabou de me falar que o Mike estava o tempo todo com o garoto. Ele esqueceu de avisar à mãe."

"Mike? O nome do cachorro é Mike?"

"Por causa de um cantor de rock que o Luti gostava."

"Que viagem!" Rangel deu uma risada sarcástica. "Mais uma, né? Acho que a nossa amiga pegou pesado por muito tempo. Ficou sequelada."

Ele abriu a cerveja. "Lembra que as meninas do Marista a chamavam de Diana Doida?"

"Também era assim na Cultura. Só que era em inglês, claro."

"Crazy Diana?"

Tide assentiu.

Rangel fez uma careta ao beber a cerveja.

"E essa moça, Jamile, onde você achou?"

"Janine", Tide corrigiu. "Conheci no *self service* perto do meu prédio."

Tide poderia passar horas contando o que sentiu quando viu a namorada pela primeira vez, mas duvidava que Rangel se interessaria. Histórias como a dele com Janine deveriam ficar entre quatro paredes, ainda mais a história de um cara na sua idade, apaixonado como um adolescente.

"A natureza não se defende, ela se vinga."

Rangel não escutou direito o que o amigo acabara de dizer, pediu para ele repetir.

"Era uma frase de Einstein na camiseta que a Janine vestia quando eu a conheci."

Tide jamais esqueceria o primeiro encontro. Enquanto Janine, com o rosto de Einstein estufado pelos seios, contava sobre o seu trabalho com animais, Tide anotava mentalmente a primeira coisa que faria no dia seguinte. Doaria o seu exemplar de O livro das ilusões para o acervo da minibiblioteca instalada em parada de ônibus da W3 Norte. Dispensaria os ensinamentos de Cioran.

"Ela trabalha no zoológico?"

Tide confirmou.

"Bióloga. Nunca vi ninguém gostar tanto de bicho, Rangel. Ganha uma miséria, mas cuida deles como se fosse enfermeira de gente."

O vento fez a fumaça mudar de direção e, mesmo enfraquecida, manchar de fuligem o chão do terraço. Tide tossiu.

"O bom é que a Janine não fica reclamando da vida. Cheia de ideias para melhorar as condições dos animais, mas está perturbada por causa desse cara que eu pedi para você levantar a ficha. Decidiu até passar um tempo no exterior para ver se o marginal esquece dela. Tem base?", perguntou Tide, indignado. "A Janine é uma menina séria, Rangel. Vai longe, não precisa sair do país. Mas eu tenho que livrá-la desse encosto."

"Isso a gente vai resolver", garantiu o delegado.

Tide teve um acesso de tosse e Rangel sugeriu que eles entrassem para fugir da fumaça. Tide apontou para a parte do terreno coberta de grama esmeralda, sugestão de Hélio Pires.

"A piscina não ia ser ali, perto do quintal?"

"Nunca saiu do projeto. Era para o Felipe reunir os amigos, fazer churrasco", Rangel esclareceu. "Depois que ele foi embora, perdi a vontade de construir. Dá muito trabalho, junta folha na água, pagar alguém para limpar toda semana."

"E piscina ainda traz lembrança ruim..."

Rangel deu dois tapinhas na perna do amigo. "Coisa de menino. Não vale a pena remoer."

"Todo mundo já era bem grandinho. Vocês sabiam exatamente o que estavam fazendo", disse Tide.

"Vocês? Como assim?", Rangel reagiu. "Vocês, não. Nós!"

Tide o ignorou. Agachou-se para apanhar uma pedra. "Coisa de menino foi botar no papel. Taí uma coisa que eu me arrependo." Fez um arremesso na direção de um ipê e errou.

"Menino faz muita burrada, Tide. Depois a gente é que tem de consertar." Rangel também pegou uma pedra. "Ainda bem que o Felipe tem a cabeça boa. Não parou de estudar. Ano que vem termina o curso de Educação Física. E é dedicado demais: acaba o treino e ele fica treinando cobrança de falta, diz que tem de ter um diferencial."

Rangel conseguiu acertar o tronco.

"E você reclamando que tá velho, que o braço treme."

Satisfeito, Rangel sorriu.

Tide fixou o olhar no horizonte escuro.

"Muito pior do que um pai descobrir os erros do filho é um filho descobrir os erros do pai. Imagina a decepção."

Rangel usou os dedos trêmulos para pressionar levemente os ombros do amigo. "Não é mais assim, Tide."

Pediu para o amigo acompanhá-lo até o terraço.

"Quero te contar uma historinha de pais e filhos do mundo de verdade, não do mundo que você vive."

Ocuparam as espreguiçadeiras do terraço. Somente Rangel falava.

"Você lembra que a Vera Lúcia era servidora do Supremo, certo? Contracheque recheado: quinquênio, auxílio-creche, gratificação, férias acumuladas, plano de saúde igual ao dos ministros, as porras todas. Como ela ganhava bem, muito mais do que eu, a gente botou o Felipe na melhor escola daqui, dessas que a mensalidade custa os tubos para não ter risco de entrar pobre."

Rangel respirou fundo e prosseguiu.

"Não sei se era por causa dos olhos claros ou dos cachos no cabelo, o fato é que Felipe fazia o maior sucesso na escola. As mães dos coleguinhas não tiravam o olho do meu moleque. Diziam que ele era uma gracinha, pediam para fazer foto. Para você ter ideia, na primeira reunião de pais, uma delas aproveitou que a Vera Lúcia tinha ido ao banheiro e veio me dizer que era mãe de duas meninas e queria saber de mim como fazia para ter um menino parecido com o Felipe."

Irritado, Rangel cutucou Tide ao vê-lo de olhos fechados.

"Porra, você dormiu no meio da história?"

"Não", respondeu Tide. "É que assim eu ouço melhor."

"Sei", disse Rangel, desconfiado. "Então presta atenção agora."

Para garantir que Tide não cochilaria novamente, o delegado segurou um dos braços do amigo.

"Uma vez chegou um convite para o Felipe ir à festa de aniversário de uma coleguinha. A gente aceitou. Passou na Pioneira da Borracha e comprou uma boneca bem grande, bem cara. O pai e a mãe da menina eram fiscais dos ministérios do lado direito da Esplanada. Acho que era o da Agricultura ou era o do Trabalho, um desses dois. Pois bem, fomos os três: a Vera Lúcia, o Felipe e eu. Pelo endereço, achei que era um dos casarões do Park Way que você aluga para festas. Errei feio, Tide. A mansão era dos pais da aniversariante. Mais de mil metros de área construída num terreno imenso, daqui até a coluna de fumaça ali atrás", apontou Rangel.

Ele molhou os lábios com cerveja antes de prosseguir.

"Entregamos o carro a um dos manobristas. Eu contei, eram cinco. Festa de criança com cinco manobristas! Pois bem, deixamos a boneca na arca para os presentes, passamos pela sala e chegamos aos fundos. A festa era lá. E tinha tudo que você possa imaginar. Pula-pula, mágico, algodão doce, pipoqueira, umas dez recreadoras de tranças e shortinho, palhacinho fazendo cachorrinho de balão e de olho grande nos shortinhos das recreadoras, o caralho a quatro", contou Rangel.

O delegado apanhou um graveto na grama queimada antes de prosseguir.

"A Vera Lúcia não se aguentou. Você lembra como ela era, né? Aproveitou que deixaram a aniversariante sozinha por um instante, meio que perdida na própria festa, e foi falar com ela. Deu os parabéns, elogiou o vestido. Aí perguntou o que o pai da menina fazia da vida. E sabe o que a garotinha respondeu?", Rangel perguntou para ele mesmo responder.

"Tia, acho que meu pai é corrupto."

Rangel quebrou o graveto ao meio.

"A menina só não falou mais porque a mãe apareceu do nada e disse que estava na hora de botar o vestido rosa de princesa para cantar parabéns. Essa mãe, uma perua com a testa branca de tanta maquiagem, ficou olhando com uma cara escrota só porque o Felipe estava perto do bolo de três andares e dos quinhentos doces que eles colocaram na mesa."

O delegado curvou o corpo para tentar recolher os gravetos sem sair da espreguiçadeira. Tide foi mais rápido e ajudou o amigo, que juntava as extremidades. Mesmo sabendo que era impossível, parecia querer unir o que separou.

"Pois essa mulher foi pra cima da Vera Lúcia, perguntou quem tinha nos convidado", Rangel continuou. "Ficou de cara feia e somente parou de nos encarar quando me apresentei. Disse que meu filho estudava na mesma sala da princesinha dela. Se ela precisasse de alguma coisa na polícia podia falar comigo, José Luís Rangel, delegado e pai do Felipe, o garoto mais bonito da sala."

Rangel desistiu de juntar os pedaços de graveto.

"Eu sei que não é o mundo que você sonhou lá atrás, Tide. Nem é o que eu queria para o meu filho. Mas é o mundo em que a gente vive. A gente tem de fazer tudo para sobreviver nele. E fazer tudo e mais um pouco pelos nossos filhos."

"Tudo, não!" Tide elevou a voz. "Não sei se é porque não tenho filhos, mas tudo eu não faço."

Foi a vez de Tide escolher um graveto na grama. Ao contrário de Rangel, não teve dificuldades para parti-lo.

"Essa realidade aí, do festão da princesinha dos corruptos, não tem nada a ver comigo, Rangel. Você e o Duílio se adaptaram e vivem bem nesse mundo. Acho até que gostam. Eu, não! Tô cagando pra ele", disse, estendendo os gravetos quebrados para o amigo. "Eu quero ficar na minha. No meu sossego, com o meu som, com a Janine."

"E quem é que garante o sossego do seu mundinho, Tide? Pra você ficar tranquilo, ouvindo suas velharias, fumando um, curtindo a vida numa boa?", disse Rangel, irritado. "Faz ideia?"

Tide ficou calado.

Rangel suspirou e levantou-se da espreguiçadeira. Pediu desculpas, não devia ter se exaltado. Atribuiu a irritação ao resultado dos exames.

"Se ao menos as mãos parassem de tremer..."

"Fica tranquilo. Não dá para ver."

"Você não sabe mentir, Tide", disse Rangel, com um sorriso. "Nunca soube."

Ele avisou que iria até o carro.

"Consegui um jeito de você afastar o mau elemento de perto de sua namorada", disse, e se afastou.

Tide aproveitou que estava sozinho e mandou mensagem para Janine. Avisou que estava na casa de um amigo bem depois do Jardim Botânico, não chegaria a tempo do passeio noturno. Seria possível transferir para um outro dia?

Rangel reapareceu com uma pasta cheia de papéis.

"O nome da figura é Tayrone, você acredita?". Ele abriu a pasta. "Com A e Y, claro."

"Tudo isso aí é a ficha dele?"

"Não. É que eu peguei quando estava saindo e guardei com uns papéis do seguro que tenho de assinar."

O delegado voltou a mexer na pasta, pediu para o amigo segurar as cópias de uma apólice enquanto ele procurava a ficha do ex-namorado de Janine.

"Pronto, achei."

Rangel leu a ficha.

"Tayrone Torres: furto, porte ilegal de arma de fogo, agressão. Em condicional desde o ano passado. Como é que a sua princesa foi se meter com um tipo desse?"

Tide remexeu-se na espreguiçadeira, respirou fundo e tentou resumir o que sabia.

Contou que Janine e Tayrone haviam crescido juntos. As famílias se conheciam bem. Eram da mesma igreja, frequentavam os mesmos bingos e churrascos. Ainda eram adolescentes quando começaram a namorar. Meses depois, as coisas começaram a sumir na casa de Janine; relógio, bola de basquete, até o som portátil que Janine ganhou nos seus quinze anos. Quando o irmão mais velho contou a Janine que viu Tayrone vendendo o três-em-um na Feira do Rolo, ela dispensou o namorado, que foi morar com uma tia no Rio de Janeiro e ficou anos sem dar notícias. Janine passou no vestibular para Biologia, começou a cursar e fazer estágio no zoológico. A vida estava apaziguada e encaminhada até ela saber que Tayrone estava de volta à Candangolândia, e cheio de ouro no pescoço.

Tayrone foi morar em uma casa inacabada de dois andares. Passava as tardes no terraço com um latão de cerveja na mão e uma pistola na cintura. Dizia que todo mundo agora teria de chamá-lo como os cariocas o chamavam: Candango. Ninguém levou a sério, afinal todos ali eram candangos, ainda mais os que nasceram e cresceram na cidade. O apelido não pegou, mas ele passou a ser temido por outro motivo. Na igreja dos pais de Janine não se falava em outra coisa, Tayrone estava ensinando os meninos a cometer furtos e a manejar armas. E começou a cercar Janine com umas conversas estranhas.

Primeiro apareceu na casa dela para pedir ajuda. Dizia que queria passar em um concurso público e dar um rumo na vida, quem sabe ela poderia emprestar algum livro didático? Janine alegou que estava muito ocupada e o dispensou. Não deu uma semana e ele a abordou novamente, desta vez de moto, no caminho para o zoológico. Perguntou se Janine estava saindo com alguém. Queria saber se os dois tinham chance de voltar, por ele estariam juntos até hoje. Janine cortou a conversa e o dispensou. Irritado, ele disse que ela ainda iria ouvir falar muito de Tayrone da Candanga.

Ela riu do apelido e ele saiu furioso, dizendo que a história deles não podia acabar assim, acelerando a moto e levantando poeira.

"Tayrone da Candanga... Cada um que aparece." Rangel olhou a foto na ficha que pegou na delegacia. "Agora ele eu já conheço. E você não vai me apresentar a ela?"

"Claro, só não vai dar para ser hoje. Ficou tarde", disse Tide, ainda sem conferir se Janine havia respondido sua mensagem.

"Nem a mulher mais apaixonada vai gastar gasolina pra vir até esse fim de mundo", disse Rangel. "Mas fica tranquilo que eu já contatei o pessoal da 11ª e acertamos de dar um susto no tal Tayrone."

"O que vocês vão fazer?"

Rangel respondeu com outra pergunta.

"Faz diferença se você souber?"

Tide mudou a conversa.

"O que você acha desse desentendimento do Duílio com o senador? Será mesmo que não teria jeito de eles se acertarem?"

"Duvido."

Rangel guardou novamente a ficha.

"Você sabe que o Hermes Filho tem um patrimônio dez vezes maior do que o do nosso amigo? O dinheiro do Duílio tá acabando, Tide. Depois de torrar o que ele ganhou na última ação coletiva, já era", comentou, enquanto lutava com o elástico da pasta. "O do senador, não. Criação de gado, plantação de soja, não sei quantas fazendas. Fiquei sabendo que controla até um garimpo clandestino no Norte. É uma fonte que não seca nunca."

"E por isso mesmo Duílio precisa da gente", Tide emendou.

Rangel olhou demoradamente para o amigo.

"Pode ser." Deu um tapinha de leve no ombro de Tide.

"Tem aí uma foto da moça?"

Tide mostrou no celular a foto dos dois em um piquenique no zoológico, a toalha estendida ao lado de uma placa que pedia para o visitante não jogar pedras nos animais. Rangel se deteve por algum tempo na imagem antes de devolver o telefone.

"Ela tem um olhar forte", limitou-se a comentar.

"Que foi?", reagiu Tide, incomodado.

Rangel juntou gravetos do mesmo tamanho e passou a brincar com eles como se fosse um pega-varetas.

"Eu não me acostumo com esses *piercings*. Na nossa época as meninas eram muito mais naturais, mais bonitas. A Diana, mesmo, dava de dez nessa aí", disse Rangel, concentrado em retirar um dos gravetos da pilha sem que os outros se mexessem. Conseguiu.

"Desculpa a sinceridade, Tide. Sei que paixão não se explica."

O delegado comemorou, com os punhos fechados, o pequeno feito.

"Mas a gente é amigo. O que é que você viu nessa moça, hein?"

Tide sorriu ao responder, a brancura dos dentes contrastando com a penumbra do terraço cada vez mais sujo de fuligem.

"Eu vi música."

***

ÚLTIMA PARTIDA

Duílio percebeu que estava sem os fones apenas quando se sentou colado a uma das janelas do avião. Apalpou os bolsos do terno, encontrou apenas papéis rabiscados. Abriu a pasta. Olhou entre os assentos e embaixo deles, também no corredor. Nada.

Podia tê-los esquecido ao passar pelo raios-x, ou deixado cair ao atender o telefonema de Rangel, pouco antes de mostrar o cartão de embarque a uma atendente de seios irrequietos. Não importava onde, o fato é que teria de viajar sem eles.

Deixou escapar um palavrão.

Os fones sempre o ajudavam a evitar a abordagem de pessoas inconvenientes. Mas, naquele dia, fariam falta por outro motivo. Planejara conferir seu desempenho no vídeo que divulgaria horas depois da identificação do cadáver do senador. Teria de ser muito convincente, sabia disso. Em especial no trecho em que, a pretexto de esclarecer o motivo da morte, ele incriminava o ex-sogro.

"Hermes sabia que os esquemas dele seriam investigados depois do que eu revelei no meu depoimento aos procuradores. Era uma questão de tempo até o afastamento, a cassação e a prisão, como outros parlamentares. A idade avançada e o constrangimento certamente pesaram na decisão dele de acabar com a própria vida. Foi um gesto extremo. Mas, de certa forma, compreensível. Meu ex-sogro agiu assim para preservar o que há de mais importante: a família."

Ainda na manhã de domingo, repassaria o vídeo para Denizard e o colunista publicaria com exclusividade em seu *blog*. Combinaram que o jornalista atribuiria a origem a "amigos próximos do advogado", como fazia quando Duílio o escolhia para vazar alguma informação de interesse dele. Outros *sites* certamente correriam atrás e o assunto ficaria em destaque nas capas até ser escanteado pelo futebol da tarde, os crimes da noite, os vazamentos de vídeos íntimos de subcelebridades e outras notícias de maior apelo. Era assim que as coisas funcionavam, a audiência em primeiro lugar.

Estava sozinho em sua fileira. Mais alguns minutos e o embarque estaria encerrado. Excelente! Aproveitaria o espaço vazio para examinar melhor a planta da cidade-dormitório dos trabalhadores da nova hidrelétrica do estado, construída do jeito brasileiro: cartas marcadas na licitação, atraso e superfaturamento nas obras, flora e fauna dizimadas, rios mortos.

Comemorou cedo demais.

Um homem de boné, mãos encarquilhadas e sulcos tão profundos no rosto que lembravam mapas rodoviários, guardou uma sacola de papelão no bagageiro e sentou-se ao seu lado. Falava alto ao celular.

"Me perdi no aeroporto, só entrei agora no avião."

Duílio tentou ignorá-lo. Impossível.

"Foi bom, sim. Gostei de tudo, mas o que eu gostei mais foi da Torre de TV. Você sabe lá em cima, enxerga o planalto todinho. Bom demais. Depois desce, toma um sorvete e vai embora."

Enquanto atava o cinto de segurança, Duílio teve de acompanhar o que dizia o companheiro de viagem.

"Meus filhos? Todos criados. Dinheiro agora é para passear. Vou num restaurante, volto para casa, uma cervejinha, durmo bem. Morar junto nunca mais. A moça que saía comigo antes de você tinha outra ideia, dizia que precisava ficar comigo o tempo inteiro. Eu não queria assim. Ela era muito afoita, precisava de oração. Levei para a igreja e entreguei ela para o pastor cuidar. Eu sei, mulher. Eu sei que ela não quer ver a minha felicidade com você. Mas pode ficar tranquila, ela me jurou que não quer o seu mal."

O passageiro largou o telefone e cutucou o ombro de Duílio.

"O senhor me ajuda a trocar o *chip*?"

"Claro", Duílio respondeu, sem esconder a má vontade.

"Ganhei esse telefone de presente do meu filho, mas não sei mexer direito", contou. "A gente nessa idade não sabe mais onde colocou as coisas, né assim?"

Duílio trocou o *chip* e devolveu o telefone. Ficou preocupado. Será que o homem o deixaria trabalhar durante a viagem?

Duílio pegou a revista de bordo no bolso do assento à frente. Folheou as páginas com fotos do Pantanal e outros destinos atraentes aos estrangeiros, talvez até mais a eles do que aos brasileiros. A contragosto, acompanhou a conversa fiada do outro passageiro.

"Acabou meu crédito nesse *chip*, passei pra outro", ele esclarecia à interlocutora. "E você, como é que está? Sozinha? Diga isso não, meu bem. Ninguém está sozinho nesse mundo. Você está com Deus. Fazendo o almoço? Feijão no fogo, já colocou? Guarde para mim. Depois a gente vai conversar, quero dar uma preparada para ir naquela praia cheia de prédio grande. Tem um ônibus que deixa a gente quase na areia. Vou planejar três dias, banho de água salgada toda manhã. Eu ainda tenho um dinheirinho. Mas, se você quiser, a gente passa mais tempo. Molhar os pés de manhã, salgar as costas todas. Depois uma cervejinha, a gente se deita, fica junto, faz um carinho, depois dorme. Bom demais."

O homem não perdia o fôlego.

"Embarque encerrado."

O aviso do comissário foi a senha para Duílio soltar o cinto e mudar de lugar. Pediu licença e o passageiro se encolheu.

"A perna do senhor é grande, melhor mesmo ficar no corredor", comentou. "Mais fácil de se levantar. Quando chega a idade, a gente está sempre com vontade de ir ao banheiro."

Aquele homem não pararia de falar a viagem inteira. Resignado, Duílio esticou as pernas, abriu a pasta e deu uma olhada nas páginas do plano diretor. Guardou-as de volta menos de um minuto depois.

Não conseguia se concentrar. Como é que tinha cometido a estupidez de esquecer os fones?

Duílio fechou os olhos para aguardar a decolagem. Não tirava da cabeça a conversa mansa do passageiro com a mulher, certamente bem mais nova, que ele queria arrastar para a praia. Apostava que o banho de mar era só no começo, depois o velho tomaria um genérico de viagra para dar conta de meter na mocinha num quarto e sala abafado, sem elevador e alugado com a miséria da aposentadoria ou com empréstimo consignado. Gastaria o que não tinha para se iludir com a juventude da companheira. Esqueceria por algum tempo o próprio corpo, braços flácidos e dentes falhos, a emitir os avisos da decrepitude inevitável antes da morte.

Mesmo com as portas em automático, o avião não se mexia.

O comandante informou que a decolagem atrasaria por causa da intensidade do tráfego aéreo. Reclamou da demora nas obras da segunda pista; se fosse no Japão, o trabalho já estaria concluído, observou. Duílio esticou o pescoço e viu outras aeronaves prontas para decolar. Parecia que todos queriam ir embora ao mesmo tempo. Além da pista, ele reparou na variação de cores entre as árvores baixas e retorcidas, algumas ainda esverdeadas, outras com a folhagem escurecida pelos incêndios. Ligou novamente o celular, conferiu as últimas notícias de política, todas relacionadas à Lava-Jato. Nenhuma delas citava o nome do senador.

Melhor assim.

"Tripulação, decolagem autorizada."

Duílio guardou o celular. Ao seu lado, o falador cochilava de boca aberta, um filete de saliva a escorrer até o queixo. Duílio pegou a caneta preta e usou o verso do cartão de embarque para rabiscar aquele rosto cansado. Enquanto desenhava, entendeu o que o incomodava tanto no companheiro de viagem. Ele parecia o seu pai. Mas, ao contrário do passageiro, João Silveira não era de muitas palavras. E a voz grave realçava o pouco que dizia.

"O que é dado custa caro."

Foi o que o pai disse ao avisar que devolveria o envelope robusto em seu nome que Duílio retirou da caixa de correios de sua casa na W3. Não voltou a repetir a frase.

Mas Duílio jamais esqueceu.

Depois de se aposentar, João Silveira voltou ao Rio de Janeiro. Todo dia batia ponto nas areias do Leme, era mais um entre tantos coroas cariocas. Certa vez, num domingo quente de março, jogou frescobol a manhã inteira, dividiu com os amigos um filé à milanesa no Lamas e seguiu com eles para ver Botafogo x Flamengo no Maracanã. Já no estádio, ao passar pela estátua de Bellini, o coração de João Silveira resolveu parar. Duílio vendeu o apartamento do pai no Rio, comprou a parte de seu sócio e o escritório de advocacia deslanchou de vez. Para ganhar ações coletivas milionárias, como a que garantiu o reajuste do índice de correção das aplicações feitas durante os planos econômicos implementados com maior e menor êxito nas últimas décadas no país, presenteava filhos de magistrados e amantes de ministros com envelopes polpudos. Estipulava seus honorários de acordo com os valores que teria de deixar em cada envelope. O mesmo tipo de envelope que seu pai havia recusado.

Enquanto o avião taxiava, Duílio pegou novamente o celular. Escreveu mensagem para Rangel.

"Esqueci de acertar uma coisa importante. Ligo quando chegar."

Deveria ter enviado a Rangel também um pedido de desculpas, Duílio avaliou depois de guardar o telefone novamente no terno. Perdera o controle quando eles se falaram alguns minutos antes do embarque. O grito que deu no amigo assustou até os estudantes que passavam ao seu lado, meio perdidos, à procura do portão de embarque para Manaus. Mas Rangel mereceu a bronca. Começou uma conversa de que estava com medo de eles não darem conta de carregar o corpo até o lago, ignorando a combinação de não tratar do assunto ao telefone.

Pouco antes de receber a ligação, Duílio havia mandado uma fotografia para o delegado. Registrou uma turma de cinquentões enfiados em camisetas idênticas, grudadas nas barrigas, a inscrição "amigos de pescaria" estampada nas costas. "Podia ter sido a gente, só faltou a camiseta", escreveu Duílio para Rangel. Como adolescentes rumo à Disney sem os pais, os pescadores de ocasião se cutucavam e exibiram sorrisos maliciosos depois de um deles tirar a aliança da mão esquerda e guardá-la na carteira.

Os três planejaram fazer algo parecido para comemorar os cinquenta anos de Hélio Pires; Tide, com a mãe doente, ficaria de fora. Passariam alguns dias na casa de um primo de Rangel em Fernando de Noronha antes de sair para uma semana de pescaria e putaria em alto-mar.

Estava tudo certo até que Hélio Pires deu para trás. Contou que Alba havia encontrado no escritório do viveiro uns folhetos sobre Noronha e perguntou se ele comemoraria o aniversário sem ela. O marido gaguejou antes de confirmar que Alba estava excluída da programação. Disse que pretendia dar uma força a Rangel e Duílio, ambos de cabeça quente por uma série de problemas em casa e no trabalho. A esposa quis saber quanto custaria o gesto de amizade. Ao ser informada do valor, idêntico ao orçamento para ampliação da área de exposição de mudas, Alba mandou o marido escolher: a pescaria ou a reforma.

Hélio Pires escolheu o investimento no viveiro. Alba, satisfeita, sugeriu que os amigos do marido procurassem um psicólogo para tratar a moral baixa que pretendiam elevar no arquipélago. "Vai ficar muito mais barato", garantiu, com ironia.

O avião, enfim, decolou.

Duílio esticou o pescoço para contemplar as mansões ao lado do aeroporto, cada uma delas com sua piscina, a água ociosa à espera de banhistas, talvez no domingo se não fizesse muito frio. Viu também as veredas chamuscadas depois do incêndio mais recente, os riscos negros no solo como cicatrizes de um corpo dilacerado. A aeronave sobrevoou o conjunto de prédios espetados no cerrado de forma apressada e incipiente. Jardins Mangueiral, o setor habitacional onde estivera recentemente, era o modelo do que Duílio evitaria na cidade que o consórcio de empreiteiras ergueria ao lado da hidrelétrica. Não mencionaria ao governador, claro, que tudo andaria bem mais rápido depois que ele, Duílio, assumisse o mandato de Hermes Filho. Teria pelo menos quatro anos para destinar emendas que, sob o nobre intuito de contribuir para o desenvolvimento do estado, reforçariam o caixa das construtoras.

Poucas nuvens no céu marcado pelos focos de incêndio.

O aviso do cinto de segurança se apagou e Duílio curvou o corpo para apanhar a pasta aos seus pés. Aproveitaria as duas horas a bordo para decidir o que levaria para a reunião. Mesmo sem poder usar a mesinha do lado, retirou croquis e documentos da pasta. Sabia que o governador estava muito mais interessado no que receberia das empreiteiras pela hidrelétrica; considerava a construção da cidade um troco, até um fardo. Para Duílio, não. Era a realização do sonho que ficou para trás quando, pressionado pelo pai, trocou a faculdade de Arquitetura pelo curso de Direito. João Silveira estava morto, melhor assim. Jamais compreenderia o que o filho único pretendia fazer para acertar as contas com um desejo do passado. Seria Lucio, teria o seu Plano.

Haveria riscos, claro que sim. Todo plano tem um risco. Nasce com uma certeza, depois surgem as possibilidades. Sucesso, fracasso, as incertezas entre eles. Tide até que tentou alertá-lo, mas Duílio cortou a conversa. Já havia mapeado os riscos, estavam tão calculados quanto o sobrepreço que o governador exigiu para direcionar a licitação. Hermes podia levar mais tempo do que eles estimaram para apagar depois de beber o vinho batizado com o pó da planta que Hélio Pires arrumou para provocar o mesmo efeito de um "boa noite Cinderela". Se isso acontecesse, o senador não desmaiaria de imediato; a atribuição de sufocá-lo deixaria de ser apenas de Rangel. Os três juntos teriam de dar um jeito no velho. O delegado também poderia ter uma tremedeira justo na hora mais difícil. Ou fraquejar quando eles fossem levar o corpo até o lago. Corria também o risco de Hélio Pires se borrar nas calças e ter um ataque de culpa. Sairia gritando um ai-meu-Deus-o-que-foi-que-a-gente-fez, mas, no fundo, o que ele queria dizer era "quando é o que o dinheiro vai cair na minha conta pra ver se Alba para de encher o meu saco?". Duílio sabia dos riscos, não precisava de ninguém para apontá-los. Se parasse para pensar, acharia outros tantos. Mas nessas coisas não se perde tempo com hipóteses, certas coisas se fazem porque precisam ser feitas e acabou.

De toda forma, Duílio tentaria acalmar Rangel. Diria que o maior risco, de o senador não comparecer, não existia. O velho estava desesperado para saber como ele aparecia no vídeo que o delegado havia repassado a Duílio. Como, não; em quais posições. Pagaria o que fosse necessário para acabar com a história. E assim seria feito, Duílio prometeu ao ex-sogro. Mas não da forma que imaginava Hermes Filho, mais um entre as dezenas de parlamentares inexpressivos que o Congresso abrigava.

"Oi, céu!", gritou um menino na fileira ao lado, encantado com uma inesperada sequência de nuvens.

Duílio tentou ler o resumo do plano diretor da nova cidade, mas não conseguia avançar. Guardou os croquis. Precisava de um cigarro. Pegou uma pastilha para se iludir, encostou a cabeça no assento e, mesmo sem os fones, tentou dormir.

***

Rangel estacionou embaixo de uma mangueira, comprou um picolé no quiosque de lanches e sentou-se no único banco que não havia sido pichado na praça do bosque próximo ao batalhão de polícia ambiental. Enquanto retirava a embalagem, o delegado deu uma olhada nas placas ao redor. "Denuncie o uso de drogas", "Proibido o som automotivo". As orientações eram ignoradas por três adolescentes que, encostados no capô de um sedã, enrolavam um baseado. Outro grupo jogava basquete em uma das quadras do maior centro de lazer da "bela Candangolândia", como anunciava a orgulhosa inscrição no acesso principal à avenida que contornava a pequena cidade vizinha ao zoológico.

O delegado iria se encontrar com Tayrone, o ex-namorado da moça que estava saindo com Tide. Mas não tirava da cabeça o grito que escutou de Duílio. Mais uma grosseria, mais um exemplo de desrespeito. Nos últimos anos, por sinal, ele havia se tornado o alvo preferido de Duílio; até Hélio Pires havia reparado.

E pensar que, tempos atrás, era bem diferente! Na adolescência, até mesmo pelas afinidades que excluíam os outros dois, Rangel e Duílio andavam sempre juntos. Jogavam futebol todo sábado no Iate. Duílio era o capitão do time do clube. Rangel, pouco habilidoso, ficava na defesa. Seu diferencial era o chute forte, tão forte que ganhou o apelido de Nelinho, como o jogador mineiro conhecido pela potência das cobranças de falta. Já Rangel chamava o amigo pelo nome de outro lateral, Tarantini, isso por causa dos caracóis na cabeleira de Duílio, vasta como a do argentino campeão do mundo em 1978.

Entrosados, "Nelinho" e "Tarantini" faziam parte do time montado no Iate para disputar torneios interclubes, as brigas que arrumavam na mesma quantidade de vitórias. A mais grave havia ocorrido no Clube da Imprensa, quando enfrentaram um time de jornalistas. O atacante adversário, um repórter ruivo que os colegas chamavam de Ferrugem, mandava no jogo. Fez dois gols de cabeça e ainda deu o passe para o terceiro depois de, numa finta de corpo, deixar Rangel no chão. O ruivo só não marcou o quarto gol porque tomou um carrinho de Duílio e revidou com um chute.

Foi quando Rangel entrou na briga.

"Olha aqui, Ferrugem!"

O ruivo se virou e tomou um soco. Não foi muito forte, mas Rangel segurava um caco de vidro entre os dedos. O sangue jorrou da testa e cobriu os olhos do repórter.

Chocados, os adversários se dividiram. Uns ajudaram o colega, outros partiram para cima de Duílio e Rangel. Os dois correram para o estacionamento, pelo menos cinco jornalistas atrás deles. Somente escaparam porque os perseguidores, fumantes inveterados, não tiveram pulmões para alcançá-los. Também porque Diana, que enrolava um beque no carro enquanto escutava uma fita de Rita Lee, botou os dois em seu Passat, arrancou e os três se mandaram da Vila Planalto, *Agora só falta você* e outras músicas de *Fruto proibido* como trilha da fuga.

Em tudo o que eu faço existe um porquê

Depois de acertar os dois lances livres, um dos adolescentes na quadra do centro de lazer da Candangolândia comemorou na direção de Rangel como se estivesse na NBA. O garoto devia ter 1m90cm, o delegado estimou. A mesma altura de Felipe.

O filho havia se destacado no time de basquete da escola. O futebol veio depois de o pai matriculá-lo em uma escolinha e, no fim do semestre, o professor avisar que iria indicar o garoto para uma peneira em Belo Horizonte. Felipe passou no teste, mas Rangel demorou a aceitar a ideia de que o filho iria morar com a mãe e ele ficaria sozinho na mansão construída para a família. A altura elevada e o posicionamento dentro da área fizeram o garoto despontar como uma das revelações das categorias de base do América. Não demorou muito e o técnico dos profissionais mandou integrá-lo ao elenco do time mineiro. E toda vez que

Felipe Rangel, assim mesmo, com o sobrenome incorporado ao nome de jogador, era anunciado nas transmissões, o pai se inflava de orgulho. Isso, claro, até o filho da puta do radialista iniciar a perseguição a Felipe. Rangel, aliás, depois precisava perguntar ao colega mineiro se o recado que mandou havia chegado nos ouvidos de quem precisava escutar. Faria isso depois da conversa com o tal Tayrone.

Rangel chamou um dos garotos na quadra e perguntou se ele sabia onde estava o morador do monstrengo verde de dois andares em frente ao quiosque.

"É o Tayrone da Candanga", disse Rangel.

O garoto deu uma risada. "Esse nome é *páia* demais. Tay deve estar no grupo escoteiro."

Como assim? Tayrone, com pós-graduação em bandidagem no Rio de Janeiro, era escoteiro? Foi a vez de Rangel rir.

"O que o senhor quer com ele?", perguntou o garoto. "Eu dou o recado."

Rangel mostrou o distintivo de delegado.

"Então é só com ele mesmo." O garoto estendeu o braço na direção de uma estrada próxima ao Corpo de Bombeiros.

"Mas ele não fica na sede. Passa horas lá no alto."

"No alto, como assim?"

"É um negócio que eles colocaram lá, não sei o nome. O senhor vai ver. Cuidado que ele fica treinando nas árvores." O garoto usou o polegar e o indicador para simular o disparo de uma arma.

A caminhada seria longa, ainda mais sob o sol forte. Mais prudente fazer o percurso de carro, Rangel avaliou. Agradeceu ao garoto e entrou novamente na Hilux. O telefone tocou. Identificou o estado de origem, mas o número não estava registrado em seu celular. Mesmo assim, atendeu.

Era Duílio.

"Porra, não leu a mensagem?! Eu falei que ia ligar assim que chegasse. Por que esse susto?"

"Não reconheci o número."

"Tô evitando usar o meu celular, ainda mais aqui onde o senador tem a polícia inteirinha na mão."

"Fala mais alto", Rangel pediu. "Tá passando um avião aqui e não estou te escutando direito."

"Avião? Onde você tá?"

Rangel começou a morder o palito de picolé.

"Na Candangolândia."

"Porra! O que você foi fazer nesse fim de mundo?"

Se Duílio não estivesse tão nervosinho, Rangel diria que ele estava errado. Ali não era o fim, mas o início do mundo. Candangolândia, Cidade Livre, Jardim Zoológico, tudo já existia antes da inauguração da capital que JK decidiu fazer com um dinheiro que o país não tinha e com o suor e o sangue dos outros, entre eles o pai de Rangel. O delegado preferiu não perder tempo.

"Por causa do Tide", respondeu Rangel, o palito parcialmente destroçado pelas mordidas. Contou que a nova namorada do amigo estava sendo ameaçada por um marginal da região.

"Tide, namorando? Que sacana, não me falou nada."

"Tá todo apaixonado, parecendo menino."

"Coisa boa. Você também precisa arrumar uma companhia."

Duílio recebeu como resposta o ruído desagradável dos dentes de Rangel no ataque ao que restou do palito.

"Tô ligando para pedir desculpas."

Rangel não acreditou. Duílio, pedindo desculpas? A necessidade transforma o homem. Tarde demais, a mágoa se alojara nele, em algum lugar entre o peito e o estômago.

Desconfiado, Rangel perguntou se Duílio queria falar alguma outra coisa além de se desculpar.

Claro que sim.

"Você pode dar um pulo no viveiro?"

Duílio queria saber se Hélio Pires tinha conseguido a planta para batizar o vinho no sábado.

"Da minha parte, tá tudo certo, mas o Hélio não pode falhar", lembrou Duílio. "Vai lá e confere. Aproveita e pergunta se apareceram, nas últimas semanas, encomendas de projeto paisagístico em outros estados."

Rangel estranhou. Duílio insistiu.

"Fala só isso e revela onde eu estou. Ele vai entender."

"Porra, diz você pra ele", reclamou Rangel. "Ficar me usando pra mandar recado..."

"É diferente: ele morre de medo de você. Faz o que eu tô dizendo pra gente ter certeza de que ele não vai dar pra trás", insistiu Duílio, antes de desligar.

Duílio, de novo, não pedia. Mandava. Rangel estava cheio disso.

O estômago roncou para avisar que o picolé era insuficiente para enchê-lo. Rangel resolveria o problema de Tide, depois iria atrás de um sanduíche. Acelerou e a praça do bosque foi ficando para trás.

Pelo retrovisor, antes de fazer a curva, viu um pai ensinando o filho a soltar pipa. Muitos anos atrás, durante um passeio ao zoológico no Dia das Crianças, Felipe pediu a Rangel para comprar a pipa que um palhaço insistia em botar na mão do garoto. Estressado com os visitantes que importunavam os macacos, o pai gritou para o palhaço sumir. Felipe começou a chorar. Arrependido, Rangel explicou que pipa era presente barato, o filho merecia coisa melhor, inclusive tinha uma ideia para salvar o feriado. Foram ao shopping, dividiram uma pizza de calabresa antes de entrar numa importadora e Felipe voltar para casa com um Game Boy.

Rangel parou a Hilux ao lado de um sobrado caindo aos pedaços. Leu as frases grafitadas na parede: "Basta um vivo pra morrer", "Jesus te ama", "Se mexer com *nóis* a bala vem quente", "O crime enriquece e congela o coração". As inscrições indicavam o que Rangel deduziu logo que chegou naquela área, idêntica a tantas outras que as autoridades preferiam ignorar: campos da batalha incessante entre a fé e o crime para conquistar corações e bolsos de fiéis e descrentes.

O delegado desceu do carro e as botas se encheram de pó. O pai dizia que, na Cidade Livre, os calçados indicavam a importância do sujeito. Era preciso estar sempre de botas de couro e camisa cáqui para não ser visto como bandido nos faroestes de domingo, o dia do ócio e das pingas dos candangos, nas ruas empoeiradas do acampamento de tábuas rebatizado posteriormente como Núcleo Bandeirante. Rangel andou até chegar a um descampado utilizado como depósito de lixo. Reconheceu, pela floração vermelha oferecida em formato de candelabro e atacada por incansáveis colibris, o mulungu que seria usado na noite de sábado.

Arrancou uma das flores vermelhas da planta. Na única vez em que se encontraram para repassar o plano, Hélio Pires explicou por que o mulungu era conhecido também como amansa-senhor. Uma das poucas armas à disposição dos escravos para se livrar dos algozes, o amansa-senhor poderia trazer a alforria também para os dois.

Rangel largou o mulungu e seguiu na estrada de terra. Recolheu cápsulas de projéteis no meio da poeira. "Jesus voltará em breve", prometia uma placa pintada a mão. Se Jesus estivesse mesmo com o retorno assegurado, seria mais prudente escolher outro lugar.

Plên!

O delegado agachou-se e sacou a pistola ao escutar um disparo. Olhou para o alto. Arma na mão, um jovem magricela de cabelo descolorido tentava equilibrar uma lata de cerveja em estrutura armada com troncos e cordas.

"Tayrone!"

O rapaz ignorou o chamado.

"Tayrone da Candanga!"

O jovem, enfim, voltou-se para o delegado. Vestia camisa de um time estrangeiro e uma bermuda estampada que só não chamava mais atenção do que o brilho do cabo do revólver, agora enfiado na cintura.

Rangel usou a pistola para um aceno.

"Deixa o cano quietinho aí na cintura e desce. A gente precisa conversar."

Desconfiado, Tayrone pousou uma das mãos no revólver.

"Conversa? Que tipo de conversa?"

"É sobre a moça do zoológico, Joline."

"Janine", disse Tayrone, a mão ainda na arma. "Você é o velho que tá com ela?"

"Não", disse Rangel. Puxou a corrente para exibir o distintivo funcional. O brasão, banhado em ouro, reluziu.

"Eu sou o cara que vai te botar de novo em cana se você não descer agora." O delegado apontou para a cintura de Tayrone. "E tira a mão daí pra não tomar um tiro no saco."

Tayrone gritou de volta.

"Desço nada. Sobe você!"

Ele virou-se, sacou a arma e atirou duas vezes na direção oposta à de Rangel.

O delegado respirou fundo e encarou os degraus de madeira da estrutura montada para crianças e adultos brincarem de Tarzan. A escada balançava, mesmo assim ele achou mais prudente segurar a corda apenas com uma das mãos. Na outra, continuou a empunhar a pistola. Ao chegar no alto, notou que Tayrone disparava em um alvo riscado com giz na única árvore no meio de um pasto, uma paineira de flores murchas. O rapaz tinha dificuldade para acertar os círculos desenhados no tronco.

"Vou mostrar como se faz."

Rangel municiou a pistola com o projétil de cobre que carregava no bolso menor da calça para eventualidades e disparou.

As lascas expelidas da madeira no círculo menor voaram, desorientadas, em direções diferentes. A mão direita não tremeu na hora de disparar, Rangel constatou. Satisfeito, ele guardou a pistola.

"Agora guarda sua arma que é pra gente conversar sem dedo nervoso", ordenou. "Coisa boa, você vai ver."

Tayrone obedeceu.

***

A conversa com o governador foi rápida, mas rendeu o acerto como Duílio queria: metade do valor da propina em trinta dias, a outra metade somente depois do início das obras. Conseguiu pegar o último voo e ligou para Diana assim que desembarcou. Disse que passaria na sua antiga casa, precisava consultar o I Ching. Irritou-se quando ela disse que não sabia onde havia guardado o livro e as moedas. A contrariedade de Duílio aumentou ao deixar a área restrita aos passageiros e se deparar com um grupo de pessoas com rostos em suspense, expressões entre aflição e alívio, portando faixas e rosas para saudarem pais, mães, filhos e outros parentes como se estivessem à espera do retorno de alguém que passou metade da vida em órbita, numa estação espacial. Por que essa gente não guardava abraços, beijos e lágrimas para a intimidade da família?

Duílio entrou no táxi e disse o endereço ao motorista. Avisou a Diana que estava a caminho, mas ela não respondeu. Ele sabia que era uma bobagem ficar refém de algo além da razão, mas o oráculo o ajudou na condução dos mais vantajosos acordos coletivos que o seu escritório intermediou. Pouco antes de outro momento decisivo, precisava novamente saber o que os chineses tinham a dizer.

"O senhor conhece Esperança?"

Pronto, tudo o que Duílio não precisava: o motorista do táxi queria conversa.

"Esperança é a minha cidade."

Fazia anos que não ia lá, prosseguiu o motorista. Agora que os filhos estavam criados, ele planejava voltar e melhorar a situação financeira dos irmãos mais novos. Ao contrário dos colegas desesperados com o avanço do Uber, ele conseguia sobreviver sem depender do carro graças à aposentadoria de servidor público.

"Táxi é pra vida, não é pra morte. Mas tem que ter muito cuidado com motorista de aplicativo. Eu não deixo minha filha num carro sozinha com esses aventureiros de jeito nenhum."

O motorista não parava de falar.

"O senhor tem filha?"

Bem que Duílio tentou convencer Diana para tentarem uma menina depois do aniversário de três anos de Nuno. Ela se recusou, tinha acabado de ser aprovada no concurso do Senado e não pretendia se afastar do trabalho. Mas havia outra razão e Duílio não precisava de psicólogo para entender o porquê. Ao contrário da bobagem que viu no filme *Romeu & Julieta* (e as colegas de Diana adoravam escrever na capa dos cadernos), a gente não se arrepende apenas das coisas que não faz. Também se arrepende, e muito, do que faz.

Duílio não conseguia esquecer do que os amigos fizeram com a adolescente que conheceram no dia da inauguração do Parque da Cidade. As lembranças do que aconteceu, tanto na Caravan do pai como na piscina, o assombravam. Como é que participara de uma cafajestagem daquela? Se Duílio tivesse uma filha, certamente o arrependimento seria ainda maior.

"Dá pro senhor ligar o rádio?", Duílio pediu ao motorista. "E aumenta também o ar, tá abafado aqui."

O taxista obedeceu e, com o rádio ligado, calou-se no restante do trajeto até a casa no Lago Sul.

Diana recebeu Duílio com dois beijos no rosto e as pedras do I Ching nas mãos. Contou que *O livro das mutações* estava no fundo da estante, atrás da coleção de Erico Verissimo. Seria preciso acalmar o espírito antes de fazer a consulta, ela advertiu.

"Esquece, Diana. Vê logo o que diz aí."

Contrariada, ela jogou a primeira moeda na mesa da sala de jantar.

Yin, yang, yin.

A expressão de Diana foi se transformando.

Yin, yin, yang.

A tensão no rosto de Diana aumentou ao completar o hexagrama.

Yin, yang, yin.

Duílio queria saber logo o que as moedas diziam. De nada adiantou a ex-mulher lembrá-lo que não havia respostas diretas, era preciso também interpretar o que estava escrito no livro.

"Agora me diz o que deu", Duílio ordenou.

Diana passou as mãos nos cabelos e suspirou.

"O que apareceu nas moedas é o que eles chamam de total obscurecimento."

Ela iniciou a leitura de uma das páginas.

"No presente hexagrama, um homem tenebroso ocupa uma posição influente e causa o mal para homens capazes e sábios..."

Duílio a interrompeu.

"Pula a historinha. O que eu tenho de fazer?"

Diana balançou a cabeça. Já deveria saber que era inútil discutir. Retomou a leitura em voz alta.

"Em épocas de obscurecimento da luz, é essencial ser cuidadoso e discreto."

"Isso faz sentido?", ela perguntou.

"Continua, por favor."

Diana obedeceu e retomou a leitura.

"Não se deve atrair grandes inimizades desnecessariamente em virtude de uma conduta impensada. Também não se deve pretender saber tudo. É preciso deixar passar algumas coisas, mas com muito cuidado para não ser enganado."

Diana fechou o livro.

"É isso."

"Porra! Isso eu já sabia", Duílio reclamou. "Lê mais alguma coisa."

Diana respirou fundo e abriu novamente o livro.

"É preciso preservar a clareza interior, mesmo em ambiente hostil. Somente assim é possível superar até a maior adversidade."

"Agora, sim."

Duílio deixou o corpo deslizar na cadeira e acariciou as têmporas grisalhas.

"E a meditação? Ainda tem aquele incenso que eu te dei de aniversário?"

Diana foi atrás do incenso e Duílio aproveitou para conferir o celular. A mensagem mais recente era de Rangel, dizia que havia falado com Hélio Pires e estava tudo certo. Aliviado, Duílio saiu para fumar no terraço.

***

As palavras de Diana ainda fustigavam Duílio ao entrar em seu apartamento na Asa Sul.

"Se a resposta não foi a que você queria, a culpa não é do oráculo. É de quem fez a consulta."

Ele tirou do bolso um papel que a ex-mulher entregou com o local e o preço de um curso de cinema que Nuno desejava fazer. Escuela Internacional de Cine y Televisión de San Antonio de Los Baños. Tantos lugares no mundo para estudar e Nuno queria ir para Cuba! Depois de defender no plenário a decisão do governo de cortar as bolsas para estudantes brasileiros na instituição cubana, o senador daria um tiro na cabeça se soubesse da escolha do neto. Ainda bem que Hermes não estaria vivo para descobrir que a viagem de Nuno seria paga com uma parte do repasse mensal que Duílio tinha de fazer ao ex-sogro pela vaga de primeiro suplente. Duílio depositaria, no mês seguinte, o valor das passagens e outras despesas do filho. Aproveitaria para encomendar uma caixa de Cohiba, o charuto que distribuiu aos amigos no nascimento de Nuno.

Ainda faltavam algumas horas para o encontro. Duílio tentou se distrair com as notícias na internet. As capas dos *sites* destacavam tragédias e bizarrices.

Pescador queniano tem as pernas esmagadas por um hipopótamo.
Padre cai da prancha e morre no paraíso dos surfistas.
Criança é devorada por um leopardo na Índia.
Idoso atacado por abelhas africanas no Setor de Autarquias.

Duílio se deteve numa notícia do Rio de Janeiro: um homem de cabelos grisalhos, em prantos, exigia justiça depois do assassinato de um adolescente. "Os filhos não enterram mais os pais, agora os pais é que estão enterrando os filhos", dizia o homem, certamente o pai da vítima.

"Grande novidade...", Duílio murmurou, antes de ser invadido por lembranças dolorosas. O cortejo fúnebre interrompido pelo desmaio de Diana. Os abraços dos amigos. Os tapinhas nas costas que ganhou do filho da puta do sogro. A poeira nos tênis dos outros alunos do curso de Direito. O olhar perdido de Nuno. A lenta descida do caixão de jacarandá, o mais caro que havia na Rua das Funerárias, até o fundo da cova, a última morada de Luti.

Conseguiria, algum dia, apagar aquelas imagens?

Duílio desligou o computador e foi até o quarto. Tirou os sapatos e buscou no *closet* a caixa com os tênis coloridos que Nuno o presenteara no último Natal. Estavam um pouco apertados. Soltou os cadarços e aliviou a pressão nos dedos. Fumou na janela o que seria o último cigarro do dia, prometeu a si mesmo, as cinzas caindo na jardineira do vizinho. Depois, já na cozinha, encheu uma garrafa de água, pegou o elevador e saiu para espairecer.

Fim de tarde. O sol, apenas uma bola amarela, murchava por trás da alameda de galhos secos. Um grupo de jovens jogava futebol na quadra de esportes recém-reformada, ainda dava para sentir o cheiro de tinta. Duílio perguntou se podia reforçar um dos times. O adolescente com a bola no pé, camiseta larga e brinco prateado na orelha esquerda, fez sinal positivo com a cabeça.

"No outro time. Tira a camisa, tio."

Duílio obedeceu. Deixou a camisa em cima de um dos bancos de concreto e entrou na quadra. Jogo veloz, logo ficou sem fôlego. Ficou embaixo das traves até que a bola espirrou em um chutão e quicou à sua frente. Duílio matou no peito e correu até a outra trave com a bola dominada. Posicionou-se na frente do goleiro, o mais baixo dos jogadores do outro time.

O garoto parecia assustado.

Duílio decidiu poupá-lo e chutou para fora.

Exausto, encostou as mãos nos joelhos.

"Entra outro no meu lugar."

Ele saiu e sentou-se em um dos bancos. Afrouxou os cadarços e os dedos agradeceram. Bebeu água e assistiu ao jogo.

O dono do brinco prateado conduzia bem a bola e driblava fácil. Parecia o garoto de Rangel. Felipe também era alto e habilidoso, já dava para ver nas peladas do Iate. Não entendeu por que tinha virado zagueiro.

O moleque de brinco deixou a quadra e pediu um pouco de água. Duílio ofereceu sua garrafa.

"Como é que você se chama?"

"Bruno."

"Parece o nome do meu filho, Nuno."

"E o seu, tio?"

"Duílio."

"Esquisito! Não conheço ninguém com esse nome."

"Basta um", disse Duílio, sorrindo. "Você mora aqui na quadra?"

"Eu? Aqui?!"

Bruno também sorriu. "Aqui não é pra mim, não. Sou do P Sul. O senhor já foi lá?"

Duílio balançou a cabeça. Perguntou o que ele fazia no Plano.

"Minha mãe trabalha num salão ali embaixo." Bruno apontou em direção à entrequadra comercial, entupida de carros parados em fila dupla.

"Venho eu e meus irmãos. Quando acaba o serviço, minha mãe passa na padaria e compra um pacote de biscoito. Mas só entrega quando a gente chega no ponto."

"No ponto?"

"Pegar o ônibus da Rodoviária. De lá a gente pega outro até em casa. E demora, moço!"

O menino tocou no pulso, pedindo as horas.

"Seis e meia."

"Daqui a pouco minha mãe aparece", disse Bruno, abaixando-se para amarrar o cadarço do tênis com rasgões em um dos lados. Os outros garotos assoviaram para chamá-lo, queriam aproveitar o que sobrou do sol para uma última partida.

"A gente tá sempre por aqui", o menino contou. "Se o senhor quiser voltar…"

Com um aceno desajeitado, Bruno se despediu. De volta à quadra, gritou para Duílio.

"Volta e traz o seu filho!"

Duílio sorriu. Nuno, jogando futebol? Fazia anos que ele não jogava nada, apenas videogame. Duílio voltou a observar a correria dos meninos de Ceilândia. Sem estranhos na quadra, pareciam mais à vontade para reclamar e incentivar uns aos outros na base dos palavrões. Duílio tirou os tênis e uma das meias, a vermelhidão na base do dedo mindinho anunciava uma bolha. Tudo bem, tinha se distraído, era o que precisava antes da noite.

Constatou que seu corpo havia preservado a memória dos movimentos do futebol. Acordava cedo aos domingos para jogar bola com Nuno e Luti no quintal. Traçava com o calcanhar as linhas do campo; os troncos dos pequizeiros serviam como balizas. Luti, mais jeitoso, logo aprendeu a bater de trivela, mirar e acertar o ângulo. Nuno se divertia com chutões para o alto, às vezes no quintal do vizinho. Duílio adorava passar os domingos com os garotos. Era o dia de fazer com a família o que planejava durante a semana, tentava repetir o que o velho Silveira fez por tanto tempo com ele. Sentia falta da energia infindável das crianças, sentia falta das descobertas com Diana, sentia falta da sabedoria do pai.

Duílio deitou-se e o suor grudou a camiseta no banco. Olhou para cima. O azul cobalto do céu era lentamente engolido pelo inevitável negrume da noite.

"Golaço, porra!"

Na quadra, Bruno comemorava com os braços abertos e punhos fechados, parecia um atacante profissional.

Fim de jogo.

Duílio chamou o menino e entregou a ele os seus tênis.

"Pra você fazer mais golaços", disse ao garoto de Ceilândia.

Bruno tirou os tênis rasgados e calçou os novos, branquinhos. Amarrou os cadarços, acariciou a faixa roxa no tecido branco. Sorriu para agradecer. Duílio passou a mão na cabeça do adolescente e, descalço, voltou para o apartamento.

Antes de entrar no banho, Duílio decidiu ignorar o que ele mesmo havia determinado aos amigos sobre troca de mensagens na noite de sábado. Não escreveu nada, apenas enviou para o grupo com os três amigos a foto de uma página do livro que foi buscar com Diana. Havia sublinhado um trecho com caneta preta.

"Daqui para a frente, os ferimentos vão doer e as pessoas vão sofrer por sua causa, assim como você vai sofrer por eles. Agora, José, não é mais brincadeira de revólver de pau, mãos ao alto, bangue-bangue, deite-aí-que-você-está-morto. Agora é sério, topar a parada, ganhar e perder, tentar só ganhar."

Avaliou que, mesmo se fosse rastreada, a mensagem não causaria problema. A passagem de *Zero* podia passar por uma das inúmeras mensagens que familiares repassam sem ler. Enviou a foto, tirou a roupa e entrou no box. O jato de água quente saiu forte e quase queimou a testa. Regulou o chuveiro. Passou alguns minutos ali, quieto; a água, agora morna, acariciava as costas enquanto ele repassava as etapas do plano. Acalmou-se. Seria essa a tal clareza interior que estava no I Ching?

Cantarolou uma das músicas escolhidas por Tide.

If I leave here tomorrow

Would you still remember me?

Ele entendera o que Tide queria com a sequência que programou para a noite. Depois que tudo acabasse, chamaria o amigo para tomar um vinho e comentaria cada uma das escolhas.

I'm free as a bird now

Duílio ainda cantava *Free Bird,* do Lynyrd Skynyrd, ao sair do box.

And this bird you can not change

Enxugou-se com uma das toalhas do enxoval de casamento, vestiu uma cueca. Aparou os pelos das narinas e os tufos que restaram no peito depois da raspagem para fixação de eletrodos do teste de esforço. Saiu do banheiro, pegou o celular, tocou o ícone verde do WhatsApp. Dois tracinhos azuis, sua mensagem havia sido visualizada pelos três amigos.

Nenhum deles respondeu.

Saiu do banheiro e parou diante do armário. O que vestiria no jantar? O senador não valia uma roupa nova, muito menos o que Duílio pagaria na lavanderia para desentranhar o cheiro do churrasco; na verdade, Hermes não valia um cesto de roupa suja. Optou pela mais antiga das camisas brancas. Por cima dela, usaria o mesmo terno cinza da viagem, ainda impregnado pela fumaça do charuto que acendeu depois do acerto com o governador.

Vasculhou a gaveta das meias à procura do par azul-turquesa que comprou na Itália. Encontrou também um papel dobrado, que pegou e releu. Avaliou que havia chegado a hora de superar os erros do passado. Aproveitaria o desfecho da história para queimar a confissão na churrasqueira, incentivaria os amigos a fazer o mesmo. Guardou o papel no bolso do terno, terminou de se vestir e deixou o quarto. Largou a carteira de cigarros mentolados em cima da mesa de jantar; nicotina somente depois do churrasco, seria a sua recompensa.

Ao sair da garagem, Duílio escutou o início da entrevista de um gringo de voz enrolada, que se dizia cigano e ensinava como enxergar dimensões invisíveis. Como é que uma emissora pública dava espaço para picaretas? Apertou o botão para mudança automática de estação, caiu na pregação exaltada de um pastor. Acionou novamente o *search*, uma emissora de notícias requentava informações da internet. Tentou conectar o *bluetooth* para escutar suas *playlists*, não conseguiu.

Contrariado, Duílio desligou o rádio antes de atravessar a ponte.

!

"Vai dar certo!"

Alba repetia frases de incentivo para o marido ao longo do dia.

"Fica tranquilo, Hélio. Deus está no controle."

Ao menos agora eles podiam conversar abertamente sobre o assunto. Mas demorou alguns dias para isso acontecer.

Alba já havia percebido que o marido andava intranquilo. Passou a se queixar de tudo: do ventilador quebrado na sala, do barulho do umidificador no quarto, das toalhas molhadas no banheiro.

E ele não conseguia dormir.

Duas da manhã e o marido estava no terraço, laptop no colo.

Em uma das noites insones de Hélio, Alba chegou de mansinho no terraço e conseguiu ver a tela do computador antes de ser notada. Ao contrário do que ele quase sempre fazia depois do jantar, não acessava *sites* de lojas de acessórios para bicicletas. Clicava em páginas sobre plantas. A luz branca da tela do *laptop* iluminava a apreensão no rosto do marido, que aumentava a cada pesquisa no Google.

Alba preferiu não ir ao terraço. Voltou para a cama e dormiu sozinha. Ao acordar, foi até a cozinha e avisou que levaria o umidificador até a Rua das Farmácias. Tentaria trocar o aparelho que acabara de comprar.

"Somente um umidificador não vai resolver", disse Hélio, enquanto preparava ovos mexidos. "Deu agora na tevê que setembro vai ser pior do que agosto."

Alba pegou uma xícara no armário acima do fogão.

"Acho que tem alguma outra coisa te incomodando", ela arriscou. "Tem a ver com as suas saídas de noite?"

"Nada a ver. É outra coisa. Uma história em que eu me meti e agora não tenho como voltar atrás."

Alba aproximou-se e pegou a frigideira.

"Vai ser bom para você? Para nós?"

"Se der certo, vai ser excelente."

Ela tocou o rosto do marido.

"Me conta. Talvez eu possa ajudar."

A oferta fez Hélio se abrir. Deixou esfriar os ovos mexidos e contou tudo. O plano, o que ele e Rangel teriam de fazer, a quantia prometida a cada um.

"Vocês enlouqueceram..."

Mesmo assustada, Alba começou a fazer contas com o valor mencionado pelo marido. Era o suficiente para dar uma entrada e garantir a compra do viveiro ao lado.

"Fala alguma coisa", ele pediu.

"Você não vai comer?"

Hélio deu uma garfada e abandonou o prato.

"Tá frio."

Fez menção de jogar o que sobrou na lixeira, mas Alba segurou seu braço.

"Nessa casa não se desperdiça comida."

Alba cortou ao meio um pão adormecido.

"Tem mais alguma coisa que eu preciso saber?"

"Preciso falar como o Duílio nos enrolou nessa história dele com o senador."

Ele começou a contar o que fizera com os amigos na inauguração do Parque da Cidade. Hesitou ao ver a expressão de repulsa de Alba.

"Continua", ela ordenou, recheando o pão com os ovos mexidos. "Agora quero saber tudo."

Ele tomou água e terminou o relato enquanto Alba comia. Esperou um comentário da mulher, que preferiu brincar com os farelos do pão.

"Não vai falar nada?"

"O que eu posso dizer, Hélio?"

Ficaram em silêncio até o marido recolher os pratos.

Alba agitou a garrafa térmica.

"Esse café é de hoje?"

Hélio confirmou. Ela abriu a garrafa e encheu a xícara.

"O que vocês vão fazer não é o mais grave. As pessoas plantam o que colhem."

Alba encarou o marido.

"Muito pior foi o que aconteceu com a menina."

Hélio cobriu o rosto com as mãos.

Alba o ignorou. Voltou a fazer contas. Além de fechar negócio com o vizinho, poderiam consertar o minifurgão de entregas.

"O que é do passado tem de ficar para trás."

Alba entregou uma xícara ao marido e serviu o café.

"Diana sabe sobre a história da piscina?"

"De alguma coisa, certamente. Ela vivia com a gente."

Hélio encostou levemente os lábios na xícara para não se queimar.

"Depois eu tento descobrir", disse Alba. "Agora é preciso acertar os detalhes do que vocês combinaram."

Alba pediu para o marido repetir o valor. Ele obedeceu.

"E é em dinheiro vivo."

Contou que receberia metade do valor na noite de sábado, o restante alguns dias depois.

"Esse dinheiro vai nos ajudar demais."

"Então você também acha que eu não tinha opção?"

Alba tomou um gole de café.

"Você está convencido disso?"

Ele assentiu.

"Então, o que eu acho não importa. Pode contar comigo."

No fundo, era o que Hélio queria desde o início: fazer um pacto não com os amigos, mas com a mulher. Terminou de tomar o café e Alba pegou a xícara das mãos dele.

Pela primeira vez em muitos dias, ele estava aliviado. Enxugou os pratos e detalhou o plano para Alba.

"Sei onde conseguir a madeira que você precisa", ela observou. "Minha bisavó falava muito sobre ela. Amanhã mesmo eu vou atrás."

Combinaram de não tocar no assunto no viveiro, onde os funcionários estavam sempre atentos às conversas dos patrões, e terminaram de enxugar a louça do café da manhã.

Dois dias depois, Alba apontou para um feixe de galhos amarrados ao lado dos sacos de adubo na loja.

"Vai ficar uma coisa bem rústica. Se alguém perguntar de onde vieram os espetos, você fala que é uma linha vintage que a gente está representando de um fornecedor gaúcho", brincou Alba, em tentativa malsucedida de gracejo.

Levaram o feixe para casa. Longe dos olhos dos vizinhos, Hélio e Alba trabalharam rápido e em silêncio. O único som que se escutou no quintal foi o das facas a esculpir a madeira, transformando galhos em espetos. Embalaram o que sobrou em sacos de plástico lacrados e abandonados no dia seguinte em *container* numa área de quitinetes e oficinas próxima à entrada da Água Mineral.

"Vai dar certo."

Alba repetiu a frase, agora mais baixo, para si. O marido conferiu as horas. Mais alguns minutos e ele teria de sair. Deu um jeito de usar o cinto de segurança para prender, no assento ao seu lado, a sacola com os espetos e a cesta com legumes e hortaliças que usaria na salada.

"Claro que vai", disse Hélio.

Alba inclinou-se na janela e acariciou a orelha do marido. Surpreso, ele sentiu um arrepio agradável percorrer as costas. Também gostou da ereção inesperada que veio depois da carícia, tão forte que teve de mexer na cueca para contê-la.

"Vai dar tudo certo", Alba sussurrou, antes de voltar para o viveiro.

Hélio viu, no celular, que gastaria dezoito minutos até a casa de Duílio. Exatamente o mesmo tempo que eles teriam para fazer tudo. Não gostou do número, não gostava de coincidências.

Veio outro arrepio. Desta vez foi desagradável. Embrulhou o estômago e desfez a excitação.

Ele desligou o celular e apertou os botões do painel até encontrar a estação que queria. "A diferença é a música", pontificou o locutor de voz grave, algo lúgubre. Aumentou o volume, o som inofensivo de uma orquestra adestrada tomou conta do carro.

Alba aproveitou a ausência do marido para ir até o escritório e remexer na escrivaninha. Procurava o telefone de Diana. Achou algumas agendas velhas. Dentro de uma delas, uma folha dobrada com quatro assinaturas em cada vinco do papel desbotado. Reconheceu a letra redonda e infantil de Hélio, não teve dificuldade para decifrar as outras três.

***

Rangel entrou com o Corolla em uma das ruas próximas à casa de Duílio. Havia escolhido o sedã em um galpão onde guardavam alguns carros roubados que haviam sido recuperados pela polícia, mas não eram devolvidos aos donos. Os agentes sumiam com as placas originais e inutilizavam os rastreadores, depois ofereciam aos chefes os veículos mais atraentes. As seguradoras conheciam o esquema, mas prefeririam fechar os olhos. Sabiam o que poderia acontecer caso surgisse alguma denúncia. E os titulares das delegacias tinham, claro, prioridade na hora da escolha; por isso, Rangel dirigia, na noite de sábado, um Corolla com direção hidráulica e menos de mil quilômetros rodados.

Faltavam dez minutos para o horário marcado. Rangel aumentou a potência do ar-condicionado. Esticou os braços e observou as pontas dos dedos. A tremedeira era quase imperceptível, o remédio estava funcionando. Verificou se o celular estava desligado. Duílio tinha razão, o melhor era que eles não ligassem o telefone durante o churrasco. Mas Rangel queria saber como estava indo o filho no jogo da noite. Trocou o chip do celular e acessou o aplicativo da emissora que transmitia a partida.

O narrador perguntava ao comentarista se o zagueiro Felipe Rangel havia falhado no lance do pênalti.

"Não dá para culpar apenas um jogador", aliviou o comentarista. "O sistema defensivo inteiro tem cometido falhas graves de posicionamento desde o início do jogo. Quando todos erram, a gente deve responsabilizar o treinador."

Rangel deduziu que o recado chegara aos ouvidos de quem precisava escutá-lo. Como era bom conhecer as pessoas certas nos lugares certos!

Duílio tinha razão. Gostava de repetir o que viu em um filme americano e adaptou à realidade nacional: para se viver sem sustos no Brasil, era preciso ter, entre os amigos, um médico, um advogado e um policial. Nos momentos difíceis, enfatizava, você vai acionar um deles. Ou dois. Talvez até os três. E ao mesmo tempo.

O delegado pegou a bala de cobre que guardava no bolso da calça e alisou as ranhuras enquanto esperava a cobrança do pênalti cometido por Felipe.

"Pra fora!"

Aliviado com o grito do narrador, Rangel desligou o celular. Tirou a pistola do coldre e a carregou com a bala dum-dum. Pelo retrovisor, viu a camionete de Hélio Pires passar em direção à casa de Duílio. Faltavam quatro minutos. Ligou o rádio do carro. Queria escutar Diana. Mas ouviu uma locução pré-gravada.

"O Senado em dois minutos: confira os projetos aprovados em plenário nesta semana."

"Nesta semana." Teve vontade de rir. Todo mundo sabia que as excelências davam as caras no plenário somente na quarta-feira. Os assessores, os que trabalhavam, é que faziam tudo para eles: discursos, levantamentos, projetos de lei.

Como Diana conseguia ler aquelas mentiras sem cair no riso? E a risada dela era tão especial... Pena que ele não lembrava da última vez que a viu sorrindo. Muito difícil conviver com gente maldosa. Caçapava revelou que alguns colegas espalhavam maledicências sobre Diana; viviam dizendo, no cafezinho e nos corredores, que ela só estava na rádio por indicação do pai. Mentira! Ela havia sido aprovada em concurso! Rangel até guardara o *Diário Oficial* com o resultado. Bando de frustrados, bando de ressentidos. Se pudesse, esfregaria o jornal na cara de todos eles.

Ao menos Rangel poderia ajudá-la no domingo. Fazia questão de dar a notícia da morte pessoalmente. Depois se colocaria à disposição de Diana para ajudar na liberação do corpo e outros procedimentos burocráticos.

O que ela iria escolher? Enterro ou cremação?

Rangel olhou novamente o relógio. Hora de agir. Checou se a pistola estava carregada. Tudo certo. Desceu do carro e avistou Hélio Pires. Aproximou-se sem ser notado.

"Você já não devia estar dentro da casa?"

Hélio Pires deu um pulo e largou as sacolas que carregava.

"Porra, quase me matou de susto!"

"E você deixou os dois sozinhos lá dentro? Você é um irresponsável!"

"Vim buscar mais carvão."

Hélio Pires pegou novamente as sacolas. "Tudo sob controle. A carne tá quase no ponto."

Os dois entraram pela porta lateral e observaram Duílio e o senador ao lado da churrasqueira. Duílio retirou um dos espetos e começou a cortar a carne. Hélio Pires e Rangel se olharam. As coisas estavam saindo como planejado.

***

Ao contrário das manhãs de domingo, preenchidas pelos gritos de incentivo aos atletas de fim de semana e pelo zunido dos ônibus de turistas a caminho da Praça dos Três Poderes, as noites de sábado na Esplanada eram quietas e silenciosas. Iluminadas por holofotes voltados para os letreiros dos ministérios, mangueiras e outras árvores frutíferas se agitavam com o vento. A dança inusitada das sombras nas fachadas dos prédios serviu de distração para Tide na caminhada solitária até a sede da rádio.

Ele chegou à emissora dez minutos antes do que Duílio havia instruído. Cumprimentou o segurança que assistia ao futebol numa tevê tão velha quanto a cadeira da guarita e atravessou o corredor do anexo do Senado.

O celular vibrou na calça e ele o retirou do bolso. A tela iluminou o rosto de Tide de forma difusa, como a chama de um fósforo. Recebera uma mensagem de número não identificado, nela a imagem da página de um livro e uma frase, escrita à mão.

"Você é o meu *backup*."

Reconheceu a letra de Duílio. Mas ele não havia orientado os outros três a não trocar mensagens durante a ação? Por que Duílio ignorou o que ele mesmo tinha combinado?

Melhor não responder, Tide avaliou. Guardou o celular e entrou na rádio. Foi até o estúdio. Ainda faltavam alguns minutos para o encerramento do programa de entrevistas, gravado por Milena no dia anterior. Apresentado como um especialista em terapias alternativas, o entrevistado discorria sobre a existência de cinco dimensões; a quinta, ele dizia, era invisível ao olho humano.

"Impressionante! E como a gente faz para chegar nessa dimensão?!"

O entusiasmo de Milena entregava que a locutora havia embarcado na onda de seu convidado. Tide foi direto para o segundo estúdio e, com um beijo no rosto, cumprimentou Diana. Ela ensaiava a leitura da primeira nota de seu horário, com recomendações médicas para enfrentar a baixa umidade.

"Não aguento mais falar dos problemas causados pela presença da grande massa de ar seco. Todo ano é a mesma coisa." Diana deixou a nota em cima da mesa. "Que é que você tá fazendo aqui hoje?"

Tide olhou o relógio entre os estúdios. Restavam poucos minutos para a ação na casa de Duílio.

"Tenho de terminar os especiais e fiquei sem internet em casa", Tide mentiu. "Aqui fica bem mais fácil, posso conferir a duração das faixas nos arquivos."

Diana comprimiu os lábios e balançou a cabeça, não parecia muito convencida.

"Se tem um lugar que eu não queria estar no sábado à noite era aqui. Quer dividir uma pizza? Acabei de pedir."

"Hoje não posso", Tide desculpou-se. "Vou ficar pouco tempo. A Janine vem me buscar."

"Ah", disse Diana, decepcionada. "Tá tudo bem com ela?"

"Tudo certo. Só uns probleminhas com o ex-namorado, mas eu vou dar um jeito."

Diana queria aconselhar Tide a não se meter em brigas que não lhe diziam respeito. Mas ela avaliou que, se fizesse isso, também estaria se intrometendo na vida alheia. Mudou a conversa.

"Foi até bom você aparecer."

Dobrou a folha impressa com a seleção musical de "Máquina do tempo", uma das atrações semanais da emissora. Tinha dúvidas sobre um dos intérpretes da sequência inicial.

"É tudo Y?", ela perguntou.

"O quê?"

"O nome da banda", disse Diana. "É todo com Y?"

"É. Não tem I."

"E a pronúncia, como é mesmo? *Lenérd skinérd?*"

Tide confirmou.

"Já tinha até esquecido: *Leh-nérd Skin-nérd*." Ela separava as sílabas ao repetir o nome da banda. "Agora é fácil, quando eu comecei no inglês não saía de jeito nenhum."

Diana mexeu nos cabelos antes de continuar. "Sabe quem eu ouvi falar pela primeira vez sobre Lynyrd Skynyrd? Renatinho! Foi meu professor na Cultura. Toda aula com ele tinha música. As explicações dele para as letras do Dylan, que maravilha!"

"De vez em quando o Renato aparece na loja da W3. Comprou comigo muita coisa de progressivo, de folk, até de ópera." Os ombros tensos do programador relaxaram com a lembrança. "Outro dia encontrei a gravação de um *show* dele no bandejão da UnB. Horrível! Não dava para entender nada do que cantava."

"Plano Alto é que era o máximo", disse Diana. "As levadas tinham uma coisa meio *jazz*. As letras eram um barato, astral total."

O relógio digital insistia em chamar a atenção de Tide. Ele fixou o olhar em Diana. Prosseguiu na conversa sobre o passado, aquilo o ajudaria a se distrair.

"A gente tentando fazer umas músicas complicadíssimas, o Renato e aqueles malucos nos três acordes. Só queriam saber de Sex Pistols, Ramones. *Now I wanna sniff some glue! Now I wanna sniff some glue!*", disse Tide.

"*Na, na, na, I wanna be sedated*", cantarolou Diana. "Coisa de menino. Era bom, só não era mais pra gente."

"Ah, não dá, né? Ele mesmo se tocou e evoluiu. Tanto que tem muita coisa que ele canta em inglês e em italiano que eu toco na minha programação", disse Tide.

A luz vermelha do relógio piscou para mostrar o avanço dos minutos.

"Nem tudo", disse Diana.

Nas favelas, no Senado, sujeira pra todo lado

"Essa não dá, né?"

"Ninguém nunca chegou para mim e falou: 'Não pode'. Mas algumas coisas não precisa se dizer."

"Eu já achei isso."

Diana fixou o olhar no microfone.

"Hoje eu tô numa outra fase. Acho que tudo tem de ser dito. O que falta às vezes é coragem."

Tenho medo de lhe dizer o que eu quero tanto

Diana encarou Tide, esperou uma reação que não veio aos versos que cantou. "Será que os milicos deixam tocar *Soldados* na Verde Oliva?"

Tide não respondeu. Olhou o relógio. O que estaria acontecendo naquele momento na casa de Duílio?

Foi a vez de ele cantar, bem baixinho.

Tenho medo e eu sei por que estamos esperando...

Tide se encolheu na cadeira.

"Tá frio, né? Pior que não consigo diminuir o ar-condicionado", disse Diana. "Você quer o meu casaco?"

***

O combinado era que sairia da casa antes de os dois terminarem o serviço. Mas, como pagou caro, não perderia a chance de ficar mais um pouco para ver aquele desclassificado descobrir o que tinha sido planejado para ele. Viu o que queria: os olhos do escroque arregalados de surpresa e pânico com a iminência da morte. O chantagista tentava reagir, mas já estava entorpecido. A súbita sonolência o fez tropeçar e cair. Bateu com a cabeça no chão e lá ficou, inconsciente.

"Agora é com vocês."

Tirou do terno dois maços de notas, colocou-os em cima da mesa e deixou a sala. Apalpou o paletó, sentiu o *pen drive* perto do peito. Antes de pegar o lenço para girar a maçaneta da porta, viu quando os dois partiram para cima do pilantra e o sufocaram com as almofadas do sofá. Encostou a porta, guardou o lenço na calça e saiu.

***

"Por que você não tira o olho do relógio?"

Tide não percebeu que Diana o observava.

"Marquei às onze com a Janine."

"Ainda tem muito tempo", comentou Diana, sem se convencer. Mostrou o controle remoto do ar-condicionado que encontrou embaixo da mesa de operações. "Aumentei dois graus, vamos ver se você para de tremer."

Faltavam dois minutos para o fim da segunda música. Tide tentou voltar à conversa do ponto onde parou antes de encarar o relógio.

"Já contei que o Hélio perguntou se eu queria trabalhar na Verde Oliva?", disse Tide. "Ele conhecia um coronel que cuidava da programação."

"Milico não sossega em casa, tá sempre atrás de uma boquinha. Esse coronel entende de rádio?", Diana perguntou.

"Sei lá. Mas o Hélio disse que seria uma boa para eu não ficar devendo favor ao Duílio, já bastava o apartamento."

"O Duílio nunca vai pedir o apartamento de volta", disse Diana. "Ele gosta de você, Tide. Sei porque ele me disse. E não foi só uma vez, não. Ele não só gosta como confia."

Tide ficou pensando na mensagem que recebera de Duílio antes de entrar na rádio: "Você é o meu *backup*".

Talvez Diana tivesse razão.

"Você não acha que fica melhor uma do Pink Floyd pra fechar o bloco? Vou trocar aqui."

"Não!"

O grito de Tide assustou Diana.

"Não pode trocar", disse Tide, agora falando mais baixo.

"Por que não? Quem vai reclamar?"

"O novo diretor vai me encher o saco. Ele disse que a rádio pode ser multada se tocar uma música diferente da que foi entregue ao Ecad para recolhimento de direitos autorais", Tide mentiu.

"Disse isso para os programadores e não falou nada para os locutores?" Diana mostrou-se reticente. "Não precisa inventar historinha, Tide. Não vou mexer na sua sequência."

Uma gota de suor escorreu da testa de Tide e caiu na mesa de som. Diana pegou um lenço de papel e secou a mesa. Inseriu uma vinheta antes da terceira música.

"O que é isso no seu braço?"

Tide apontou para o antebraço.

"Sinal de nascença."

"Não. Eu conheço o sinal", disse Diana. "Tô falando aí perto da mão."

Ela virou o punho de Tide.

"Um ponto de exclamação! Que novidade é essa?"

"Uma tatuagem", Tide esclareceu, constrangido.

"Mas você nunca fez tatuagem, ficava tirando onda das que eu fiz... Foi por causa da moça?"

Ruborizado, Tide confirmou com a cabeça.

"Tide, você tá parecendo adolescente!"

Ela pegou novamente a mão de Tide.

"Você tá gelado."

Diana levou o indicador à boca e passou o dedo entre os lábios.

"Também fiz uma tatuagem no pulso, mas a minha tem mais tempo. Foi logo que saí da clínica. Não sei se você viu."

Ela virou a mão e exibiu, no punho, a tatuagem de dois meninos. Traços para os troncos e membros, círculos para simular as cabeças. Dentro delas, duas linhas curvadas. Os sorrisos de Nuno e Luti.

Tide não soube o que dizer. Olhou para o celular.

"Eu sei porque você não me deixou trocar a música."

Tide sentiu um calafrio.

"É um recado."

Outro calafrio, o ar-condicionado do estúdio continuava muito forte.

"Você sempre gostou de fazer isso."

Ela cantarolou.

I never did believe in the ways of magic

But I'm beginning to wonder why

"É pra ela? Pra moça que vem te buscar?"

"A moça tem nome, Diana", disse Tide, incomodado. "Janine. E ela não é como a gente, não tem hábito de escutar rádio no carro."

Ele poderia contar a Diana que Janine não tinha interesse em escutar Fleetwood Mac ou outras canções doloridas dos tempos dele. Janine gostava de música alegre. De triste já bastava a vida dos bichos confinados, dizia. Mas Tide iria se sentir meio ridículo explicando o porquê da exclamação no pulso e outras coisas sobre Janine que não cabiam em palavras. Preferiu levar a conversa para um caminho seguro.

"Toda música tem uma história, Diana. Pra quem faz e pra quem ouve."

"Algumas vezes é a mesma história. Essa daí, então..."

Foi interrompida pelo interfone. Com voz de sono, o vigilante avisava que a pizza havia chegado. A terceira música estava perto do fim e o telefone do estúdio não havia tocado.

As coisas estavam correndo como Duílio havia planejado.

Tide sentiu outro calafrio.

***

As patas, finas como gravetos, e o latido, agudo e insistente, não deixavam dúvidas. Era o cachorro de Diana. Mas o que aquele animal insuportável estava fazendo ali, longe de casa? Como era mesmo o nome do cão? Lembrava que era nome de gente, mais uma maluquice de Diana. Deveria ter aproveitado a primeira internação dela para se livrar de um bicho tão neurótico quanto a dona.

"Sai, Max!"

O cachorro sequer piscou os olhos esbugalhados. O nome não era esse. Provavelmente Diana havia deixado o portão aberto e o cachorro fugiu. Casa sem homem pra cuidar dá nisso, ninguém toma conta.

O catarro provocou uma tosse tão forte que teve de usar o lenço. Ou seria alergia ao pelo do cachorro? Guardou o lenço e foi para o carro.

O cachorro, latindo e rosnando, o impediu.

"Vem cá, vem cá..."

Ameaçou um chute e o cão se encolheu.

Bicho covarde! Era a chance que esperava. Agachou-se para pegá-lo pelas patas traseiras.

O cachorro foi mais rápido e o atacou.

Caiu sentado no asfalto e o cão avançou. Ele protegeu o rosto com as mãos, mas o bicho queria outra coisa. Avançou e cravou as presas em sua coxa.

"Diabo!"

Deu uma cotovelada para se livrar do cachorro, que correu para um dos becos entre as cercas-vivas das casas luxuosas e sumiu na escuridão.

Levantou-se com dificuldade, ainda desnorteado. Foi até o beco. Não conseguiu ver nada. Melhor ir embora, Diana jamais poderia desconfiar que ele estivera ali naquela noite. E era hora de esquecer aquele cachorro endemoniado, podia até ser que o espírito de porco do escroque tivesse se alojado no bicho.

Entrou no carro e ligou o ar-condicionado.

Estava suado e faminto. Ignorar o churrasco e aceitar apenas a salada havia sido uma provação. Precisava comer alguma coisa para dormir bem, o dia seguinte seria puxado. De manhã certamente haveria um burburinho com a descoberta do corpo, teria de estar preparado para enfrentar a imprensa.

Ligou o carro e acelerou para ir embora.

Reduziu a velocidade para não ser multado ao atravessar a Ponte das Garças em direção à Asa Sul. Ainda no carro, ligou para Alex. Não conseguiu falar com ele. Devia estar em atendimento. Não gostou de imaginá-lo com outro cliente. Era um pouco ridículo, mas a verdade é que desejava uma noite inteira de Alex na sua cama. Uma coisa de cada vez, tentou se consolar.

Pagou caro, mas o problema estava resolvido.

Teve outro acesso de tosse ao chegar à Rua das Farmácias. O muco travou a garganta. Procurou o lenço no bolso da calça, não o encontrou. Olhou ao lado dos bancos de couro. Nada. Desceu do carro ainda tossindo, entrou na primeira farmácia à sua frente e pediu um expectorante e uma caixa de lenços de papel.

***

Hélio Pires saiu da casa de Duílio dois minutos depois de Rangel, mas ainda deu tempo de vê-lo bater os sapatos nos pneus para tirar a areia do lago e entrar em um sedã que brilhava de tão novo. Não lembrava de o amigo ter comentado que havia trocado de carro. Será que havia se adiantado e começado a gastar a parte dele?

Terminava de carregar as sacolas do churrasco quando Rangel parou ao seu lado e baixou o vidro.

"Resolvido", disse Rangel, sorrindo. "Quer ajuda?"

O que eu quero mesmo é não ver a sua cara por um bom tempo, foi o que Hélio Pires teve vontade de gritar.

"Tudo sob controle", ele respondeu. "Eu também já tô indo."

"Agora é relaxar, Hélio. Vou pra casa tomar meu uísque."

Rangel tamborilou no volante antes de sugerir: "E você, por que não vai se divertir com seus outros amigos?" Antes de fechar novamente a janela do carro, imitou um latido.

Hélio Pires pulou para trás e largou as sacolas.

Ele sabia.

Rangel acenou e fechou a janela. O rosto sumiu por trás do vidro escuro do sedã.

Rangel sabia o que nem Alba sabia.

De tão nervoso, Hélio Pires vomitou. Tentou se recuperar, limpou o canto da boca e os sapatos com a toalha de mesa que havia levado. Precisava ir embora dali. Pegou novamente as sacolas e atravessou um beco ladeado por cercas-vivas para chegar até a picape. Entrou no veículo e encostou a cabeça no volante.

Como Rangel havia descoberto a sua distração de segunda-feira? Hélio Pires não fazia ideia. Tomava todos os cuidados para se proteger, contava com a cumplicidade dos outros participantes que também fugiam de exposição. Havia sido ingênuo, avaliou. O que um delegado que vivia em contato com a podridão da cidade não saberia?

Hélio Pires parou em um posto de gasolina perto da barragem do Paranoá. Enquanto o frentista abastecia, ele ligou para Alba.

"Deu tudo certo."

"Eu sabia! Eu falei!"

A alegria de Alba o acalmou.

"Não fala mais nada e vem pra casa", ela pediu.

Era tudo o que Hélio Pires queria. Tomar um banho, abrir um vinho, contar tudo à esposa antes de, enfim, ter uma boa noite de sono. E, no dia seguinte, discutiria com Alba uma forma de conter as ameaças de Rangel. Ele não poderia se atrever novamente a fazer insinuações com aquele sorrisinho sacana.

***

Deitado na cama ao lado de Janine, a respiração ainda entrecortada, Tide hesitava em se levantar.

Quanto tempo deveria ficar quieto depois do sexo?

Estava com sede, mas achava que não podia simplesmente largar Janine na cama e ir até a cozinha do seu apartamento. Tinha de haver um tempinho de intimidade silenciosa, o suor secando no lençol até o coração sossegar. Mas quantos minutos? Três, cinco, dez?

Janine acabou com a dúvida de Tide ao se levantar e ir ao banheiro. Ele também ia sair da cama quando ela voltou, deitou-se novamente ao seu lado e o beijou.

"Seus lábios estão rachando", Janine observou. "Tenho manteiga de cacau na bolsa."

"Não precisa. Com água já melhora."

Janine pegou um travesseiro e apoiou as costas antes de alcançar o controle remoto da tevê.

Tide foi até a cozinha e voltou com um copo de água gelada.

Janine assistia a um canal de notícias. Entediada, a apresentadora contava os detalhes de uma reunião de parlamentares da base aliada na residência utilizada pelo presidente da República. O objetivo era fazer o levantamento dos votos que o governo poderia contar para aprovação de um de seus projetos mais importantes no Congresso.

Tide viu um bando de políticos metidos em camisas e calças sociais. Estavam sem gravata, o máximo da informalidade que se permitiram em uma tarde de sábado. Ele reconheceu o pai de Diana entre os que saíram dos carros de luxo e sumiram atrás dos vasos de plantas posicionados de forma a esconder os visitantes. O tom idêntico da tintura do cabelo, indefinida entre o marrom e o preto, acentuava a semelhança do bando de homens sisudos e ciosos de seus interesses.

"Parecem aves de rapina."

Janine discordou.

"As rapinantes são ágeis e atacam para sobreviver. Usam as garras para capturar as presas. Esses aí me parecem meio lentos."

Tide decidiu esticar o assunto apenas para se deliciar com o entusiasmo de Janine ao discorrer sobre os animais.

"Gaviões, águias, urubus são todos rapinantes?"

"Há divergência em relação aos urubus". Os olhos de Janine faiscavam. "Muitos pesquisadores não os consideram como rapinantes porque os urubus não sabem caçar e não têm bico afiado."

"Mas esses políticos aí são urubus rapinantes: sabem caçar verbas e estão sempre farejando carniça." O comentário de Tide fez Janine sorrir. "Conheço de perto", ele acrescentou. "Toda semana aparece um para dar entrevista na rádio. Posso te garantir que quase todos são da mesma espécie."

Janine voltou a olhar para a tevê. "Olha essas figuras. E o jaburu é tão bonito... Não merecia ter o nome num palácio tão mal frequentado e ocupado por um golpista."

Ela deu um sorriso discreto, mas foi o suficiente para Tide lembrar que havia algo que gostava ainda mais em Janine do que vê-la explicar as características das aves.

Velho dorminhoco, acorde e venha ver o sorriso dela

Havia conhecido a canção de Erasmo Carlos pela voz da mãe. Não poderia imaginar que o sorriso da música deixaria de ser uma abstração para se moldar à boca de Janine.

Janine retirou da bolsa um bastão de manteiga de cacau e o entregou a Tide.

"Agora vou estudar um pouco", disse Janine. "Dorme que daqui a pouco eu vou me deitar também. Tenho que chegar cedo no trabalho."

Tide deitou-se e viu o rosto da namorada iluminado pelo tablet. Ela estudava inglês para se preparar para outra etapa no processo de seleção do Kruger Park, o parque de safári mais conhecido da África do Sul. Faltavam poucos dias para a prova.

Ele caiu no sono.

Sonhou que estava em uma lagoa semelhante à da fazenda dos avós. Nadou até ficar distante da margem, mas cansou no meio do caminho. Pedia socorro, mas ninguém ouvia. Sentia que iria se afogar, o medo paralisava braços e pernas. Gritou até Janine, com um puxão no braço, o livrar do pesadelo.

Passava das três da manhã. O sutiã de Janine roçou a barriga de Tide e o arrepiou.

"Seu celular vibrou sem parar, melhor você ver quem é", ela sussurrou.

Ele pegou o telefone. Recebera mensagem de um número desconhecido.

Tudo certo.

As duas palavras vieram do mesmo celular que Duílio usou para mandar a foto do livro. "Tudo certo", leu novamente. Por que Duílio se arriscou ao mandar a mensagem? Para Tide ajudá-lo a amparar Diana, talvez fosse isso. Mas ela parecia estar bem distante do pai. Chegou a dizer que, depois de escutar as barbaridades de Hermes, evitaria o contato para não romper relações em definitivo. De toda forma, Tide sentiu alívio pelo desfecho. Duílio, enfim, teria o sossego que buscava e deixaria os amigos em paz. Agora só precisaria que Rangel desse um jeito em Tayrone e a vida seguiria sem sustos.

Tide tomou água e deitou-se novamente. Contemplou as curvas dos ombros e dos seios da namorada até fechar os olhos.

Acordou com o beijo que recebeu de Janine antes de ela avisar que estava saindo para o trabalho. Dormiu novamente.

Gritos de crianças numa brincadeira animada interromperam o sono. Tide foi até a sala e ligou a televisão. A voz da apresentadora o aborreceu; domingo não era dia de notícias, era dia de música. Desligou a tevê. Depois de pegar um café na cozinha, voltou à sala e sentou-se no chão para escolher, entre os discos que não cabiam mais na estante, a trilha da manhã. Escutou outros gritos, desta vez de um adulto. Esticou a cabeça na janela.

Um homem corpulento, a camisa grudada na barriga pelo suor, incentivava um garoto a pedalar sem o amparo de rodinhas.

"Isso, filho! Vai que eu tô aqui!"

Assustado, o garotinho avançou poucos metros antes da bicicleta tombar. Só não foi ao chão porque o pai o acudiu. Tide se comoveu com a dedicação daquele pai, todo sujo e suado, a ajudar o filho no desafio. Lamentou que não tivesse tido a chance de fazer o mesmo.

Quem sabe, um dia, ele e Janine...

Tide espantou o diabinho, ou o anjinho, que veio soprar bobagem no seu ouvido. Estava velho demais, certamente Janine daria uma risada se ele falasse o que tinha acabado de passar pela cabeça ao ver a cena embaixo do bloco.

Uma ligação de Janine encerrou as especulações. Ela parecia ansiosa.

"Tide, faz muito tempo que você está acordado?"

"Mais ou menos."

"Tá vendo o noticiário?"

Ele largou a caneca de café e apanhou o controle remoto.

"Não. Por quê?", perguntou Tide, enquanto mudava de canal.

"Acharam um corpo no lago."

Ele aumentou o volume da tevê. A repórter dizia que o corpo de um homem havia sido retirado das águas do Paranoá. Tide teve um calafrio ao ver, nas imagens da tevê, Rangel ao lado da lona preta que cobria parcialmente o morto.

"Viu quem é?"

O registro do resgate foi feito de longe, impossível reconhecer o cadáver. Mas a forma que a tevê encontrou para identificar o morto fez Tide, assustado, deixar o controle remoto cair e se espatifar no chão. Reproduziram o trecho de um vídeo que ele, por ter acompanhado a gravação, conhecia melhor do que ninguém.

"Meu erro foi querer fazer o certo, mas do jeito errado…"

Tide ainda lembrava de cada uma daquelas palavras, afinal era um dos momentos mais convincentes da confissão de Duílio.

**

UM FIM DE NOITE EM 1978

A chuva forte inunda o terraço da casa dos pais de Duílio. Tide e Hélio Pires correm para retirar as almofadas das cadeiras de cana-da-índia. Rangel fecha as cortinas da sala para impedir a entrada das folhas trazidas pela ventania.

O toque da campainha distrai os três. Duílio sai da cozinha com um balde de gelo e avisa que vai abrir a porta. "Podem continuar, mas guardem os papéis."

Sweet child in time, you'll see the line

Roupas e cabelos molhados, Diana beija o namorado no canto da boca e vai direto para o aparelho de som. Gira o botão do volume do três-em-um e cala os gritos de Ian Gillan.

"Vocês não se cansam de ouvir esse disco?"

Ninguém responde.

"Por que vocês sumiram? O combinado não era se encontrar na bilheteria da Piscina Coberta e depois vir para cá?"

Duílio deixa o balde de gelo em cima da mesa e enche um copo de uísque.

"A gente aproveitou a iluminação das quadras do parque e jogou bola até de noite."

"Vocês desistiram do *show* para jogar futebol?", Diana pergunta, desconfiada. "Foi isso mesmo, Tide?"

Ele confirma com a cabeça.

"Sua cara diz outra coisa." Diana pega o copo da mão de Duílio e bebe o uísque.

"Olha, não sei onde vocês estavam. Só sei que perderam um showzaço", Diana comenta ao brincar com as pedras de gelo no copo. "O Fagner canta muito. E o Robertinho do Recife, que esmerilho…"

Os quatro não reagem.

"Por que as caras de susto? Não falei que vinha para o ensaio?"

"Esqueci de avisar. A gente não vai ensaiar hoje", diz Duílio.

Tide explica que ainda precisa terminar de escrever as letras.

"Inventa na hora", Diana sugere. "Ninguém consegue ouvir nada o que vocês cantam."

Ela vai até a mesa. Agita a garrafa vazia.

"Não deixaram nada pra mim?"

Hélio Pires avisa que tem de ir embora. Pergunta se Rangel e Tide podem acompanhá-lo até o ponto de ônibus.

"Vou ficar para ver se eu termino a música que a gente fez no último ensaio", avisa Tide.

"Qual?"

"Aquela dos pássaros, das asas... O começo é que eu ainda não sei", disse Tide, antes de perguntar: "Tem problema pra você, Duílio?"

Duílio balança a cabeça. "Agora preciso de ajuda na cozinha." Ele faz um sinal para Rangel, os dois recolhem os copos largados na mesa e saem da sala.

Depois de se certificar que somente ele e Duílio estão na cozinha, Rangel comenta com o dono da casa: "Não sei se essa ideia de botar a confissão no papel vai funcionar. Reparou como o Pires ficou nervoso na hora de assinar?"

"Você também estava." Duílio lava os copos e os entrega para Rangel enxugar. "Sua mão tremia tanto que ficou difícil de reconhecer a assinatura."

Eu quero é que esse canto torto

Eles escutam Diana cantando na sala.

Feito faca corte a carne de vocês

"A voz dela é diferente, né?"

"Diferente como, Rangel?"

"Sei lá, diferente."

Rangel termina de enxugar os copos.

"Uma rouquidão natural, dá um charme. Ela já pensou em trabalhar em rádio?"

Diana grita na sala.

"Duílio, cadê o uísque dessa casa?"

"E ela não te dá sossego...", Rangel comenta, em tom cúmplice.

Duílio o ignora. Volta para a sala e pega no carrinho de bebidas uma garrafa de Dimple. Diana guarda no rack o álbum duplo que o Deep Purple gravou no Japão. Ela aproveita para vasculhar os LPs, organizados em ordem alfabética. Black Sabbath, Curved Air, Janis Joplin, King Crimson, Peter Frampton, Pink Floyd, Renaissance, Ten Years After, Santana, Yes...

"Cadê o Secos e Molhados? E o meu dos Mutantes?"

"O Tide pegou os dois para gravar. Dos Mutantes só tem esse que tá aí."

"Esse eu não quero", Diana reclama. "Perdeu a graça sem a Rita Lee."

"Só você que acha. Pra mim, ficou até melhor", diz Duílio. Ele canta a faixa-título do LP.

Tudo foi feito pelo sol, viva sempre em sua luz

"Essa é bonita demais. Põe pra gente ouvir."

"Encontrei outro aqui bem melhor", diz Diana. Ela mostra uma capa com o nome escrito de forma quase ilegível. "Não sabia que você curtia Som Imaginário."

"Esse é do Tide", Duílio esclarece. "Ele gosta dessas doideiras."

"Pois eu também me amarro."

Diana retira o vinil do encarte, tomado por desenhos de planetas e estrelas misturados com os rostos dos seis integrantes do grupo. Escolhe o Lado B, aciona o toca-discos e espera a agulha tocar os sulcos do vinil.

Teu sorriso é o que eles temem: medo

Eles arriscam interpretações para os versos.

"Tenho certeza de que ele canta 'meu coração é velho, meu coração é novo'."

"Também achava isso, Tide. Mas não é o que tá escrito no encarte", observa Diana.

Meu coração é velho. Meu coração é morto

"Só que desse jeito não faz sentido."

Diana prossegue.

E eu nem li o jornal

Duílio entra na conversa.

"Nada nessa letra faz sentido. Por que o cara não conseguiu ler o jornal? Que caverna é essa onde tudo é sempre igual? E por que a porra da feira é moderna?" Duílio agita a garrafa de uísque, constata que está praticamente vazia. "É muita viagem. Eu só entendo a parte do 'independência ou morte, descanse em paz, amém'."

"Não é 'descanse em paz, amém'", Tide corrige. "É 'a paz na terra, amém' e depois vêm a gritaria, os assovios, a zona toda."

"Então nem isso eu entendo. Desisto."

Duílio vai até o escritório do pai. Volta com outro uísque. Agita a garrafa, acompanha a formação de bolhas na superfície do líquido dourado.

"Viu? Autêntico. Amanhã não tem ressaca."

Tide não tira o olho das bolhas. Tenta ver a sala por dentro delas, mas enxerga apenas riscos e sombras. O vento agita a cortina e Tide se assusta. Ele se encolhe no sofá e cobre o rosto com uma almofada.

"O último ônibus passa em quinze minutos, a gente vai ter de correr", Hélio Pires avisa a Rangel.

Duílio se oferece para levá-los de carro.

"Mas eu acabei de chegar!", Diana reclama. "Aí você vai embora?"

"Eu não demoro." Duílio aponta para Tide, ainda com o rosto coberto no sofá. "Aproveita esse tempo e dá um jeito no nosso letrista. Mostra meus livros para ver se ele encontra inspiração."

Duílio vira as costas para a namorada e sai com os dois amigos.

Diana serve-se novamente de uísque e vai até o escritório. Separa livros de Carlos Castañeda, Kalil Gibran e Hermann Hesse.

A chuva aperta e Diana corre para fechar as janelas do escritório.

Tropeça em uma lixeira cheia de papéis rasgados. Ela se agacha e pega um papel com a letra de Duílio, mas é impossível compreender tudo o que está escrito. Também encontra folhas amassadas de papel carbono. Diana levanta uma das folhas em direção à luz.

"Nós, abaixo assinados...", murmura o que consegue ler.

Diana guarda o carbono na bolsa e volta para a sala com um dos livros que selecionou.

Tide dorme.

Ela tenta acordá-lo, sem sucesso. Deixa caneta e papel na mesinha de centro e folheia um dos romances de Hesse. Detém os olhos em uma das páginas.

Diana sacode o pé do amigo.

"Tide, escuta isso!"

Ele resmunga que precisa dormir.

"Quem sabe essa passagem te ajuda." Diana lê o trecho de um dos capítulos finais de *Demian*. Faz pausas e modula a voz para realçar as frases que havia sublinhado no exemplar.

"Não devemos temer nem julgar ilícito nada do que nossa alma deseja em nós mesmos."

"E aí, alguma ideia?"

"Não sei. Só sei que a sua voz é muito bonita. Lê mais para mim", Tide pede, e vira-se de bruços.

Diana ignora o pedido e avisa que vai buscar gelo na cozinha.

Ao voltar, vê Tide encarando, fascinado, a garrafa de uísque.

"O vidro amassado. Não parece que ela tomou um soco?"

"Ela?"

"A garrafa. Quem fez isso com ela?"

Diana arranca a garrafa das mãos do amigo.

"Você tá muito bêbado. E uísque não vai trazer inspiração."

Diana pega a bolsinha colorida de crochê esquecida no canto do sofá.

"Só tem um jeito de entender as letras do Som Imaginário."

Ela abre a bolsa e retira dois micropontos de LSD.

"Vamos viajar?"

Tide se assusta.

"Só nós dois? Não é melhor esperar o Duílio?"

Diana separa os micropontos.

"O Duílio só volta mais tarde. Vai fazer merda por aí com os outros dois: bater pega, dar tiro em placa. Eu sei o que eles gostam de fazer quando eu não tô perto."

Ela engole o ácido. A música nas caixas de som vai se transformando em um mantra.

No Nepal tudo é barato, no Nepal tudo é muito barato

Diana toca a testa de Tide e desce os dedos até o inusitado intervalo entre os pelos da sobrancelha direita. "Essa falha sempre me chamou atenção... É uma cicatriz?"

"Não. Minha mãe diz que foi um defeito de fabricação."

"Defeito?", Diana reage, acariciando a sobrancelha do amigo. "Dona Ilza não sabe de nada. É um charme..."

Diana pega o outro ácido.

"Sua vez."

Tide hesita. Diana passa os dedos nos lábios de Tide até que ele abre a boca e ela acompanha o LSD no percurso da língua até a garganta.

No Nepal a juventude pinta o corpo de todas as cores

Os dois deitam-se no tapete. Repousam as cabeças em almofadas com estampas de elefantes indianos.

A ventania arremessa os pingos de chuva nas treliças das janelas.

Te convido companheira amada a fugir para o Nepal comigo

De olhos fechados, Diana e Tide escutam a música.

As mãos se tocam.

Tide levanta-se de forma brusca e aponta para as cortinas.

"Tá vendo?"

Diana não vê nada.

"Atrás da cortina", Tide insiste. "Alguém escondido."

Diana garante que não tem ninguém. Levanta-se e agita a cortina. Mas Tide não presta atenção. Fixa o olhar no teto da sala.

"Tem dois elefantes no lustre!"

Diana sorri. Passa a mão na testa dele para tentar acalmá-lo.

"Os elefantes vão cair em cima da gente!"

Tide pega a almofada e cobre o rosto.

Ele mergulha em um turbilhão de imagens e sons: a acrobata do circo, a mãe cantando Erasmo Carlos, o pai na farmácia, as ondas turvas na piscina.

Tide tenta, mas não consegue gritar. Ele se apavora.

"Calma. Tô aqui."

Tide não larga a almofada sobre o rosto. Sente um toque suave no peito. Bastam alguns instantes e a camisa se abre. As mãos de Diana deslizam na barriga de Tide e desabotoam o jeans.

Tide retira a almofada. Os elefantes desaparecem do lustre.

Os dedos de Diana escalam suas coxas, ele quase explode de excitação. Quer pegar Diana pelos cabelos e beijá-la. Mas olha de novo para cima, e este é o seu erro.

Outra imagem se forma no teto. Ele reconhece o estacionamento do Parque da Cidade.

"A menina tá indo para dentro do carro! Ela não pode ficar sozinha com eles!"

Diana desce o zíper do jeans.

"Não tô vendo nenhuma menina, só um menino bonito", diz Diana. "Vou cuidar dele."

Tide sente os dedos de Diana dentro de sua calça.

O teto agora não tem mais lustre. É um grande retângulo branco, tela de cinema. Os olhos de Tide são um par de projetores a reprisar as cenas de terror: ele, Duílio, Pires e Rangel com água até o pescoço; no meio da piscina, a menina boia.

Tide protege os ouvidos. Tenta ignorar a sirene que o ensurdece. Não consegue. Mesmo com o barulho, escuta a pergunta de Duílio aos três amigos, os melhores amigos.

"Quem vai dar um jeito nessa menina?"

Tide perde os sentidos.

O sol forte o desperta de um sono profundo. Está deitado no sofá, suas roupas no tapete. Ele se veste e vai até o terraço. Usa as mãos para proteger os olhos da claridade. Poças no terraço são o único indício da tempestade da noite.

Os pingos da chuva que ontem caiu ainda estão a brilhar

Um toque no ombro faz Tide pular para trás.

"Calma, cara." Duílio sorri. Tem nas mãos uma caneca de café com leite.

"Noite foi animada, hein? E eu vi o que você fez."

Tide olha em volta, nenhum sinal de Diana.

"O que eu fiz?"

O que ela teria falado para Duílio sobre a noite? O que os dois fizeram depois dos delírios?

"Na piscina. O que você fez na piscina. Quero te agradecer."

Duílio mostra uma folha de papel com a confissão.

"Fica tranquilo. Isso aqui vai nos proteger para sempre", Duílio sussurra.

"Vou buscar um café para você", diz o dono da casa, puxando a etiqueta da camisa do amigo.

Somente neste momento, Tide repara que vestiu a roupa pelo avesso.

***

OUTRO PLANO

A gente pensa no viver.
E faz os planos pra vencer.
E o que será que é viver?
E o que será que é vencer?
Marcos Valle, *Revolução orgânica*

OUTRO LADO

Eram oito horas da manhã do último domingo de agosto e Luiz Denizard estava de ressaca, entediado, sozinho e suado. Abriu as janelas logo que chegou à redação para chefiar o plantão. De pouco adiantou; o calor já incomodava. Leu as capas dos *sites*, folheou as edições impressas dos concorrentes locais e nacionais: *Correio*, *JBr*, *Folha*, *Estadão*, *O Globo*... Nenhuma notícia exclusiva da Esplanada, tudo sob controle. Imprimiu as pautas, usou uma régua para cortar o papel. Iria distribui-las assim que houvesse outras almas naquele ancoradouro de certezas e vaidades.

Denizard pegou a edição do dia e foi até a sala de reuniões. Gostava de ler sua coluna, imaginava outras pessoas fazendo o mesmo naquele momento. A nota que Duílio pediu sobre o vídeo tinha saído com o destaque combinado, agora teria de cavar uma repercussão. Examinou a foto ao lado do seu nome no alto da coluna, o cabelo e o cavanhaque avermelhados estavam cada vez mais ralos. Poderia passar uma máquina zero, leu em algum lugar que jornalistas calvos impõem maior respeito.

Pegaria mal se pedisse ao editor de arte para simular no fotoshop o seu novo visual?

Dane-se, falaria com ele no dia seguinte.

O calor grudava a camisa embaixo dos ombros e os fios que sobraram da franja na testa larga. O ar-condicionado seria ligado apenas depois das 14h, com a chegada de boa parte dos plantonistas. Enquanto isso, ele teria de suportar o desconforto provocado por mais um dia seco, hostil, desagradável para os que tinham de trabalhar.

Denizard foi até o banheiro. Usou toalhas de papel para enxugar o suor nas axilas. Removeu também a tinta preta dos dedos manchados pelo manuseio dos jornais, molhou o rosto e voltou à redação, silenciosa como um cemitério. Com os recentes desligamentos, para usar o eufemismo do RH, as equipes de fim de semana ficaram ridiculamente reduzidas. Antes eram cinco, agora tinha apenas dois jornalistas à disposição no início da manhã: um repórter para pautas externas, outro para se dedicar ao *site*. Mas a ausência de um dos escalados, que convenientemente entregou atestado médico na tarde de sexta-feira, desfalcou ainda mais o plantão.

Ele ligou a tevê e aumentou o volume. Somente plantonistas assistiam ao noticiário no domingo para não tomar furo do concorrente, mas fazer o quê? Era uma das partes mais desgastantes da atividade profissional. Ao menos ainda tinha uma rotina de redação. Mesmo que fosse por apenas mais algumas semanas. Como os colegas faziam questão de espalhar pelos corredores, as listas de demissões que circulavam para alimentar as boatarias sempre incluíam o nome do colunista.

A novidade na central de boatos era que a coluna diária de Denizard estava com os dias contados. Foi o que um repórter, eficiente nas matérias e maldades, garantiu ter ouvido da nova dona da empresa, uma perua do ramo de cosméticos que se importava mais em selecionar fotos para as três colunas sociais publicadas no caderno de cultura do que com o andamento do noticiário político. A mais recente reunião dos editores, a portas fechadas e com a presença de um estrangeiro visto nos últimos dias no Financeiro e no RH, aumentou as especulações: o visitante seria um consultor colombiano contratado para calcular a redução de custos com o fim da edição impressa. Outros diziam que era um mexicano radicado na Espanha. Ninguém sabia ainda. O certo é que o gringo iria fornecer a senha para um passaralho na redação. Começaria pelos colunistas, garantiu o mesmo repórter, com a proverbial maledicência. Por isso, Denizard acordava diariamente com uma ressaca diferente e a mesma dúvida. O que iria acabar primeiro? A sua coluna ou o jornal?

Denizard reparou em um ponto vermelho em meio aos computadores utilizados para a atualização do *site*.

Era um turbante.

Quando foi a última vez que viu um turbante bem de perto? Talvez no Marrocos, mais de dez anos atrás, quando o que ganhava ainda era suficiente para financiar viagens extravagantes e outros sonhos dissipados nos últimos anos pela derrocada do país e pela desvalorização da profissão. Embaixo do turbante, uma garota de óculos. Deveria ter sido escalada para substituir o faltoso. Mas ela começou a trabalhar sem se apresentar a ele, o chefe do plantão? E ainda de turbante, com um calor daqueles? Como era mesmo o nome dela? Leu a escala. Para variar, não estava atualizada. Ainda constava o nome do espertinho que meteu um atestado no dia anterior ao plantão.

"Ei!"

A moça olhou para ele, surpresa.

"Vem aqui!"

Ela levantou-se e, um pouco assustada, aproximou-se de Denizard.

"Bom dia! Eu não me apresentei. Me disseram..."

"Shh!", ordenou Denizard. Apontou para a tevê. O canal de notícias exibia o vídeo que Duílio gravou em sua sala na Asa Norte e teve parte do conteúdo antecipado pelo colunista.

"Meu erro foi querer fazer o certo, mas do jeito errado. Eu acreditava que o senador, mesmo obtendo vantagens pessoais, defenderia os interesses da comunidade. Aceitei as condições dele, mesmo sabendo que os métodos eram escusos. As consequências são irreversíveis, mas eu assumo total responsabilidade pelos meus atos. O país não suporta mais mentiras nem dissimulações. A verdade tem de prevalecer."

No vídeo, Duílio fazia uma pausa longa antes de concluir, com os olhos embaçados.

"Essa declaração representa uma tentativa de devolver a dignidade à minha família. Faço pelos meus filhos, que vivem no meu coração. Faço isso por vocês, Luti e Nuno. E por todos que acreditam em mim."

Denizard abaixou o volume.

"O que é que tu achaste?"

Ela tirou do ouvido os fones sem fio.

"Desculpa, eu não escutei."

"Qual parte?"

"Não escutei nada."

Denizard olhou a plantonista de cima a baixo. O turbante, a blusa colorida, a saia estampada com formas geométricas. Parecia pronta não para cumprir uma pauta, mas para se jogar no meio de uma ciranda. Ele tinha aprendido a usar roupas discretas. O primeiro chefe, na *Zero Hora*, dizia que repórter na rua tem de ser como árvore: está ali, mas ninguém repara, faz parte da paisagem. O que os estudantes faziam nas faculdades de Jornalismo além de se divertir com os vacilos de repórteres experientes?

"Qual é teu nome, guria?"

"Não tem aí no papel?"

"Aqui só tem repórter 1, repórter 2, coisa de chefe burocrata", disse Denizard, com um sorriso. "Acho que a gente nunca esteve na mesma escala."

"Nunca fiz plantão. Hoje é minha primeira vez."

A coisa está feia mesmo, Denizard avaliou, estão convocando até os estagiários para os plantões.

"Não te avisaram que estagiário não trabalha aos domingos?"

"Sim. Mas o meu editor ligou ontem, disse que era uma emergência e eu topei. Não podia perder essa chance."

Chance de quê? De passar a manhã no telefone caçando ocorrências nas delegacias, ou pior, correndo atrás do que já estava em outros *sites*? Denizard olhou novamente para a estagiária. À frente dele, uma vida inteira de ilusões perdidas; no máximo, e com sorte, alguns soluços de euforia.

Aos que começam, a ignorância é uma bênção.

"Tá, então me fala teu nome."

Ela falou, ele franziu a testa.

"Como é que escreve isso? Com G ou com J?", perguntou Denizard.

"*Isso* é o meu nome. E é com D", disse a estagiária.

"Como é que é?"

"Com D."

"Com D? Teus pais capricharam, hein?", disse Denizard.

"Minha mãe. Meu pai nem sabe o meu nome."

Drama familiar de estagiária antes das 9h de domingo. Denizard suspirou e ajeitou a franja. Seria um plantão longo, daqueles que se arrastam o dia inteiro e avançam para a reunião de segunda-feira, com as cobranças injustas dos chefes descansados e rostos avermelhados pelo sol nas espreguiçadeiras das piscinas de suas casas ou em uma das dezenas de clubes às margens do lago.

Aproveitaria a folga para fazer o mesmo no próximo domingo. Será que poderia usar o crachá do jornal para entrar no Clube da Imprensa?

"Meu nome tem dois Ns também. Eu escrevo para você."

Ela anotou o nome em uma folha de impressora e entregou o papel.

"Djennifer Luz", Denizard leu em voz alta. "Tu vais assinar matéria com este nome?"

"Qual é o problema? Você não assina como Denizard?"

Ele suspirou de novo. A garota era teimosa.

"Meu nome todo mundo já conhece."

"Eu sei. É uma grife. E por que o meu nome também não pode ser?"

Denizard gostou da provocação. Quando começou, também era assim. Adorava desafiar a chefia.

"Tá bom, Djennifer. É o seguinte: eu preciso que tu faças o outro lado dessa história."

"Como assim?"

"Depois da pauta boba que deixaram aqui, tu vais até a casa do senador para ver o que ele tem a dizer sobre o vídeo do genro. Claro que ele não vai te atender, mas tu insistes. Toca o interfone, grava o que o empregado vai dizer. É importante que a gente tenha o registro de que ele foi procurado."

"E quem vai atualizar o *site*?"

"Isso é problema meu. Primeiro, a bobagem no zoológico. Depois, a pauta de política."

Djennifer voltou para a sua posição, o vermelho do turbante e o amarelo da saia a contrastar com as mesas e estantes escuras da redação.

O plantonista do canal de notícias na tevê próxima a Denizard apresentava os gols de sábado.

"Fechando a rodada da Série B, o destaque foi a vitória do América com um gol do zagueiro Felipe Rangel..."

Denizard silenciou a tevê e pegou o celular. Decidiu rever o vídeo, alguma coisa o havia incomodado nas palavras de Duílio. Procurou a íntegra entre as conversas mais recentes via WhatsApp, mas encontrou outra coisa.

Havia uma mensagem recente de Duílio que não havia lido.

Era a foto da página de um livro, com um trecho em destaque.

"E a morte é verdadeira, deite aí que você está morto. Topar a parada, ganhar e perder, tentar só ganhar."

Estava de porre na noite anterior, não reparou que havia recebido mensagem.

Djennifer cutucou o ombro dele.

"Liguei na garagem, o motorista falou que precisa de um papel para sair."

"Burocracia. Parece serviço público...", Denizard resmungou, antes de escrever "Zoológico-Lago Sul" na folha de um talão.

"Tem fotógrafo?", ela perguntou.

"Nesse horário, não. O primeiro que chegar vai dar uma passada no zoológico." Denizard destacou o papel. "Isso se atender o telefone, ainda não consegui falar com ele."

Djennifer leu a pauta.

"Dia do Elefante. Qual o tamanho da matéria?"

"Duas laudas, no máximo."

"Laudas?", Djennifer estranhou. "Dá quantos caracteres?"

"Escreve umas 30 linhas. É mais para ter uma opção de foto para a primeira página."

"Entendi."

Ela guardou o papel na bolsa.

"Engraçado..."

"O que é engraçado?"

"No vídeo não dá pra ver a cicatriz."

"Cicatriz?"

"Essa que você esconde com a franja. É grande. Como é que foi?"

Djennifer-com-D-no-início-do-nome era observadora, curiosa e um pouco impertinente. Denizard avaliou que ela estava no caminho certo para se tornar uma boa repórter.

"Tu voltas e eu conto. Agora vai lá nos bichos, depois faz o outro lado."

De novo sozinho na redação, Denizard aproveitou o ócio para pegar a garrafa térmica tricolor e retirar da gaveta de sua mesa a cuia, a bomba e a erva-mate. A água na térmica não estava tão quente, mesmo assim preparou o chimarrão. Saboreava o mate enquanto procurava na internet a origem do texto enviado por Duílio. Copiou o trecho no google e identificou o livro.

Zero.

Duílio o havia presenteado com um exemplar logo depois de uma briga no Clube da Imprensa. Pediu desculpas em nome dele e do amigo, até tomaram umas cervejas depois. O romance de Loyola Brandão ainda estava em sua estante, ao lado de *Não verás país nenhum*, o seu favorito do autor. Mas por que Duílio resolvera desenterrar o passado? Tentaria descobrir depois de pedir para ele revelar, em *off*, algum podre do senador para ampliar a repercussão do vídeo.

Decidiu enviar mensagem.

"Preciso falar com você."

O colunista conferiu o WhatsApp. O traço cinza solitário indicou que a mensagem não havia chegado ao destino.

***

Djennifer pediu para o motorista desligar o ar-condicionado. Ele fechou a cara, mas obedeceu. A estagiária abriu a janela e deixou o vento bater no rosto. Não tinha seis meses que ela estava no ponto de ônibus, à espera do 366 da Pioneira que a levaria até a rodoviária do Plano Piloto, quando passou um carro do jornal com uma repórter e um fotógrafo. Imaginou um dia fazer a mesma coisa que eles, sair às ruas atrás dos fatos. Agora era ela quem estava dentro do carro, e no banco da frente!

Um protesto provocava um engarrafamento na Esplanada dos Ministérios. Dezenas de homens e mulheres, muitos vestidos com a camisa da Seleção Brasileira, marchavam lentamente, como soldados mortos-vivos, em direção à Praça dos Três Poderes. Ela usou o celular para fazer um vídeo do grupo, que exibia cartazes pedindo intervenção militar e o fechamento do Congresso. Um dos manifestantes mais velhos, pele branca avermelhada pelo sol e ombros cobertos pela bandeira nacional, aproximou-se do carro do jornal e bateu no capô.

"Vendidos! Vocês não nos enganam nunca mais!"

Sem parar a gravação, Djennifer mandou um beijo para o vovô-zumbi e o motorista do jornal acelerou na única faixa liberada.

Depois que o carro entrou na Avenida das Nações, a estagiária ajeitou o turbante e fez uma selfie. A mãe, enfermeira no HRC, certamente ficaria feliz com a foto; aliviaria, por alguns instantes, o estresse de mais um plantão desumano no maior hospital de Ceilândia.

Na chegada ao zoológico, Djennifer pediu para o motorista aguardá-la no estacionamento em frente à lagoa dos hipopótamos. Desceu do carro e seguiu para o recinto dos elefantes.

Enquanto caminhava até a maior atração da galeria destinada aos animais de origem africana, Djennifer considerou que seria uma boa aproveitar o plantão para trocar uma ideia com Luiz Denizard. Lia diariamente as colunas dele na biblioteca da escola pública onde concluiu o ensino médio. O vídeo com o registro da queda espetacular do colunista, durante palestra para universitários, não abalou a admiração da estagiária. Muito pelo contrário. Djennifer deve ter sido a única a prestar atenção no que o jornalista dizia antes de despencar e virar meme. As palavras de Denizard, ao menos as que ela conseguiu entender, reforçaram em Djennifer a certeza de que um depoimento dele enriqueceria o trabalho de conclusão de curso. Ao voltar à redação, ela perguntaria se ele poderia gravar um depoimento sobre o impacto das redes sociais na cobertura de política.

A mistura forte dos cheiros de capim e feno indicava a proximidade dos elefantes. Djennifer reconheceu, sentada em um dos bancos diante dos bichos, a bióloga que havia entrevistado para uma matéria do jornal-laboratório sobre animais confinados. Havia um rapaz de boné de aba reta diante dela, os dois faziam gestos bruscos enquanto conversavam. Djennifer abriu a bolsa, pegou sua caderneta com as anotações que fez na primeira reportagem. Achou o que queria: o nome da entrevistada.

"Janine!"

Surpresa, a bióloga voltou-se para Djennifer.

"Só um minuto."

A curiosidade, que a mãe chamava de enxerimento, fez Djennifer aguçar os ouvidos para escutar a conversa.

"Você não tá bem, Tay. Procura se cuidar."

"Aqui dentro tá tudo virado por tua causa."

O rapaz batucava os dedos na testa.

"Tu é que tem de cuidar de mim, Jana. Eu não posso ficar assim", disse, antes de tirar o boné, dar dois tapas na própria cabeça e se afastar.

Aflita, Janine acompanhou os passos vacilantes de seu interlocutor na direção do portão principal do zoológico. Djennifer a abordou.

"Desculpe interromper, mas é que estou fazendo uma reportagem…"

"Não tem conversa quando um não escuta o que o outro diz", disse Janine, com um sorriso cansado que enterneceu Djennifer. "Além do mais, este é meu lugar de trabalho, não dá para ficar de conversa com ex."

A bióloga se certificou de que Tayrone havia passado pelo portão dos visitantes.

"Você não me entrevistou antes?"

"Sim, mas foi para um trabalho do curso", Djennifer esclareceu. "Agora é para o jornal onde eu tô fazendo estágio. Minha pauta é sobre o Dia do Elefante. São dois que vivem aqui, né?"

"Meus dois amores", Janine respondeu, de novo sorrindo.

"A gente pode ir lá perto deles enquanto conversa?"

***

Contar a história do casal de elefantes ajudou Janine a esquecer o assédio de Tayrone. Explicou a Djennifer que a fêmea, Luna, a mais velha, veio de um circo onde sofria maus-tratos. Já o macho, Apolo, foi trocado com o zoológico de Buenos Aires por uma onça e dois antílopes. O mundo inteiro comemorava o Dia do Elefante na primeira quinzena de agosto, mas eles decidiram adiar a celebração para evitar a coincidência com o Dia dos Pais.

"Também é uma forma de mudar um pouco a rotina deles", Janine acrescentou. "Imagina você, todo dia e toda noite, no mesmo lugar até o resto da sua vida."

"Ainda bem que eles não têm consciência", Djennifer comentou.

"Têm, sim. Do jeito deles. E têm uma memória muito melhor que a nossa", Janine retrucou. "Eles me reconhecem de longe. Luna, então… Quando chego, ela vem e estica a tromba para sentir meu cheiro. Muito inteligente."

"Claro, é mulher", disse Djennifer.

A bióloga sorriu, exibindo os dentes brancos e grandes. Djennifer adoraria passar uma manhã inteira vendo Janine cuidar dos animais. Ainda daria um jeito de matar a curiosidade e descobrir como a bióloga se envolveu com um tipo tão nada-a-ver como o carinha de boné.

"Você tem razão." Janine retirou um molho de chaves de um dos bolsos do colete. "Tenho que fazer a ronda e o manejo das ariranhas. Algo mais que você queria saber?"

"Ariranhas? Você não tem medo depois do que aconteceu aqui?"

"É o manejo mais fácil que tem. A ariranha deixa até fazer ecografia", Janine esclareceu. "Naquele ataque o animal só reagiu à invasão do território dele, não foi maldade", referindo-se a uma tragédia na década de 1970 que havia marcado a história do zoológico e da cidade.

"Posso te consultar se eu precisar de algum esclarecimento?"

"Claro, mas não esquece: aqui não tem jaula, os animais ficam em recintos. Jornalista vive errando quando faz reportagem aqui."

Djennifer mostrou o bloco de anotações com a frase: "Não é jaula, é recinto". Janine sorriu, e Djennifer teve vontade de abraçá-la. Não deu tempo. Depois de anotar o número do telefone na caderneta da estagiária, a bióloga avisou que precisava iniciar a ronda e se despediu.

***

De nada adiantou Djennifer garantir que não iria demorar na apuração da segunda pauta. O motorista do jornal a largou na Península dos Ministros, uma das áreas mais valorizadas do Lago Sul, e disse que voltaria em uma hora. Ela parou diante da sinalização da entrada de um dos conjuntos residenciais. Decifrou as letras e números na placa e caminhou entre as cercas-vivas de casas suntuosas e decadentes.

Um latido forte atrás das cercas assustou Djennifer.

Ela correu.

O cão perseguiu Djennifer até que ela se afastou das casas e chegou às margens do lago. Encostou-se em uma mangueira para se refazer do susto. Reparou que o sol fazia brilhar as dobras das ondulações próximas a um deque de madeira. Era um lugar bonito, sua mãe iria gostar de vê-la ali. Pegou o celular e fez algumas selfies. Conferiu o resultado. Todas as fotos eram idênticas, com exceção da última.

Atrás do seu rosto, bem ao fundo, registrara o instante em que um homem grisalho, de *jeans* e colete preto, entrava no lago. Pelas roupas inadequadas e o jeito desconfiado, Djennifer descartou que fosse um morador da região.

Quem seria o invasor de selfie?

Ela decidiu se esconder atrás da mangueira para acompanhar as ações do homem, que usava um galho para espalhar a água. Parecia à procura de algo.

Djennifer pegou o celular e começou a filmá-lo.

Menos de um minuto depois e parecia que o homem havia encontrado o que procurava: um corpo masculino boiava próximo ao deque.

Djennifer deu um zoom. O homem, agora, remexia os bolsos do terno do cadáver. Encolhida, Djennifer acompanhava a movimentação pela tela do celular. O desconhecido retirou uma folha de papel do terno e a guardou no colete. Depois de olhar novamente para os lados, ele assoviou.

Era melhor que ela saísse dali. Sem ser notada, Djennifer afastou-se do lago. Ao chegar perto das cercas-vivas, o cachorro a hostilizou novamente. Ela correu até parar de escutar os latidos.

Djennifer pegou o telefone e reproduziu o vídeo. Constatou, aliviada, que havia acertado o enquadramento e o foco. Mas o que iria fazer com aquele vídeo?

Ligou para a redação. Ninguém atendeu.

Djennifer caminhou por alguns minutos e avistou dois carros da polícia em estacionamento próximo a um dos acessos ao lago. Estava indo até eles para avisá-los sobre o que viu quando o celular vibrou no seu bolso.

Ela parou para atender Denizard.

"Você ligou aqui?"

"Acharam um corpo no lago. Acho melhor mandar um repórter."

"Tu és o quê, guria?"

"Não foi isso o que eu quis dizer. Você pode me escutar?"

A aflição da estagiária incomodou o colunista.

"Respira, abaixa o tom e explica."

Djennifer obedeceu. Enquanto ela descrevia a cena que registrou, carros de equipes de tevê passaram em alta velocidade e pararam ao lado das viaturas. Repórteres e câmeras saíram em direção ao lago.

Djennifer foi atrás deles, o telefone ainda grudado no ouvido.

"Deve ser algum bêbado que se afogou, não vai dar nada", Denizard minimizou. "De toda forma, tu conferes se a polícia já tem a identidade do morto e depois segues para fazer o outro lado da denúncia do advogado."

Djennifer chegou a tempo de ver as câmeras ligadas para registrar o resgate do corpo. Quatro homens de farda carregavam o cadáver até a areia. A estagiária aproximou-se e viu que eles obedeciam ao comando de um homem de colete.

O mesmo homem que Djennifer havia flagrado com o cadáver.

Um grupo que caminhava na ciclovia parou para assistir à ação. Dois fardados apareceram com uma lona preta que cobriu o corpo até o pescoço. O homem grisalho posicionou-se para conceder entrevista aos repórteres de tevê. Djennifer aproveitou a chegada de outros curiosos e meteu-se no meio deles. Uma das repórteres, cabelos longos e alisados, quis saber se poderia começar a gravar.

"Só um minuto, por favor."

O homem grisalho mandou um dos fardados conseguir um pedaço maior de lona.

"Enquanto isso, esconde a cabeça", ordenou.

Djennifer observou bem o rosto do morto antes de ser coberto. Mesmo arroxeado, parecia familiar. Um comentário confirmou sua impressão.

"Não é aquele advogado?", disse um dos curiosos, de mãos dadas com uma mulher, os dois de tênis, óculos escuros, bermuda e camiseta.

"É ele, sim: Duílio Silveira", a mulher confirmou: "Podre de rico!".

"Agora só podre!"

O homem riu sozinho da própria piada.

A companheira do curioso pegou o celular para fazer uma foto, mas um dos fardados a impediu.

"Só os profissionais!"

Os câmeras ergueram o polegar para agradecer. Djennifer escutou a primeira pergunta da repórter para o dono do colete.

"Delegado, a polícia já sabe o que ocorreu?"

Então o sujeito que Djennifer flagrara mexendo nas roupas do cadáver era um delegado! A história havia se tornado muito mais interessante. Ela afastou-se, ligou para Denizard e revelou a identidade do morto.

"Duílio Silveira?! Tem certeza?"

"A polícia confirmou. E nem precisava. É o pai de um colega da universidade. Sei que é ele, encontrei uma vez na casa desse meu amigo."

"Era, não. É o pai dele. Pai é pra sempre", retificou Denizard, sem se importar se Djennifer poderia ficar magoada com a sua observação. "Mas me diz o que você tem."

Ela descreveu o que viu e avisou. "Tem um vídeo também, vou mandar a íntegra e você decide o que fazer."

"Vou ver se acho alguém pra colocar no *site*, ainda não aprendi a mexer com essas coisas." Empolgado, Denizard deu nova ordem à estagiária. "Tua pauta mudou. Esqueça o senador, ele deve divulgar uma nota mais tarde. Corra atrás de mais informações sobre a morte de Duílio Silveira para colocar logo no site. Vou ver se um repórter pode ajudar."

"Precisa de um outro repórter? Por que você não entra na apuração comigo?"

Antes de Denizard responder, Djennifer avisou que tentaria falar com o filho do morto.

Desligou e apressou o passo na direção da casa de Nuno. Tocou a campainha. Ninguém atendeu. Ela insistiu. Nada. Criou coragem e ligou para o colega.

"Oi, Nuno, pode falar um minuto?"

"Tô com a minha mãe no pronto-socorro."

"Ela tá passando mal?"

"Não! Quem tá passando mal é o Mike. Minha mãe tá comigo aqui no hospital veterinário."

Nuno contou que o cachorro estava com dificuldade para respirar e tentava expelir alguma coisa que engoliu. "Deram um remédio para provocar o vômito. Se não der certo, vão ter que abrir a barriga."

Djennifer não conseguia escutar direito, a voz do amigo era abafada por latidos.

"Mas o que foi, Djennifer? Ficou alguma pendência do trabalho?"

"Não. É outra coisa."

Ela respirou fundo. Tentou lembrar do que aprendera, no terceiro semestre do curso, sobre o comportamento de jornalistas na cobertura de tragédias. Notícias ruins fazem parte do ofício, disse o professor de Ética, mas é preciso encontrar a forma mais adequada de repassar a informação.

Quais seriam as palavras certas para dizer a um filho que ele perdeu o pai?

Felizmente a conversa não avançou. Djennifer escutou um grito alto o suficiente para superar o barulho dos cachorros.

"DJ, minha mãe viu alguma coisa no celular e tá gritando que nem uma doida", Nuno avisou. "Depois eu ligo."

***

A entrevista para a moça do jornal tinha ajudado Janine a esquecer Tayrone. Mas, ao seguir até a Galeria América e iniciar a ronda, o ex-namorado voltou a perturbar sua cabeça. Ele jurou que havia ido ao zoológico apenas para saber se Janine poderia ajudá-lo a estudar para um concurso. Tentaria uma das sete vagas de agente administrativo oferecidas por uma prefeitura do interior goiano, até mostrou o comprovante de inscrição.

Pelas experiências anteriores, Janine sabia que não seria bem assim.

No início, Tayrone até que se concentraria nos estudos. Mas, no segundo ou terceiro encontro, viria com alguma lembrança dos tempos de criança, diria que eles deviam retomar a amizade. Depois ia fazer de tudo para saber se ela estava saindo com alguém, se eles não tinham mesmo chance de voltar. Até que perderia a cabeça: grito, chute, empurrão. E, depois da covardia, Tay se desmancharia em lágrimas e juraria que aquela havia sido a última agressão.

Mesmo coberta pela tatuagem, a queimadura de cigarro no braço servia como um alerta. Ela não poderia ceder. Tayrone foi importante, com ele descobriu o sexo e outros prazeres. Só que, depois de voltar do Rio, passou a ameaçar o que Janine mais queria: morar no exterior. Além de aproveitar o ano na África para concluir a dissertação, ela se esforçaria ao máximo para mostrar serviço e ser contratada pelo Kruger Park. Tayrone não tinha o direito de atrapalhar os seus planos. Por que o chamou de Tay? Não deveria ter feito isso, o apelido carinhoso era coisa do passado.

Janine começou a contagem pelas jaguatiricas. O sumiço de um cachorro-do-mato fizera a direção determinar duas rondas diárias: uma pela manhã, outra no fim da tarde, logo depois da saída dos visitantes.

Janine ficava aliviada com o fechamento dos portões. Ainda se emocionava com o encanto das crianças diante dos animais, mas a ignorância dos adultos a tirava do sério. Outro dia teve de esclarecer ao avô de uma garotinha bochechuda que o arremesso de pedras não era a forma adequada de estimular a movimentação dos felinos.

Jaguatiricas, lobos, cachorros-do-mato, todos estavam em seus recintos na Galeria América. Antes de contar os animais de origem africana e fazer o manejo das ariranhas, ela telefonou para Tide. Queria saber se ele a acompanharia no passeio noturno, única chance de observar os mamíferos sem o castigo do sol.

Tide não atendeu, talvez tivesse esquecido o telefone no modo silencioso.

O calor não dava tréguas. Menos de quinze por cento de umidade, previu a meteorologia. Janine parou para encher o cantil em bebedouro vizinho a um dos quiosques. Aproveitou para molhar o cabelo e o rosto. Precisaria ter uma conversa séria com Tide. Achava que ele ainda não havia entendido que ela esticaria ao máximo a temporada sul-africana. O que o Brasil tinha para oferecer a alguém no início de carreira e sem padrinhos poderosos? Nada além dos três Ds – dívida, desalento, desemprego – que uma colega havia mencionado ao explicar por que se mandaria para Amsterdã com um holandês que conhecera na Chapada dos Veadeiros.

A situação de Janine no zoológico era instável, como o diretor-geral fizera questão de lembrar em duas reuniões recentes. A primeira vez foi em tom de brincadeira, a segunda soou como ameaça.

"Sabe como são as coisas aqui, né? Livre nomeação, livre exoneração."

O diretor de répteis e artrópodes tentou proteger Janine e a chamou para trabalhar com ele. Mas como ela ficaria afastada dos mamíferos? Os animais a queriam por perto! Bastava escutar seu assovio e a zebra se derretia; a elefanta a deixava cuidar das patas como se fosse uma pedicure. Também era ela quem entrava no brete e aplicava a medicação intramuscular na pele espessa do rinoceronte. Ficava com o coração apertado somente de imaginar como seria a despedida, mas tentava se consolar pensando nas espécies que conheceria na África do Sul.

Janine entrou na sala da administração e incluiu o nome de Tide na lista dos visitantes do passeio. Sim, aproveitaria a tranquilidade da noite para dizer claramente o que havia apenas insinuado. O melhor para os dois seria dar um tempo ou, no máximo, ficar no ponto onde estavam.

Sem expectativas, sem ilusões de futuro.

Na primeira tentativa de conversa séria, ainda no apartamento de Tide, ele entendeu tudo errado. Foi logo dizendo que o problema dela era Tayrone, mas que daria um jeito de o ex-namorado parar de importuná-la. Janine tentou falar sobre as outras coisas que a perturbavam, mas Tide a ignorou. Afirmou que ela era muito jovem, ainda tinha muito o que aprender com a vida. Foi até a estante e voltou com um livrinho todo sublinhado. Leu um trecho marcado com caneta vermelha.

"Não nos movimentamos em círculos, senão subiríamos sempre. O caminho é uma espiral."

Ele insistiu para que ela ficasse com o romance de Hesse.

"*Sidarta* já me ajudou muito. Tenho certeza de que vai te ajudar também."

Ela levou o livro e o largou em cima da pilha de revistas velhas. Não queria homem nenhum mandando em sua vida, muito menos em suas leituras.

Agora não poderia mais adiar a conversa. E, se ele não entendesse a decisão, ela abreviaria o fim de um relacionamento que, desde a compra da passagem somente de ida para Joanesburgo, tinha data marcada para acabar.

Ao devolver a relação dos visitantes, Janine reparou que a secretária não desgrudava os olhos de uma emissora de notícias. Acompanhava o resgate de um corpo no Paranoá. A bióloga tomou um susto ao reconhecer a vítima. Ligou de novo e, desta vez, Tide atendeu.

"Você já acordou?"

Depois de Tide garantir que estava totalmente desperto, ela perguntou se ele estava assistindo ao noticiário.

***

A morte de Duílio Silveira foi a única notícia importante do domingo. Lento e exasperante como um cachorro manco, o plantão de Denizard se arrastou até o fim da tarde. Depois de ser liberado pelo editor da primeira página, o colunista ligou para o michê que o atendia quase toda semana e o convidou para ir até seu apartamento, na Asa Norte.

"Hoje é só pra conversar mesmo, tô bem cansado."

"Conversar custa o dobro."

Denizard ficou quieto.

"Brincadeira!", Alex comentou, sorrindo. "Depois do ensaio eu passo para te ver." Denizard também sorriu e desligou.

Horas depois, entrou em seu apartamento com uma sacola cheia de cervejas e sanduíches. Esparramado no sofá, Robbie o recebeu com um olhar desconfiado. Denizard encheu um prato de ração para o angorá e foi guardar as compras na geladeira. Levou a pilha de jornais velhos para a lixeira, aguou as plantas e deixou o pagamento do acompanhante no aparador da sala.

Recebeu mensagem de Djennifer.

"O que você achou do vídeo? Não vale a pena publicar no *site*?"

Esquecera completamente do vídeo que Djennifer havia enviado. Iria assistir antes de responder, mas a campainha o fez largar o telefone e ir até a porta.

Pelo olho mágico, Denizard viu que Alex carregava um violão.

O rapaz entrou avisando que estava com fome. Em poucos minutos, comeram os sanduíches e Denizard lavou os pratos ao som da canção chorosa que Alex tentava tirar no violão. Não era a trilha que o colunista havia imaginado para um fim de domingo, mas tudo bem.

O telefone do michê vibrou em cima da bancada e mostrou a imagem de uma mulher de óculos e cabelos inteiramente brancos. "Mamãe", estava escrito embaixo da foto. Alex pediu licença para atender a ligação na sala.

Denizard o seguiu com os olhos. Alex guardava as notas de cem enquanto falava com a mãe.

"Esse é o da pressão? Fala de novo o nome, mãe, mas fala devagar."

O rapaz pegou uma das canetas que Denizard deixara em cima da mesa e, sem largar o celular, anotou na palma da mão esquerda o nome da medicação.

Denizard esperou o fim do telefonema para entregar uma folha do seu bloco de anotações. Divertiu-se ao perceber que Alex tinha dificuldade em decifrar o que havia escrito na mão.

"*Mi-nô-qui-si-diu...*", arriscou Alex. "Será que é isso?"

"Minoxidil. Com X e L no final. Pressão alta, né? Minha mãe também toma", respondeu Denizard.

Alex ficou surpreso.

"Você ainda tem mãe?"

"Não sou tão velho assim", disse Denizard, com um sorriso.

Na ocasião mais recente em que estivera com Dona Dalva, em um lar para idosos em Alegrete, ficou preocupado com o esforço que a mãe precisava fazer para coisas simples, como se levantar da cadeira de balanço. Sentia culpa pela ausência nos últimos meses. Mas era a hora de se distrair. Abraçou Alex pelas costas e o levou para o quarto, onde desabotoou a camisa do rapaz. Largaram as roupas no chão e deitaram-se na cama. Eficiente, o michê fez Denizard esquecer até de desligar a tevê e uma competição de preparo de sobremesas os acompanhou durante o sexo.

Depois de jogar o preservativo na cesta de lixo do banheiro, Alex voltou para o quarto e vestiu a cueca. Pegou o controle remoto para zapear e parou em um canal de notícias com informações sobre a morte de Duílio Silveira. A apresentadora dizia que a polícia trabalhava com duas linhas de investigação: morte acidental e suicídio. Ex-sogro do advogado, o senador Hermes Filho foi surpreendido com a notícia durante encontro da base aliada com o presidente da República no Palácio do Jaburu, informou.

Alex aumentou o volume da tevê para escutar o que dissera o parlamentar ao descer de um carro escuro em frente à sua mansão.

"Acabei de ser informado e pedi ao presidente para deixar a reunião. Espero que vocês compreendam que, neste momento, eu preciso ficar com a minha família", declarou Hermes Filho, antes de fechar a porta na cara dos repórteres.

A tevê voltou a exibir imagens do resgate do corpo de Duílio.

"Olha ele aí…", comentou Alex.

"Você conhece o senador Hermes?", perguntou Denizard.

"Ô se conheço! Velho safado, vou parar de atender", disse Alex, abotoando a camisa. "A gente acerta uma coisa, na hora ele quer fazer outra. Diz que paga o dobro se eu deixar meter o dedo, quer que eu mije na barriga dele…"

"Mijo?" Denizard deu uma risada.

"E outras coisas que vou nem falar: o velho é podre!" Alex pegou a calça no chão ao lado da cama. "Mas não é dele que eu tô falando, não. É do outro."

Abaixou a parte de trás da cueca para se coçar, depois apontou para a tevê. Distraído pela bunda de Alex, Denizard demorou para reparar que o michê apontava para um dos homens às margens do lago.

"Esse aí estava saindo sexta de noite da casa do velho quando eu cheguei."

O coração de Denizard pulou. Sabia o motivo. Desde as primeiras reportagens, era assim que reagia quando esbarrava numa notícia grande, exclusiva, das que mexem com muita gente. Mas quis se assegurar.

"Qual dos homens?"

O rapaz encostou o dedo no canto direito da tela da tevê.

"O de cabelo branco e colete escuro. Saiu de fininho, pela porta de trás, e entrou num Corolla", disse Alex. "Você conhece?"

Denizard levantou-se para colocar a calça. O coração tentava sair pela boca.

"É o delegado." Denizard vestiu a camisa largada ao lado da cama. "José Luís Rangel. Conheço bem a peça."

"Vou pegar uma cerveja, tá?"

Antes de escutar a resposta, o michê saiu do quarto em direção à cozinha. O colunista terminou de se vestir e voltou a assistir ao vídeo enviado por Djennifer.

Observou com atenção o instante em que Rangel se agachava e retirava uma folha de papel do terno de Duílio.

"Que interessante. Uma autoridade policial mexendo em um corpo antes da perícia…", comentou, para si mesmo.

Alex voltou com duas latinhas e Denizard parou de assistir às imagens gravadas por Djennifer.

Sentados na cama, eles beberam e retomaram a conversa.

"De onde você conhece esse delegado?", perguntou Alex.

"Não é de *onde*. É de *quando*." Denizard cruzou as pernas em cima do colchão. "Pergunta assim: 'Denizard, desde quando você conhece o delegado Rangel?'"

Alex estranhou, mas obedeceu. Refez a pergunta. Para respondê-la, Denizard pegou a mão do rapaz e o fez tocar a superfície irregular e áspera da cicatriz na testa, encoberta pela franja.

"Desde o dia que ele fez isso comigo", disse Denizard, os pelos do braço eriçados com o toque do outro homem.

Denizard terminou a cerveja e ligou para a redação. Avisou que iria mexer na sua coluna para incluir uma nota. Com a rapidez adquirida pelas décadas de gritos de chefes histéricos na hora do fechamento, escreveu e enviou o texto em menos de dez minutos.

Foi até a cozinha e voltou com mais duas latas de cerveja. Entregou uma delas para Alex.

"Fala mais, guri."

Denizard deixou a sua cerveja de lado, abriu a gaveta da mesa de cabeceira e afastou a caixa de preservativos para pegar um bloco de anotações. "Consegue lembrar o horário exato em que o delegado saiu da casa do senador?"

***

REVOLVER

Rangel espreguiçou-se na cadeira da delegacia e pegou o celular. Três ligações não atendidas, todas de Hélio Pires. Deveria estar mais ansioso do que o normal, mas teria de esperar. O delegado ligaria apenas depois de conferir o que havia saído sobre o crime. Deu uma olhada nos *sites* e não achou a notícia. Pegou a edição do jornal que alguém havia largado mais cedo em sua sala. Lá estava ele em uma das fotografias da capa, ao lado do corpo de Duílio coberto pela lona preta. Na outra imagem da primeira página, crianças sorridentes admiravam elefantes no zoológico.

O celular do delegado vibrou em cima da mesa. Nova mensagem de Hélio Pires.

"Precisamos conversar. Ainda hoje."

Rangel comprimiu os lábios, contrariado. A insistência só não o aborrecia mais do que a instabilidade emocional do amigo. Era o elo mais fraco da corrente que unia os quatro, sempre foi. Quase deu com a língua nos dentes depois do que fizeram na piscina; se não fosse o sacode que tomou de Duílio, eles estariam enrolados até hoje. Só que agora não havia Duílio para segurar as pontas de Hélio Pires, somente a bruxa da Alba, que vivia fazendo mandinga com as plantas e colocando ideia errada na cabeça do marido. Teria que dar um jeito nisso.

Mais uma notificação no celular. Mensagem no grupo "Família Rangel".

O delegado não se dava mais ao trabalho de ler o que chegava neste grupo. Os vídeos, então... "Gravação rara e linda de Elvis Presley em formato de oração", "Apresentação emocionante de violinista no metrô de Paris", "Os ensinamentos do Papa sobre a importância da família nos dias de hoje", "Como os políticos fazem para roubar o nosso dinheiro", bobagens que ele apagava sem clicar.

Era o que iria fazer com o vídeo que acabara de chegar quando recebeu, no privado, o áudio de uma tia do Recife.

"Ó pra isso que eu botei no grupo da família, Zé Luís! Teu primo Nelson, agora que foi promovido, tá famoso!"

Rangel mordeu os lábios, contrariado, e começou a assistir ao vídeo.

Era uma reportagem de telejornal. Reconheceu o sujeito balofo que falava ao repórter com aquele sotaque inconfundível.

"Padre Lucas gostava de surfar bem cedinho e pode ter sido surpreendido por uma onda mais forte. A princípio, foi um acidente. Mas vamos investigar todas as possibilidades."

Lucaix. Possibilidadix.

Mesmo sendo noronhense, o primo Nelsão agora falava com sotaque pernambucano? Não tinha reparado, o pai de Nelson teria ficado furioso. Nicácio era um porra-louca que defendia o meio ambiente muito antes de as ONGs encherem a paciência e os cofres com seus discursinhos vitimistas. O tio passou um tempo na casa da família de Rangel, no Núcleo Bandeirante. Foi no final dos anos 1980, durante a elaboração da nova Constituição do país. Ele voltava do Congresso todo empolgado com o seu trabalho para garantir a emancipação de Fernando de Noronha. Contudo, uma negociata de líderes parlamentares na reta final dos trabalhos deixou o arquipélago sob a tutela de Pernambuco. Nicácio ficou arrasado. Com os olhos cheios d'água, marcas de batom na gola da camisa molhada de aguardente, o tio entrou no quarto do sobrinho e disse algo que Rangel nunca esqueceria.

"Sou de um lugar que tem tudo que é animal: tubarão, golfinho, mabuia, teju. Até assombração tem, e muita. Mas o que não tem em Noronha são os bichos traiçoeiros que eu conheci aqui: os políticos. Faça tudo pra ficar longe deles."

Nicácio embarcou no dia seguinte e nunca mais voltou ao Planalto Central. Morreu de forma estúpida; bêbado, caiu em uma vala com mais de dez metros de profundidade. Mas Rangel lembrava dele toda vez que tinha de lidar com gente da laia do senador e, arrependido, constatava que havia ignorado a recomendação do tio.

O delegado leu os créditos no vídeo enviado pela tia. "Nelson Rangel, delegado-titular". No dia da promoção do primo, a família inundou o grupo com mensagens de congratulações, acompanhadas de preces de agradecimento. Rangel também parabenizou Nelsão, só não escreveu o que pensou: apenas num fim de mundo como Fernando de Noronha para um policial acomodado, acima do peso e desprovido de ambição, receber aumento por ter deixado a vida mansa de lado por alguns dias e esclarecido um duplo homicídio.

"Ficou massa!"

"Parabéns!"

Agora eram os primos por parte de mãe que não paravam de comentar a entrevista de Nelson... Essa gente não tinha o que fazer?

Rangel silenciou o grupo.

Ele mexia na configuração do celular para apagar, de uma vez, todas as mensagens inúteis da família quando recebeu a chamada de um número não identificado.

Hesitou, mas decidiu atender a ligação.

"Delegado Rangel! Quanto tempo, hein?"

"Quem tá falando?"

"Luiz Denizard. Lembra de mim?"

Claro que Rangel lembrava. Conheceu Luiz Denizard logo depois de ser efetivado na 1ª DP, uma das mais cobiçadas do Distrito Federal. Duílio organizou um convescote para apresentar aos amigos o novo titular da delegacia da Asa Sul. Durante o coquetel, ele mostrou para Rangel um homem alto e magro que seguia os garçons, franja a cobrir a testa como se os anos setenta nunca tivessem terminado.

"Aquele ali é jornalista, mas é da minha confiança", disse Duílio. "Se precisar de alguma coisa, pode pedir em meu nome."

Rangel contou que não tinha interesse no noticiário político, gostava de ler apenas os assuntos da cidade e a editoria de esportes.

Duílio deu uma risada.

"Isso vai mudar a partir de agora. Polícia é política, Rangel. Como você acha que eu consegui a sua nomeação?"

Bastaram alguns dias para Rangel entender o que Duílio havia falado. O delegado passou a receber ligações de autoridades interessadas nos rumos de investigações em andamento na sua delegacia. Se o assunto era mais sério, Duílio fazia a intermediação e marcava a conversa para um restaurante às margens do lago onde mantinha uma mesa reservada. Foi assim que Duílio aproximou Rangel do senador e, de certa forma, selou o próprio destino.

"E aí, delegado? Lembra ou não lembra de mim?"

"Luiz Denizard! Grande jornalista!"

O tom efusivo de Rangel soou falso até para ele.

"Tudo bem? Como posso ajudar?"

"Já leu a minha coluna de hoje?"

O delegado não respondeu.

"Vou facilitar a sua vida", disse Denizard. "Publiquei uma nota sobre o resgate do corpo de Duílio Silveira. Você estava lá, certo?"

Rangel pegou o jornal.

"Você me dá um tempinho para eu me inteirar do assunto?"

"Claro. Pode anotar meu telefone?"

Rangel escreveu o número na mesma página da coluna de Denizard. Desligou e leu a nota intitulada "Mistério no lago".

"O resgate do corpo do advogado Duílio Silveira chamou a atenção por um detalhe curioso: o delegado José Luís Rangel iniciou, com as próprias mãos, a remoção do cadáver. O flagrante, registrado em vídeo, foi obtido com exclusividade por esta coluna e publicado em nosso *site*. Por que o delegado não esperou a chegada dos bombeiros ou dos colegas policiais?"

O delegado mordeu o lábio inferior com força, quase sangrou. Foi até o *site* do jornal e clicou no vídeo.

Apertou o *play*.

Alguém havia filmado o momento em que ele se agachava para pegar a cópia da confissão dos amigos que Duílio carregava no paletó. Quem fez o vídeo? E por que o entregou para Denizard? Leu novamente a nota e jogou o jornal no lixo.

Um de seus agentes entrou para avisar que um visitante o aguardava na recepção.

"Perguntei se podia ajudar. Ele falou que não, é assunto pessoal."

"Qual o nome dele?"

O agente pegou a prancheta com a lista dos visitantes.

"Está escrito Athaíde na identidade. Mas ele disse para eu falar o apelido: Tide. Diz que é amigo do senhor."

***

Rangel fez um sinal discreto para Tide sair da delegacia e eles andaram em passos rápidos até entrar em um sedã preto, parado à sombra de um abacateiro em floração. Rangel girou a chave e ligou a parte elétrica do carro.

Distracting you, change your mind

Abaixou o volume do rádio e acionou o esguicho para remover a poeira no para-brisa. A água saiu fraca e serviu apenas para formar um mosaico sujo.

Tide foi direto ao ponto. "Eu quero saber o que aconteceu no sábado."

"Como assim?" Rangel acompanhava o movimento do limpador do para-brisa. "O que você acha que aconteceu?"

"Não sei. Por isso eu tô aqui."

Destroying you, change your mind

O som estava baixo, mas Tide ainda conseguia escutar os lamentos de Neil Young. Esfregou as mãos suadas na calça *jeans*. "Dá pra desligar o rádio? Essa música é bonita demais pra essa conversa."

Rangel obedeceu. Também mexeu no painel para aumentar a potência do ar-condicionado.

"Passei no viveiro mais cedo. O Hélio não quis falar nada", disse Tide. "Me dispensou dizendo que tinha umas entregas para fazer e falou pra eu te procurar."

"Você obedeceu, claro." O para-brisa continuava bem sujo, o delegado notou. Passaria em um lava-jato depois do almoço.

"Não fode! Se tem alguém que manda e os outros fazem, esse alguém é você."

"Não fode você, Tide", reagiu Rangel, erguendo as mãos acima do volante. "Na história da piscina não foi assim, lembra? O Duílio mandou todo mundo assinar aquela merda e você e o covarde do Hélio ficaram caladinhos. Eu queria outra coisa, mas o Duílio não me deixava falar."

"Não muda de assunto, Rangel." Tide usou a camisa para enxugar o suor na testa.

"Daqui a pouco esfria, fica tranquilo." O delegado voltou a mexer no painel para aumentar a potência do ar frio.

"Eu vim aqui pra saber o que vocês dois fizeram com o Duílio."

Rangel socou o volante.

"*Vocês*?! Porra, Tide, assim não tem conversa!"

Ele acionou novamente o limpador.

"Por que você acha que o Hélio te mandou aqui em vez de falar a verdade? Porque ele sabe que fez uma cagada e agora precisa que eu limpe a merda que ele fez."

A mão de Rangel, avermelhada pelo soco, tremia.

"Como sempre, aliás. Vocês fazem as merdas e eu tenho de me virar depois."

Agora era Tide quem encarava Rangel.

"Do que você tá falando?"

Rangel segurou o volante com força, não queria que Tide reparasse no tremor.

"Ninguém me contou. Eu vi o que você fez na piscina."

"Eu?! Todos fizeram!", Tide reagiu. "E o que vocês três iriam fazer no estacionamento se eu não tivesse chegado?"

"Nada demais, ia ficar tudo bem. Mas deixa isso pra lá." Rangel apertou um botão e inclinou os bancos dianteiros. "Quero falar de sábado. O Hélio jogou fora a melhor oportunidade que a gente teve nessa vida."

"Como assim?", Tide perguntou.

O ar frio começou a neutralizar o calor dentro do carro. O suor evaporou das mãos e do rosto de Tide.

"O Hélio fez tudo errado. É um fraco, sempre foi", disse Rangel. "Se ele cai na mão de um outro delegado, vai abrir a boca. Aí vai sobrar pra você e pra mim."

Tide recostou a cabeça no banco macio. Parecia menos aflito, Rangel avaliou. Ele também estava mais calmo depois que as mãos sossegaram.

"Vou contar o que aconteceu, mas só vou falar uma vez." O delegado não conseguia deixar de reparar na imundície do para-brisa. "Aí você esquece o assunto e me deixa trabalhar, pode ser?"

Tide fez um leve aceno de cabeça. "E o tal de Tayrone, conseguiu saber mais coisas sobre ele?"

"Esse tá na minha mão, vou te falar como vai ser."

O delegado inclinou o corpo, abriu o porta-luvas e pegou uma flanela. Saiu do carro e esfregou a flanela no vidro até remover uma camada de poeira.

"O que você quer saber primeiro?", perguntou, ao voltar.

"Sobre o Duílio, claro. O que o Hélio fez com ele?"

Rangel, enfim, começou a contar o que pretendia dizer desde o início da conversa.

***

Tide tentou falar com Hélio Pires enquanto esperava a chegada do Uber. Precisava confirmar algumas coisas que havia escutado. Começaria pela história da palmeira azul plantada no mês anterior na casa do senador. "Ali o velho aproveitou para dizer que não aguentava mais o Duílio", Rangel revelou. "Foi a senha para o nosso amigo armar o outro plano."

O celular de Hélio Pires estava desligado. Tide tentou achá-lo no viveiro. Alba atendeu, disse que o marido havia saído para uma entrega. Voltaria antes do almoço.

"Alba, vocês têm palmeira azul aí? Já tiveram?"

"Essa palmeira é muito cara, Tide. Só por encomenda. Vendemos a última no mês passado. Mas por que você quer saber? É para presente?"

"Depois eu explico. Não esquece de pedir ao Hélio para me ligar."

Tide entrou no Uber e eles passaram ao lado do sedã de Rangel.

"Carrão, hein?", disse o motorista.

"Quanto custa um desse?", Tide quis saber.

"Não sai por menos de trezentos mil, moço. É só pra quem tem muito e sobrando. Sabe de quem é?"

Certamente o salário de um delegado era incompatível com um carro daquele, Tide avaliou.

"Não sei", Tide respondeu. O celular vibrou no bolso da calça. Era Janine, queria saber se ele participaria do Zoo Noturno.

"Claro! Onde a gente se encontra?"

"Vamos sair do portão principal às sete. Tenta sair mais cedo da rádio para evitar o engarrafamento."

Tide a convidou para almoçar, mas Janine disse que aproveitaria o início da tarde para estudar.

"Vou na biblioteca da LBV porque no zoológico não tem jeito. O pessoal fica sempre me procurando."

"E eles estão errados? Eu faria a mesma coisa." A fala afetuosa fez Janine sorrir antes de mandar um beijo e desligar.

Tide chegou ao anexo do Senado a tempo de ver Diana bebendo refrigerante à sombra de uma mangueira. Ele a abraçou antes de se falarem sobre a morte de Duílio.

"Tô voltando do cemitério."

"O Nuno foi com você?"

"Não, tinha de terminar um trabalho."

"E como ele tá?"

"Não sei. O Nuno é muito na dele." Diana não parava de mexer no zíper da bolsa. "Passou a noite editando um vídeo. Tentou umas dez trilhas, parece que nenhuma deu certo. Nem vi a que horas ele terminou."

"E você ficou sozinha?", Tide perguntou. "Podia ter me ligado."

"Foi melhor assim. Joguei o I Ching, saíram umas coisas que têm tudo a ver com o que eu tô passando." Diana continuava a abrir e fechar o zíper. "Também fui procurar o meu exemplar do *Demian*, não encontrei."

"Acho que tá comigo."

"Não tem problema, depois você me dá." Diana tirou da bolsa uma folha amarelada. "Mas olha o que eu achei."

Tide tomou um susto ao reconhecer o papel assinado por ele, Duílio, Rangel e Hélio Pires.

"Guarda isso", Tide pediu. Ele perguntou onde ela havia encontrado a confissão.

"A história é longa, eu conto mais tarde", disse Diana. "Mas não comenta com os outros, fica entre a gente", ela pediu. "Até porque tem uma parte muito importante da conversa que só interessa a você. Pode passar lá em casa?"

Combinaram de se encontrar depois de Tide sair do zoológico. Ela abriu a bolsa para guardar os óculos escuros e aproveitou para retirar um vidro pequeno de perfume.

"Um presente pra você usar quando encontrar a moça." Diana entregou o frasco ao amigo. "Também pra não aparecer na minha casa com cheiro de elefante, assim você não alucina de novo", completou a locutora, sorrindo.

***

Rangel chamou Silas, um de seus agentes de confiança, e o levou até a janela de sua sala. Ergueu a persiana e mostrou Tide, à espera do Uber em frente à delegacia.

"Esse aí fora é amigo meu de muito tempo. É meio desligado, mas agora está perturbado por causa de uma mulher. Pode fazer uma besteira", contou o delegado. "Fica na cola dele, Silas. Não faz nada, só vê se ele vai direto daqui para o trabalho."

"Posso botar uma escuta no carro dele também, chefe", disse Silas, sempre prestativo.

"O Tide não tem carro."

"Como é que alguém mora aqui e não tem carro?"

"Não falei que ele é perturbado?", disse Rangel, rindo.

Silas riu mais alto que o chefe.

"Ele vai para o anexo do Senado. Se parar em algum outro lugar ou no caminho, você me avisa", Rangel recomendou.

Novamente sozinho na sala, o delegado conferiu a internet. Nada sobre a morte de Duílio, parece que tinha virado notícia velha. Os *sites* destacavam uma operação da PF no início da manhã e especulavam como se comportariam os parlamentares na votação de um pacote de reformas enviado pelo Poder Executivo. Claro que o pai de Diana estava na lista dos que votariam a favor das reformas. O delegado se divertiu ao constatar que, como havia evitado a morte de Hermes Filho, o presidente da República devia um voto a ele, Rangel. Pena que o delegado não conhecia ninguém que pudesse levá-lo até o Palácio do Jaburu para fazer o que se fazia ali: apresentar a fatura.

O delegado pegou o celular. Havia recebido duas mensagens de Denizard.

"Vamos conversar pessoalmente sobre o vídeo?"

Na segunda mensagem, a foto de um livro.

"Olha o que achei: um presente que ganhei do meu amigo Duílio."

Livro velho, capa rasgada em uma das pontas.

Zero.

Um arrepio percorreu o delegado.

Lembrara, enfim, onde conhecera o jornalista. Foi no Clube da Imprensa, muito tempo atrás, durante um campeonato de futebol. Rangel estava lá com o pessoal do Iate Clube para enfrentar o time dos jornalistas, mas uma briga feia acabou com o jogo. No meio da pancadaria, Rangel perdeu a cabeça e usou um caco de vidro para rasgar a testa de Denizard que, claro, jurou vingança. E aquele fantasma, com os poucos cabelos vermelhos que restaram, havia reaparecido para assombrá-lo.

Filho da puta.

Mais uma mensagem, desta vez de Hélio Pires.

"Preciso falar com você. Urgente."

De novo?!

Rangel, por pouco, não jogou o telefone na parede.

Tentou se acalmar. Encheu um copo com o uísque guardado na última gaveta da escrivaninha e foi beber em frente à janela. Acompanhou a saída de Silas. O pedido que fez ao agente era apenas uma precaução. Tide não seria problema, nunca foi. Hélio Pires o preocupava, mas estava passando dos limites. Parecia ignorar, de propósito, o aviso de que não poderiam falar nada importante pelo telefone.

Será que era somente para irritá-lo?

Rangel ainda tinha de saber exatamente o que dizer para se livrar de Luiz Denizard. Muita arrogância do jornalista. Assinava uma coluna que ninguém lia e, mesmo assim, resolveu encher o saco com historinha de vídeo somente porque queria dar o troco por causa de uma briga boba, coisa da juventude.

"Bicha rancorosa", deixou escapar, entre dentes.

Não tinha jeito. Receberia Denizard.

Tentaria descobrir o que ele queria para ficar quieto; todo mundo tinha um preço.

***

Depois de o marido descarregar o adubo comprado no Lago Oeste, Alba sinalizou para ele acompanhá-la até uma área reservada do viveiro.

Contou que Tide havia telefonado para saber se eles tinham uma palmeira azul.

"Só pode ser aquela que a gente levou para o senador, Hélio", disse Alba. "Por que ele foi atrás dessa história?"

"Não sei. Mas isso aí é fácil de descobrir, eu pergunto para ele. Com Tide não tem mentira." Hélio não parava de puxar os pelos grisalhos do bigode, quase sempre sinal de que algo o incomodava. E ela, de novo, estava certa.

"O que tá me preocupando mesmo é outra coisa." Ele mostrou no telefone o registro de três ligações não atendidas para Rangel. "Também deixei mensagem. Ele visualizou e nada."

"Tá fugindo de você. E agora?"

"Vou apelar. Lembra que o Rangel veio aqui pra gente conversar?"

Hélio não esperou Alba responder. Esticou o braço por cima da cabeça da esposa e alcançou um vaso de orquídea pendurado em um suporte metálico. Colocou o vaso no colo e revolveu a terra até retirar um minigravador.

"Fica tranquila." Ele acariciou o queixo de Alba com os dedos sujos de terra. "Rangel vai fazer exatamente o que a gente combinou."

Apertou o *play*.

Ainda surpresa pelo gesto de carinho do marido, Alba tomou outro susto ao escutar a gravação. Hélio e Rangel discutiam, sem constrangimento e com a desenvoltura dos cúmplices, como seria a divisão do dinheiro que receberiam do senador Hermes Filho para matar Duílio.

***

MORTOS E VIVOS

Na primeira manhã depois da morte de Duílio, Diana acordou com o cheiro de cloro nos cabelos de Luti. Tudo por causa de um sonho. Toalha na mão, Diana corria atrás das crianças, que tinham acabado de sair da piscina. Ela perdia Nuno de vista, mas alcançava Luti e tentava enxugar o corpo magro do filho mais velho. Começava pelos cabelos e fracassava: quanto mais esfregava a toalha, mais o chão do terraço ficava molhado. Sobressaltada, levantou-se da cama com um pulo.

Ela abriu as cortinas e foi até a janela. Identificou a origem do cheiro. De luvas, Alan usava um balde para aplicar cloro na piscina. Acompanhou o trabalho cuidadoso do filho de Mirian. Era muito bom de serviço, o rapaz. Na hora de acertar o pagamento, ela ofereceria também uma gratificação para Alan se livrar das caixas que Duílio havia deixado com roupas velhas e outras coisas que o ex-marido prometeu levar para o apartamento da Asa Sul e jamais apareceu para buscar.

Diana deixou o quarto e foi preparar o café da manhã. Cortou o pão e as frutas, esquentou o leite. Chamou Nuno, deitado no sofá, olhos grudados e fones conectados ao celular, para acompanhá-la na refeição. Queria saber como ele estava se sentindo. Mas errou a abordagem.

"Quer ir comigo ao cemitério?"

"Ninguém vai ao cemitério por querer", disse Nuno, a boca retorcida pelo sarcasmo.

"Eu sei, Nuno. Mas tenho de ver como está o jazigo da família, a sala do velório, essas coisas", disse Diana.

"Por que você não liga para o senador para pedir ajuda? Certamente ele vai ter algum assessor disponível."

Mais uma resposta hostil. Ela compreendia o motivo da frieza de Nuno ao se referir ao avô, mas dispensava a provocação. Ele sabia muito bem que Diana havia se distanciado de vez do pai depois de a imprensa revelar o preço do apoio do parlamentar aos projetos do governo.

Nuno se afastou primeiro. Cortou relações com o avô depois de uma audiência pública no Congresso. Alguns colegas de Nuno foram detidos pela segurança do Senado durante protesto contra o corte de verbas do ensino superior. Ele telefonou e pediu a intervenção do avô, que garantiu que iria ajudar. Só que o senador esqueceu de desligar o celular e Nuno o escutou ordenando a um assessor para se livrar de qualquer jeito, até mesmo na base da porrada, do bando de maconheiros esquerdistas que tinha levado o neto para o mau caminho.

Se o avô soubesse que Nuno era o fornecedor da turma...

Diana insistiu para o filho ir ao cemitério.

"Tô com um trabalho pra entregar na quarta. E já vai ter o enterro, nem fodendo que eu vou duas vezes ao cemitério."

Ele terminou de beber o café. "Peça pra um de seus amigos ir com você", sugeriu.

"Vou tentar."

O primeiro nome que Diana cogitou foi o de Tide. Mas naquela hora ele deveria estar com a moça do zoológico, melhor não incomodar. Rangel, nem pensar: foi muito desagradável a forma como ele se exibiu diante das câmeras, o corpo de Duílio bem atrás dele. Ligou para o viveiro, mas Alba e Hélio Pires estavam em atendimento externo. Preferiu não deixar recado.

Decidiu que iria sozinha ao Campo da Esperança. E não perderia tempo. Terminou de comer as frutas, largou o pão no prato e foi até o quarto se trocar.

***

Com os girassóis que comprou no Mercado das Flores embaixo do braço, Diana entrou no cemitério. Ela ignorou os números dos setores e quadras que ajudavam a localizar os jazigos. Preferiu se orientar pelas árvores. Avistou o guapuruvu, depois reconheceu a sequência de fícus, aroeiras-choronas e jasmins que a conduziu até a lápide rodeada por pingos de ouro.

O túmulo de Luti.

"Aqueles que amamos não morrem. Apenas partem antes de nós."

A frase na lápide estava apagada, Diana reparou. Precisava de uma nova pintura, assim como as datas de nascimento e óbito. Depositou os girassóis e reparou nos galhos secos da quaresmeira que ela e Duílio, por sugestão de Alba, plantaram atrás do túmulo: "Seu garoto vai ter sombra pra sempre", a amiga garantiu, com razão. Tentou remover alguns dos galhos mortos, mas não teve forças.

Espalhava as flores no túmulo quando sentiu cheiro de cloro. O susto a fez tropeçar e cair. Foi socorrida por um jovem de macacão que revolvia a terra em um gramado próximo.

"Moço, o senhor também está sentindo um cheiro forte?", perguntou Diana, novamente em pé.

"Do girassol ou do jasmim, dona?"

"Não é de flor. Cheiro de cloro, piscina, xampu de criança, tudo misturado."

"A única coisa que eu tô sentindo é o meu perfume", disse o funcionário do cemitério, sorrindo. "Ajuda a me livrar do que eu respiro aqui. Quer experimentar?"

O rapaz interpretou o silêncio de Diana como um consentimento. Tirou do bolso um vidrinho transparente e segurou o pulso da visitante. Borrifou e deslizou os dedos pelo braço de Diana para espalhar o líquido. O aroma, intenso e doce, a tonteou.

"Trabalho com *marketing* multinível", contou o jovem. "Esse é o *top* da linha masculina. Se o seu marido gostar, a senhora pode me procurar que eu faço um preço bom." Ele entregou o vidrinho e um cartão. Diana esfregou o braço, mas não conseguia se desvencilhar do perfume doce, misturado com o odor de jasmim e das flores que ornavam outros túmulos. Ela queria ir embora, tomar um banho, se livrar dos cheiros do sonho e da morte.

"Seu marido gosta de perfume?"

Por que o rapaz achava que ela ainda era casada?

A aliança, claro.

Por que ela não havia deixado de usar a aliança depois que Duílio saiu de casa?

Porque você queria que ele voltasse.

Por que, mesmo frio e estirado, Duílio ainda a atormentava?

Porque ele quer assim, sempre fez o que quis e você deixou.

Isso não vai acabar nunca?

Será que você quer mesmo que acabe?

Diana se apoiou em uma sucupira. Uma revoada de periquitos a assustou.

"Não!"

O grito de Diana chamou a atenção do jovem.

"Tá tudo bem, dona?"

Ela fez um sinal de positivo, ele se aproximou mesmo assim. Diana pegou o cartão para ler o nome de seu protetor.

"Maxwell Luís... Engraçado, acho que eu nunca tinha conhecido um Maxwell."

"É meio enrolado, coisa de mãe. A turma me chama mesmo é de Max", contou o rapaz.

"E o pessoal me chama de Diana", ela disse, sorrindo. "Maxwell, será que eu posso pedir um favor?" Apontou para o lugar de Luti. "É o túmulo do meu filho. Daria pra reforçar a tinta preta nas letras?"

"Tem um enterro e uma exumação de tarde, mas depois eu faço", prometeu o rapaz. "Muita gente morrendo nos últimos tempos. Aqui o que era grande ficou pequeno." Ele apontou para uma faixa de terra com grama recém-plantada. "Estão ampliando para caber todo mundo."

Diana perguntou se fazia muito tempo que ele trabalhava como coveiro.

"Coveiro, não. Sepultador", corrigiu o rapaz.

"Tem quase dois anos", disse Maxwell. "Mas não vou fazer isso para sempre não, dona. Deus me livre passar o resto da vida mexendo na terra dos mortos, abrindo caixa para tirar osso."

Ele abriu a mochila. Dentro dela, cadernos, apostilas e uma edição de bolso da Bíblia. Pegou uma das apostilas. "Tô estudando para o concurso do TJ. Se Deus quiser, vou mudar de vida."

"Deus vai querer. Mas a gente tem de querer muito primeiro", disse Diana, mais para si do que para o rapaz. Não tinha mais nada a fazer ali; voltaria apenas no aniversário do filho. Mexeu na bolsa e pegou uma foto que carregava havia não sei quantos anos, ela e sua tentativa de imitar Carole King na capa de *Tapestry*. Entregou a fotografia para Maxwell, pediu para ele enterrá-la perto da quaresmeira depois de aplicar a tinta no túmulo.

"É a senhora na foto? Bonita, hein!"

"Obrigada, mas é pra enterrar bem fundo."

Diana pegou uma nota de cinquenta na carteira e a entregou.

"É muito dinheiro", observou Maxwell.

"Faço questão", disse Diana.

Ele guardou a nota e retirou um frasco da mochila. "Então a senhora leva esse perfume, também faço questão."

Sem jeito, Diana guardou o perfume na bolsa. Pegou o celular e viu uma nova mensagem de Nuno. O filho enviara a imagem do tecido rasgado que Mike expeliu no pronto-socorro. Pra quê isso, meu Deus?

Ela tentou chamar um Uber, mas não conseguiu acessar o aplicativo. Despediu-se de Maxwell com uma pergunta.

"Sabe se ainda tem ponto de táxi lá fora? Não reparei quando entrei."

Ele confirmou.

Com um aceno e um sorriso, Diana se despediu e iniciou o caminho de volta.

Não deixaria Duílio assombrá-la também depois de morto.

Ela ignorou a entrada da administração, onde trataria dos preparativos para o enterro. Em vez disso, cantarolou até atravessar o portão.

And it's too late baby, it's too late

Atraída pela pedra de cristal no topo da pirâmide de mármore ao lado do cemitério, Diana entrou no Templo da Boa Vontade. Desceu a rampa de acesso ao salão principal e mergulhou na escuridão até chegar à base da pirâmide. Olhou para cima, lá estava o cristal. Abaixo dele, imersos em uma música estilo *new age*, visitantes caminhavam em espirais delimitadas em tonalidades contrastantes no piso de granito. Ela retirou os sapatos e, descalça como nos tempos da juventude, começou a percorrer o caracol escuro. Fixou os olhos na pedra de cristal. As divisórias de concreto entre os vidros lembravam uma escada. Trocou Carole King por Led Zeppelin.

It makes me wonder

Diana murmurava *Stairway to Heaven* ao se mover na trilha escura e sinuosa, a espiral do autoconhecimento que Govinda ensinou a Sidarta, o caminho dos caminhos.

Ao parar embaixo do cristal, Diana posicionou os pés ao lado do círculo dourado que marcava o fim do percurso. Fechou os olhos e estendeu as mãos. De início, nada sentiu. Mas, depois de quase um minuto, braços e pernas começaram a latejar. Seria a tal da energização?

Ela parou para ler o que estava escrito no altar ao lado da trilha.

"Todo dia é dia de renovar o nosso destino."

A inscrição confirmava o que Diana havia sentido no cemitério; estava na hora de superar o passado. Deixaria Duílio, até mesmo Luti, para trás. Guardaria as melhores lembranças e seguiria em frente, a voz de Robert Plant dissipando aflições.

My spirit is crying for living

Ela concluiu o caminho de volta, agora no granito claro, e calçou-se novamente. Em uma das salas contíguas à nave, deparou-se com uma tela de cores fortes atribuída a Picasso. Desconfiou da autenticidade ao ler que se tratava de uma obra de arte "materializada no centro espiritual". Diana ficou mais impressionada com a última frase na explicação sobre a origem da tela.

"Os mortos não morrem."

Disso, sim, Diana não duvidava. Luti estava sempre com ela.

Ao sair do templo em direção ao ponto de táxi na entrada do Campo da Esperança, ela voltou a lembrar de Carole King.

I feel the earth move under my feet

Antes de entrar em um táxi, Diana bateu os sapatos no asfalto e deixou no estacionamento a poeira da terra dos mortos.

***

"O que você tá sentindo?"

Deitado no sofá da sala, Nuno leu a pergunta pela terceira vez em menos de uma hora. Evitou responder as mensagens. Ninguém precisava saber o que ele *não* estava sentindo. Nada de vazio no peito, aperto no coração, ainda-não-caiu-a-ficha, passou-um-filme-inteiro-na-minha-cabeça, essas coisas que todo mundo diz que sente nos momentos difíceis. Ressurgiram algumas lembranças, quase todas da infância; o pai o ajudando com as questões de matemática do dever de casa, escondendo os presentes de Natal, mostrando a empunhadura certa na raquete. Mas, naquele momento, o que prevalecia era a impressão de que Duílio havia deixado de herança um quebra-cabeça incompleto, e Nuno não fazia ideia onde estavam as peças.

O pai havia se afastado desde o dia em que Nuno comunicou que, em vez de Direito, faria vestibular para Comunicação Social. O rosto de Duílio se avermelhou, parecia ter sido estapeado nas duas faces.

"Você acha que o jornalismo vai garantir o seu futuro?"

Nuno tentou dizer que seria apenas o começo, não tinha vontade de trabalhar numa redação. Queria mesmo era fazer documentários, contribuir para transformar a realidade ao seu redor.

"Pai, você já viu como vivem as pessoas no lixão atrás do Planalto? Eu fiz umas fotos...", disse Nuno, antes de ser interrompido.

"Diana deixou você levar a minha câmera? Teve muita sorte de não ser roubado."

Duílio tentou saber o motivo da mudança de opção.

"Não mudei. Nunca quis Direito, só não tinha coragem de falar."

"Tem certeza?"

"Tenho."

Duílio fez uma última tentativa. O filho não aceitaria cursar Direito em uma faculdade particular? Ele bancaria, claro.

"De jeito nenhum!"

Duílio ainda fez um apelo.

"Pense com a cabeça, meu filho!"

"Já pensei muito", disse Nuno, antes de dizer o que procurara evitar: "Eu não vou ser advogado, pai. Não quero a sua vida."

A resposta de Duílio doeu mais do que um tapa no rosto.

"E o meu dinheiro, você ainda quer?"

Dois meses depois, Nuno entregou ao pai uma página de jornal com a lista dos aprovados para Comunicação Social na UnB. Sem alterar o tom de voz, Duílio avisou que, se Nuno precisasse de um mecenas para bancar seus documentários capazes de transformar o mundo, deveria pedir dinheiro ao avô milionário.

Outra mensagem no celular.

"Como você está?"

Mais um colega de universidade a inspecionar a tristeza alheia.

"Tô levando."

Nuno enviou a resposta e largou o telefone. Foi até o quarto, jogou videogame por quase uma hora antes de voltar para a sala.

Pegou o celular e leu as mensagens mais recentes. Somente não apagou a que havia sido enviada por Djennifer.

"Deu tempo de ver o vídeo que eu mandei?"

Ela perguntava sobre o flagrante do resgate do corpo de Duílio, que Nuno preferiu não assistir até o fim.

"Tem alguma coisa importante pra ver?"

"Posso dar um pulo aí? Te explico."

Nuno assentiu. Aproveitaria para saber a opinião de Djennifer sobre a edição final da reportagem que fizeram para a disciplina de telejornalismo. Os dois conseguiram documentar o que estava por trás da onda de sequestros de cachorros nas áreas mais ricas da cidade: uma rinha clandestina. Perseguiam a história havia algum tempo, mas somente conseguiram avançar depois de Nuno flagrar nas rinhas um dos melhores amigos do pai. Ele o convenceu a falar em troca da preservação do anonimato.

Mas faltava terminar a edição.

Djennifer considerava desnecessário o uso de trilha sonora para realçar a denúncia, as imagens e os depoimentos eram suficientemente fortes. Nuno, teimoso, inseriu um tema instrumental, mas não gostou do resultado. DJ, como ele a chamava porque parecia nome de uma das personagens das séries que eles maratonavam nos finais de semana, tinha razão.

Nuno reviu a abertura do vídeo. Ainda não estava convencido sobre o plano inicial.

Talvez fosse melhor deixar, na tela totalmente escura, o áudio dos ganidos desesperados que captou do lado de fora do cativeiro, nos fundos de uma chácara no Lago Oeste. Mas a confissão de Hélio Pires também era uma boa opção para a abertura. Imagem desfocada e voz alterada, o amigo do pai revelava o que sabia sobre as rinhas.

E o que Hélio Pires sabia era de nausear.

Os cães, quase todos de pequeno porte, eram sequestrados em endereços nobres do Distrito Federal e levados para um galpão de poucas janelas, onde eram dopados e confinados em gaiolas semelhantes às utilizadas pelos *pet shops* para exibi-los nas vitrines. Se o resgate não fosse pago em 48 horas, os bichinhos de estimação, mais queridos pela família do que o primo desempregado ou a tia viciada em remédio para dormir, teriam de lutar para sobreviver, ou melhor, tentar adiar a morte. Estavam condenados a participar de uma rinha que reunia, no cassino clandestino, um grupo seleto de apostadores.

No início, eram quinze homens. Dois morreram, um mudou-se para Palmas. Sobraram doze. Além de Hélio Pires, havia cinco servidores públicos, um sargento reformado que vivia dizendo que no tempo dos militares não havia corrupção, um ginecologista que mandava a secretária informar às pacientes que a consulta sem recibo era mais barata, um protético que fazia questão de recolher os dentes dos animais mortos, e o dono da chácara, proprietário de um bufê de festa de criança e responsável pelo recolhimento do dinheiro; somente grana alta, em espécie. Os "doze homens de bem", como Djennifer resolveu batizá-los, apostavam no minuto exato em que poodles, shih tzus, lulus da Pomerânia, lhasas e outros cãezinhos dóceis, castrados, tosados, vacinados e vermifugados sangrariam pela primeira vez ou teriam os olhinhos arrancados pelos dentes afiados de cachorros famintos com o dobro do tamanho e o triplo da ferocidade.

Nuno leu em voz alta o texto do encerramento do vídeo.

"Os cães que sobrevivem aos ataques são sacrificados horas depois. As apostas são altas, e somente podem ser feitas em dinheiro vivo. Quase sempre os apostadores perdem tudo. Entregam joias, carros, até imóveis para pagar as dívidas. Tudo porque, nas rinhas, quem vence sempre é a crueldade."

Depois da leitura, Nuno gravou mensagem para a amiga.

"DJ, tô com uma dúvida no *off*. Sabe se a gente pode falar em rinha de cachorro ou rinha só é de galo?"

"Tô chegando", Djennifer respondeu. "Eu vejo quando chegar aí."

Nuno desligou o celular e o largou em cima dos livros de Ansel Adams na mesa de centro. Deitou-se no sofá e aproveitou a ausência da mãe para esticar as pernas sobre as almofadas puídas. Mike veio até ele e deitou-se aos seus pés. Nuno acariciou a cabeça do cachorro, ganhou lambidas em retribuição. E se Mike tivesse sido um dos cães sequestrados? O coração de Nuno disparou com a possibilidade e os olhos se encheram com as lágrimas que não vieram pelo pai.

Pense com a sua cabeça.

Na tentativa de se livrar do conselho de Duílio, Nuno acendeu a ponta de um beque guardada na carteira. Tinham acontecido tantas coisas desde a notícia da morte que ele e Diana esqueceram de comprar os remédios prescritos pelo veterinário no pronto-socorro.

Depois do último trago, Nuno foi até a cozinha. Encontrou a receita em cima da geladeira, mas o que chamou a sua atenção foi um saco plástico transparente e lacrado com zíper. Dentro dele, viu o pano esgarçado que o veterinário fez Mike expelir.

Pra que a mãe fez questão de guardar aquilo? Nuno ia jogar o saco no lixo, mas o bordado em uma das pontas do tecido rasgado chamou a atenção. Abriu o lacre. O pano rasgado era, na verdade, o que havia sobrado de um lenço com três letras bordadas no tecido.

H.L.F.

Reconheceu imediatamente as iniciais. Desde criança estava acostumado a vê-las em papéis timbrados e nas meias do convidado dos almoços de domingo.

Hermes Lopes Filho.

Como é que o lenço do avô tinha ido parar na barriga de Mike?

Pense com a sua cabeça, Nuno!

O pai não precisava gritar. Nuno sabia que havia, ali, uma história.

Alguém teria de contá-la.

Ele fez uma foto do lenço e mandou para Diana. A mãe não respondeu a mensagem, deveria estar cuidando dos preparativos do enterro. Ele escutou a campainha, dois toques longos e um curto, como Djennifer gostava de anunciar que havia chegado. Correu e abriu a porta. Depois de um abraço forte e demorado, Nuno abaixou-se para impedir o pulo de Mike nas pernas da visita.

"Pode deixar, tô acostumada. Minha vizinha tem um igual", disse Djennifer. Ela se abaixou para acariciar o cachorro. "Ele tá melhor?"

"Agora, sim. Não é, Mike?" O cão abanou o rabo, satisfeito com a carícia. "Mas ele quase morreu depois de engolir isso."

Nuno levantou-se e mostrou à amiga o que restou do lenço.

"O lenço tem as iniciais do meu avô, mas faz uns cinco anos que ele não pisa nessa casa", Nuno explicou. "Onde o Mike foi achar esse lenço?"

DJ arriscou uma explicação. "Podia estar em uma gaveta. Alguém deixou cair e ele pegou."

"Coisa do meu avô aqui? Impossível", disse Nuno. "Se tivesse, minha mãe já teria jogado no lixo. Você não tem ideia de como foi a última briga deles, até meu pai entrou no meio."

"Pois é justamente sobre o seu pai e o seu avô que eu queria falar." Djennifer fez uma pausa e respirou fundo antes de continuar.

"Tem umas coisas que um jornalista da redação descobriu e eu achei melhor que você soubesse por mim."

Sem perceber, ela começou a entrevistar o amigo.

"Como era a relação do seu avô com seu pai?"

Nuno falou por alguns minutos, tempo suficiente para Djennifer entender que Duílio e Hermes viviam às turras. A situação havia se agravado depois de o advogado descobrir que o parlamentar negociava a vaga de primeiro suplente com um pecuarista. Nuno lembrou que o pai ficou furioso, insistiu com Diana para ela convencer o ex-sogro a manter o acordo que fizeram. A ex-mulher se recusou, disse que nunca tratou de política com o pai. Duílio, então, avisou que escalaria alguém de sua confiança para ter uma conversa definitiva com o senador.

Djennifer fez um sinal com as mãos, pediu para Nuno interromper a narrativa.

"O emissário do seu pai que foi se encontrar com o seu avô.... Sabe quem foi?"

"Um dos melhores amigos dele", disse Nuno. "Um delegado que o meu pai ajudou na polícia. Você não deve conhecer."

"Acho que eu conheço, sim." Ela pegou o celular e iniciou a reprodução do vídeo gravado na manhã de domingo.

"É ele?"

Nuno confirmou.

Djennifer certificou-se de que o amigo prestava atenção nas imagens e deu um *pause* no instante em que Rangel, depois de olhar para os lados, retirava um papel do paletó de Duílio.

"Nuno, você faz ideia do que o delegado fez questão de pegar no terno do seu pai?"

***

UM POUCO DE CULPA

Quer dizer, então, que a estagiária do turbante era amiga do filho do morto mais importante do fim de semana! Luiz Denizard lembrou, na hora, de uma frase de Hermann Hesse, só não lembrava se estava em *Sidarta* ou em *O lobo da estepe*.

"O acaso não existe."

Ele teria de aproveitar ao máximo a oportunidade que caiu em seu colo. "Esquece tudo o que você tá fazendo, Djennifer-com-D", disse à estagiária. "Vamos atrás da história do Duílio enquanto o corpo ainda tá quente."

"Eu até esqueço, se você parar de me chamar de Djennifer-com-D."

"Qual o problema? Só uma brincadeira."

"Brincadeira é pra você. O nome disso é preconceito."

Porra, agora tudo era preconceito? E logo com ele, que nunca se importou com os comentários que faziam sobre a sua orientação sexual? "Chegou a bicha velha!", brincavam os colegas de tevê, quase todos imberbes e com cheiro de lavanda, ao vê-lo no cafezinho do Senado. "Bicha velha, não; pederasta experiente! E vão tomar no cu uns dos outros, mas não esqueçam de me chamar!", respondia, antes de todos caírem na gargalhada.

"Tudo bem, agora só te chamo de Jennifer", disse Denizard. "Como a Jennifer Hart, do *Casal 20*."

"De onde?"

"De um seriado do meu tempo." Denizard tentou brincar. "Coisa de velho."

Não deu certo. Djennifer continuou de cara fechada. "Meu nome é por causa da Jennifer Lopez, minha mãe é muito fã. Mas, se quiser, pode me chamar também de DJ."

DJ soava como uma tentativa ainda mais tosca de americanização do que fizera a mãe da moça ao acrescentar um D, desnecessário e deslumbrado, ao nome Jennifer. Mas Denizard a chamaria do jeito que ela queria.

"A moçada agora gosta de usar as iniciais como nome próprio?"

"Ninguém fala 'moçada'", Djennifer retrucou.

"Eu sei, mais uma coisa de velho." Resignado, o colunista tomou de uma só vez o restante do café frio. Precisava mesmo era de uma vodca para dar conta daquele confronto de gerações. Sentia falta da época em que cada repórter guardava nas gavetas de suas mesas uma garrafa de uísque ou aguardente para escrever cinco laudas em duas horas e se livrar dos esporros dos editores.

"O que importa não é o que se fala, mas o que se escreve", disse Denizard. "E eu podia te deixar passar o dia caçando bobagem nas redes sociais. Mas negociei com o teu editor. Tu ficas comigo. Faço questão de dividir a melhor história que apareceu nos últimos tempos", completou, antes de entregar a requisição do carro.

"Também pedi ao meu chefe para seguir na apuração", disse Djennifer. "Não só pela história, mas pelo que você falou naquele vídeo. É o que eu planejei para a minha vida: jornalismo puro, sem gelo." Ela deu uma risada. "Só não faço questão do uísque nem de virar meme, o resto eu quero pra mim."

Denizard sentiu o rosto queimar com a lembrança de sua performance desastrosa na faculdade.

"Ligo quando chegar na casa do meu amigo."

Ela deixou a redação e Denizard pegou o celular. Queria saber de Rangel se ele poderia recebê-lo para explicar os rolos dele com o senador. Mas não conseguia escutar nada por causa do volume alto da televisão.

"Dá pra baixar aí?", gritou para o repórter *trainee* da editoria.

"Tô fazendo o tempo real da coletiva do MP", o novato respondeu. "Já tenho três leads."

Mais um exagero típico dos que estão começando.

Contrariado, Denizard parou para acompanhar a coletiva.

Engravatados e escanhoados, integrantes do Ministério Público se revezavam no detalhamento de um esquema que envolvia dirigentes de estatais, parlamentares e autoridades do primeiro escalão do Executivo. O tom didático e as pausas ajudavam a enfatizar as denúncias. Pareciam bem à vontade diante dos holofotes, certamente o procurador-geral bancou um intensivo de *media training* para os seus pupilos. Era um circo e, no dia seguinte, Denizard teria de entrar no picadeiro. Não haveria mesmo um jeito de escapar?

Denizard deixou a redação e foi até o estacionamento buscar um pacote de erva para o mate. Sentia um pouco de culpa pela tentativa de iludir Djennifer. Ao contrário do que dissera à estagiária, a morte de Duílio Silveira não era a melhor história dos últimos tempos. Os grandes jornais, as agências de notícias, os correspondentes internacionais só tinham olhos para a Operação Lava-Jato. Escalado para obter informações exclusivas dos procuradores do MPF, Denizard relutou ao máximo. Não tinha fontes confiáveis em Curitiba. Pior: como enviado especial à capital paranaense, teria de participar das coletivas, quase todas transmitidas ao vivo pelos principais canais de notícias. E, assim que ele aparecesse na tevê, todos o associariam ao maldito vídeo. A contragosto, teria de mergulhar de cabeça na cobertura da "maior investigação de corrupção da história do país", como os procuradores faziam questão de repetir.

Se Denizard e a estagiária conseguissem comprovar que Duílio havia sido vítima de um homicídio, o colunista previa uma repercussão discreta. Mesmo se apontassem o mandante do crime. Apesar de estar no terceiro mandato, Hermes Filho não tinha projeção nacional. Era um parlamentar igualzinho a dezenas, centenas de outros que somente se destacavam pelo apetite por verbas, cargos e outros desejos nada republicanos. Em um país anestesiado por uma sucessão interminável de denúncias, a revelação seria apenas o gol de honra no 7x1.

Mas ele aproveitaria para, enfim, acertar as contas com o filho da puta que o sangrou no Clube da Imprensa.

Quem foi mesmo que disse que o tempo aperfeiçoa a vingança?

O colunista recebeu um vídeo de Alex. Veio com um pedido.

"Vê o que você acha dessa, escrevi ontem à noite."

Sertanejo estava longe de ser um dos estilos musicais preferidos de Denizard. Ao menos, Alex não desafinava no tom agudo e meloso característico do gênero que o crítico de música do jornal garantiu que seria apenas uma moda passageira e que morreu antes de ser confrontado com o fracasso de sua previsão.

O jornalista passou os olhos na letra da música que Alex escreveu. Os versos não eram ruins. Se caíssem nas graças de algum produtor, podiam fazer sucesso no mundo que pulsava e se expandia indiferente à opinião dos críticos. Poucos acordes realçavam paixões e decepções amorosas de moças maquiadas como bonecas e machinhos de peito inflado, fazendo juras de amor no Instagram para, depois de algumas semanas, afogar mágoas com Red Bull e mandar indiretas na rede social dos bonitos, vaidosos e mentirosos.

Você insisti no adeus, e eu sigo a te querer

O impossível não existi, se estou perto de você

Denizard corrigiria os erros de português sem pegar pesado com Alex. Era o que fazia desde que o rapaz revelou seu plano de pegar o dinheiro dos programas para investir na carreira.

"Aceita sugestão?"

O emoji de um polegar erguido foi a resposta de Alex.

"Acho que 'o acaso não existe' fica melhor do que 'o impossível não existe'."

"Pq?"

Denizard preferiu gravar a explicação, perdia muito tempo tropeçando nas letras do teclado do celular.

"É que 'o impossível não existe' tá muito batido, ainda mais para falar de alguém com esperança de voltar. 'O acaso não existe' é diferente. Além de ser mais curto, tem outro significado. Quer dizer que encontrar alguém que gosta de você não é coincidência, mas a manifestação do desejo da outra pessoa."

Dois tracinhos azuis, então Alex havia escutado o conselho. Não respondeu, talvez tivesse se aborrecido com a sugestão. Paciência, ao menos Denizard tentou livrar o garoto de um clichê.

Repassou os pontos que havia anotado sobre a morte de Duílio Silveira. O comportamento de Rangel no vídeo gravado por Djennifer parecia uma evidência de que o delegado fizera algo errado. Mas ele poderia alegar que estava apenas escondendo um bilhete que comprometia o amigo, algo assim. Já a visita ao senador na noite anterior à morte de Duílio, flagrada por Alex, era diferente. Nos últimos meses, todos no Congresso tinham conhecimento de que Hermes Filho e o suplente não se bicavam mais. As notinhas venenosas que ambos plantavam nas colunas de política entregavam a animosidade. O que ninguém sabia é que, na noite anterior à morte de Duílio, um dos homens de confiança do advogado havia se encontrado com o parlamentar. Ali, sim, havia algo que valeria a pena investir.

O celular de Denizard vibrou. Teve esperança de que fosse Alex, aproveitaria para pedir desculpas pela intromissão no processo criativo do rapaz. Não era ele.

"Tô chegando", disse Djennifer. "A gente podia fazer um Facetime pra conversarmos, eu, você e o Nuno, sobre a história do pai dele."

"Pode ser, mas nunca usei esse troço com mais de uma pessoa ao mesmo tempo. O que tenho de fazer?"

"Você quer que eu te ensine como faz a três, é isso?" Satisfeita com a própria malícia, Djennifer deu uma risada.

Denizard também riu.

"Não, isso eu aprendi no Rio Grande quando tinha sua idade, DJ, talvez até um pouco menos..."

"Aprendeu e esqueceu?"

"Estou velho, mas não tô morto."

Denizard pediu para Djennifer saber de Nuno se ele estaria disposto a ir até o fim em uma história que poderia incriminar o avô.

"Isso eu não preciso perguntar. O Nuno odeia o avô, depois eu conto o motivo."

"E como era a relação dele com o Duílio?"

"Parece que eles não se falavam direito."

"Teu amigo gosta de alguém?"

"Gosta de mim, e de você! Foi ele quem me mostrou o seu vídeo", revelou a estagiária, antes de desligar.

***

"Em qual semestre vocês estão? Segundo? Terceiro? Quinto? E tu? Sim, tu de brinco aqui da frente: sétimo? Quase chegando lá, hein? E calouro, tem calouro aqui nessa sala? Boa, dois calouros ali no fundo! Tô gostando desse grupo... Agora minha pergunta é outra: não fiquem com vergonha, estamos todos entre colegas, fiquem à vontade. Quem aqui gosta de beber? Mas beber mesmo, não esse negócio de tomar uma taça de vinho no jantar ou uma cervejinha no fim de semana. E aí, quem sai de casa disposto a tomar todas? Pode levantar a mão! Sei que o professor está olhando com uma cara estranha, mas esquece, ele não vai fazer nada, não é... Esqueci teu nome, professor... Getúlio! Isso! Getúlio! Eu não tinha esquecido, só queria ver se estavam atentos. Quero agradecer o convite, fazia tempo que não era chamado para falar a futuros jornalistas. Professor Getúlio, nome forte! És de São Borja como o caudilho? Não? Não és gaúcho? Que azar o teu, só lamento. Professor, agora finges que não me ouves, tá? Se quiseres, pode até dar uma saída. Eu tomo conta dessa turma, já vi que a turma é boa, tem uma gente bonita aqui na frente... Morena, tu queres mesmo ser jornalista? Pra que, guria? Tu sabes que pode ganhar muito mais dinheiro como modelo? Bah, olha esse cabelo! Se eu tivesse um cabelo desse... Eu juro que eu ia fazer programa. Programa de tevê, ou de internet, criar um canal no YouTube, não é o que todo mundo faz agora? Influenciador digital? Morena, tu podes dar dicas de beleza, como cuidar do cabelo, da pele. Tua pele é boa, hein? Tu és índia, guria? Ah, tua mãe é que é? Aqui na faculdade também tem cota? Desculpa, índia morena, não leva a mal, é brincadeira para descontrair. Agora a gente já vai começar... Professor Getúlio, o senhor vai ficar mesmo? Tem certeza?"

Denizard deu um pause no vídeo. Balançava a cabeça, contrariado. Os dois minutos iniciais eram perdoáveis, conversa fiada de um jornalista tentando não sucumbir ao pânico de falar em público. Vexame mesmo vinha depois. Onde estava com a cabeça ao levar para a faculdade as garrafas que acabara de comprar no supermercado?

"Quem foi mesmo que disse que gosta de beber? Tu aqui na frente, tu de camisa xadrez, o barbudinho de óculos ali do fundo... Tu também, índia? Boa! Então, os quatro, venham aqui pra frente. Isso! Aqui, do meu lado. Podem pegar os copos. Hoje não vai ser naquele esquema chato de um falando e os outros fingindo prestar atenção. Eu vim hoje com o intuito... Vocês sabiam que é *intúito* que fala, não é *intuito*? E todo mundo sabe o significado de intuito? Intenção, isso! Gente inteligente, gosto de meninos assim. E das meninas também! Eu não avisei para o professor Getúlio, mas o meu intuito é fazer um troço diferente. Eu vou mostrar para vocês que o jornalismo é muito semelhante ao álcool: provoca euforia, depressão, alegria, raiva, queimação, às vezes tudo junto. Também dá dor de cabeça, vontade de vomitar, ressaca. Mas o que importa é o jornalismo puro, sem gelo, viciante: deixa a gente querendo mais todo dia. Vamos lá! Cada um vai ler o trecho das reportagens que eu selecionei e comentar depois de tomar uma dose. Todo mundo entendeu? Entendeste, índia? Como é o teu nome? Patrícia? Pat? Tu te ofendes se eu te chamar de índia morena, Pat? Ou tem que ser indígena morena, pra não ofender a turma do politicamente correto? Então eu começo. Professor Getúlio, o senhor pode me passar a primeira garrafa? É, a de uísque. Vou ler Orwell e a gente vai beber sem gelo, para conversar sobre a pureza da profissão. Isso! George Orwell, o autor de *1984*, o do Big Brother. O do livro, não o da tevê. O Grande Irmão de Orwell! Vocês sabiam que Orwell foi jornalista e escreveu lindamente sobre a vida de pobre em Paris e Londres? Não sabiam?"

Denizard não tinha estrutura emocional para o momento seguinte do vídeo: depois da terceira dose, ele tentava enfileirar as garrafas vazias no canto do auditório. Só que tropeçava e caía. No chão, com as pernas para cima e as calças molhadas pelo que sobrou nos vasilhames derramados, Denizard repetia o nome de George Orwell como se fosse uma boneca movida a pilhas que alguma criança esquecera de desligar. Permanecia deitado, no assoalho frio e umedecido pelo álcool, até ser erguido pelo professor Getúlio, única boa alma a socorrê-lo. Os estudantes correram para compartilhar em suas redes a queda espetacular e patética do palestrante bêbado. E o primeiro vídeo a viralizar no YouTube, publicado na conta "indigena_morena", continha a repetição em *loop* da imagem de Denizard de pernas para o ar, emoldurada pelo remix da voz do jornalista, pastosa e enroscada, fracassando na tentativa de falar corretamente o sobrenome do autor britânico.

Or-well... Or-well...

Nova mensagem no celular. Alex.

"Vê se ficou bom."

Chegou também um vídeo.

O acaso não existe, estou perto de você

Então foi por isso que Alex havia demorado para responder! Ele estava gravando a música com a mudança sugerida. Denizard teve vontade de enviar um coraçãozinho pulsante. Um, não; muitos corações, de todas as cores e tamanhos. Ressabiado por decepções anteriores, o colunista mandou apenas um polegar erguido e duas mãos rezando. Alex iria gostar do emoji, era um rapaz religioso. Vivia dizendo que o corpo alugado só tinha um dono. Pertencia a Deus.

"Obrigado pela ajuda!"

"À disposição. Lembra que você me contou que viu o delegado saindo da casa de um dos seus clientes, o senador? Pode confirmar, se for necessário?"

A resposta de Alex foi imediata.

"Na polícia? De jeito nenhum!"

"Não! Em vídeo", Denizard esclareceu. "Sem você aparecer, claro. Só a sua voz contando o que viu."

"Aí pode ser. Mas o que eu ganho em troca?"

O que Denizard tinha para oferecer, além da revisão das letras? Se conhecesse alguém na indústria musical capaz de arranjar uma audição para o seu garoto numa gravadora...

Ainda existiam gravadoras?

O colunista recebeu uma chamada pelo Facetime. Ao lado do rosto redondo e luminoso da estagiária, apareceu uma face pálida e ossuda. Aquele, então, era o tal de Nuno. Hora de trabalhar. Avisou a Alex que voltaria a procurá-lo e concentrou-se na conversa com os jovens.

***

Denizard, Djennifer e Nuno trocaram informações sobre a morte de Duílio até o colunista avisar que a bateria do celular estava acabando, teria que buscar o carregador na mesa de trabalho. Com a dificuldade que o cigarro impôs aos pulmões, demorou para vencer os degraus. Ao parar na entrada da redação e recobrar o fôlego, o colunista repassou mentalmente os principais pontos da conversa. Por meio de Nuno, ele soube do motivo das brigas constantes entre o pai e o avô do rapaz: dinheiro, claro. Nuno contou também uma história estranha do cachorro da família, que havia engolido um lenço com as iniciais de Hermes Filho. Um vizinho tinha visto o cão, na noite de sábado, latindo de forma descontrolada próximo ao portão da casa que Duílio usava para encontros discretos com clientes, lobistas e outros escroques. Nuno considerava o lenço uma evidência de que o pai e o avô se encontraram na noite do crime.

Denizard antecipou o que pretendia fazer. Para impressionar os jovens, valorizou o fato de ter encontrado uma testemunha do encontro de Rangel com o senador um dia antes da morte de Duílio. Mas ainda não sabia a melhor forma de usar a informação. Nuno, por sua vez, contou que a mãe estranhara algumas atitudes recentes de Rangel, entre elas um telefonema despropositado e inoportuno na noite de domingo. Os três concordaram que havia indícios fortes de um conluio entre o delegado e o parlamentar, mas e as provas? Ainda mais sabendo que o próprio Rangel comandava a investigação e poderia, sem dificuldades, arrumar um perito para atestar o que fosse mais conveniente como *causa mortis*?

O colunista parou diante da tevê da redação para acompanhar mais uma parte da entrevista da força-tarefa da Lava-Jato. Um antigo colega de *Zero Hora* tentava arrancar do mais falante dos procuradores o motivo da convocação para outra coletiva, no dia seguinte. Denizard apanhou o cartão de embarque no bolso, conferiu o horário do voo. Embarcaria antes das sete da manhã. Agora não havia nada que pudesse fazer, apenas torcer para o aeroporto de Curitiba amanhecer fechado pela neblina, o que ocorria com certa frequência. As mãos gelaram.

Denizard pegou o carregador e voltou para o carro.

"Só um minutinho", Djennifer pediu ao atender novamente o Facetime. "Eu e o Nuno estamos acabando de resolver outro assunto."

Estagiária dizendo para o colunista esperar? O mundo, de fato, estava mudado. Denizard acompanhou a discussão de Djennifer e Nuno sobre a edição final de um trabalho da universidade. Com desenvoltura e poder de persuasão, Djennifer criticava as duas versões do vídeo. Deveriam partir para uma terceira edição, ela opinou.

"O final tem de mudar também. Parece inacabado. Falta uma imagem que resuma a história toda."

Denizard observou que, a cada frase de Djennifer, Nuno consentia com a cabeça. O colunista desconfiava de que o rapaz sentia algo mais do que amizade pela colega, o que era, por sinal, bastante compreensível. Mesmo imune aos encantos femininos, Denizard não era cego. Já havia percebido que Djennifer tinha a capacidade de despertar intenso fascínio em homens e mulheres à procura de convicções no trabalho e paixões na vida.

"Posso interromper vocês?"

Djennifer e Nuno se calaram.

"Eu estava pensando aqui. A gente tem muita coisa, mas não tem tudo." Denizard prosseguiu: "Temos que avançar para conseguir provas ou uma confissão do delegado. Eu sei o que essa figura é capaz de fazer quando perde a cabeça."

Denizard ajeitou a franja que cobria a cicatriz da briga no Clube da Imprensa.

"Tá na hora de jogar uma isca e ver se ele morde."

***

Roubos, agressões domésticas, explosões de caixas eletrônicos. A segunda-feira começou barulhenta na delegacia, muitas ocorrências para registrar de uma só vez. Rangel teve de sair de sua sala para pedir silêncio na recepção. Ele trancou-se novamente e atendeu o telefone. O diretor-geral queria informações sobre a morte de Duílio Silveira. O delegado afirmou ao chefe que a hipótese mais provável era a de morte acidental por afogamento, mas alertou para a possibilidade de latrocínio. Deixou escapar que o advogado guardava grandes quantias em espécie numa casa próxima ao local onde o corpo foi resgatado.

"Essa casa ele usava para encontros com lobistas, deputados, gente que não queria aparecer."

"E ele ia estar sozinho nessa casa num sábado à noite? Não faz sentido, Rangel."

"Sozinho, não. Muito bem acompanhado, doutor. Não sei se o senhor sabe, mas eu conhecia bem a vítima. O Duílio era meu amigo."

Rangel contou ao diretor que, depois da separação, Duílio decidira evitar relacionamentos longos. Dizia que mulher séria dava muito trabalho, preferia ter umas "amigas" que ele pagava para aparecer e sumir.

"Capaz de ele ter marcado um encontro com uma dessas moças. Sem saber, tomou um 'boa noite Cinderela' e apagou. Aí ela chamou alguém para ajudar a fazer uma limpa na grana."

O diretor hesitou antes de responder.

"Mas por que essa amiga, que a gente nem sabe se existe, levaria o corpo até o lago em vez de largar o morto na casa e sumir? Está mais com cara de afogamento, mesmo", disse o diretor. "Vai ver que o seu amigo bebeu todas e resolveu nadar, ou cheirou tudo e mais um pouco. Devia estar muito doidão. Ele não era daquela turma que fazia pega e tocava o terror na juventude? Esse pessoal sempre usou muita droga."

"O Duílio não era dessa turma, doutor", Rangel garantiu. "Por ele eu boto a minha mão no fogo."

"Hoje em dia a gente não coloca a mão no fogo nem pelos filhos, vai colocar pelos amigos... O toxicológico já ficou pronto?"

Para fazer uma pessoa acreditar em algo, nunca tente convencê-la; faça de um jeito que ela chegue, por conta própria, até onde você quer. Rangel aprendeu a lição com o primeiro chefe, um goiano vaidoso que havia sido defenestrado da cúpula da polícia civil depois de montar um esquema de grampos clandestinos de autoridades que o manteve no topo até a quantidade de inimigos superar a de aliados. Rangel precisava que o diretor, Diana, Tide, os outros amigos, a imprensa, todos se convencessem do afogamento como a *causa mortis* de Duílio. Era o que estaria escrito no laudo assinado por um amigo da perícia que lhe devia favores. Por isso, o delegado levantou a hipótese de latrocínio: para que o chefe, por vontade própria, a descartasse.

"O senhor tem razão", disse Rangel. "De fato, latrocínio não faz muito sentido."

O diretor-geral da polícia mencionou a possibilidade de alguma câmera de segurança ter flagrado movimentações suspeitas no local onde o corpo foi encontrado. Rangel havia pedido aos agentes para verificar, mas não esperava nada substancial, alertou. Ficou sabendo que o sistema de monitoramento da vizinhança havia sido desativado por falta de pagamento. O calote fez a empresa de segurança desligar as câmeras e dispensar os vigilantes.

"Então, se houve a participação de terceiros, o mais provável é que tenha sido algum desses vigias que perderam o emprego. Essa gente sempre consegue informação de dentro. Mas eu aposto uma garrafa de uísque em morte acidental por afogamento", especulou o diretor-geral.

"Eu não vou apostar porque vou perder, doutor", disse o delegado, fazendo esforço para não rir. "Só que o meu trabalho é investigar todas as possibilidades. E o senhor levantou um ponto muito importante: vou pedir para levantar a ficha dos vigilantes."

"Faça isso, Rangel. E me dê notícias", pediu o diretor, antes de desligar.

O delegado destrancou a porta e saiu da sala.

A movimentação ao longo do dia foi tão intensa que Rangel teve de esperar o fim da tarde para conferir a avaliação do desempenho do filho na rodada do fim de semana. Clicava no primeiro *link* que surgiu depois de pesquisar "Felipe Rangel zagueiro" quando Silas apareceu em sua sala. O agente contou que havia acompanhado Tide até o anexo do Senado.

"Quer dizer então que ele saiu direto daqui para a rádio? Ótimo, menos uma preocupação." Era a informação que Rangel aguardava para terminar o expediente. Desligou o computador, recolheu chaves e celular na mesa e pediu para o agente apagar a luz da sala.

Silas esfregava a nuca, parecia relutar em sair.

"Tá cansado, Silas? Por que você não pega um carro no depósito pra dar uma volta?"

"Vou fazer isso, doutor", disse o agente. "Aliás, chegou uma Ranger zero bala que o dono tá doido atrás, ofereceu até um por fora para quem der notícia."

"Deixa as chaves aí que eu quero olhar", disse Rangel. "E a outra história? Conseguiu o endereço?"

Silas entregou um papel.

"Tá aí. É toda segunda, mesmo", disse. "A turma começa às nove da noite e vai até de madrugada."

"Então hoje é dia", disse Rangel.

"Tem uma coisa que esqueci de dizer sobre o seu amigo..."

Silas pegou uma caneta na mesa e usou a tampa para coçar a nuca.

"Ele não entrou direto para o trabalho. Ficou um tempão do lado de fora do anexo, abraçado com uma mulher que chegou num táxi."

Rangel parou ao lado de Silas.

"Uma mulher? Como é que ela era? Novinha?"

Silas, agora, cutucava a orelha com a tampa.

"Não. Era uma coroa de óculos escuros", disse Silas. "Ela entregou um vidrinho para ele. Aí os dois se abraçaram de novo, outro abraço forte. Depois seu amigo segurou a mão da coroa e eles entraram na rádio."

"Pode parar com essa tampa? Me dá aflição."

Silas obedeceu.

"Me fala mais dessa mulher", Rangel pediu. "Era tipo o quê? Perua?"

"Não, pelo contrário. Meio alternativa."

"Alternativa? BG?"

Silas franziu as sobrancelhas.

"BG, Silas! Bicho-Grilo! Hippie!"

"Ah, sim, doutor!" O agente passava o indicador na orelha. "Era meio riponga, mesmo. Desceu descalça do táxi, só colocou os sapatos quando chegou na portaria. Tinha um cabelo grande, uma mecha grisalha."

Silas acabara de descrever Diana. Quer dizer, então, que ela havia desprezado o apoio que Rangel ofereceu na manhã de domingo, mas fez questão de receber os abraços de Tide?

Rangel havia sido passado para trás.

De novo.

Como sempre.

O delegado despachou Silas e saiu da sala. Ao chegar ao estacionamento, cometeu a estupidez de atender o celular sem conferir a origem da ligação. Logo reconheceu a voz.

"Finalmente!", comemorou Hélio Pires. "Achei que você tinha resolvido seguir o mesmo caminho do Duílio."

Rangel ignorou a brincadeira.

"Vi sua mensagem e deixei para ligar mais tarde. O que foi?"

"É que o Nuno acabou de me procurar e achei bom você saber logo."

"Quem?"

"Porra, Rangel. Nuno! O filho da Diana com o nosso amigo…" Hélio Pires esperou um comentário que não veio, então prosseguiu: "O garoto vai passar amanhã no viveiro. Disse que tem umas coisas para esclarecer comigo e com você, mas tem de ser pessoalmente. O que eu digo para ele?"

***

UMA TARDE EM 1978

Parece que todo mundo resolveu aproveitar o feriado para conhecer o novo parque. Opalas, Fuscas, Belinas, Passats, Corcéis disputam espaço nas pistas internas. Os automóveis avançam lentamente, às vezes param por cinco, dez minutos. Os motoristas descarregam a irritação nas buzinas. A pé, Tide segue mais rápido do que os carros. Está atrasado e perdido. Não consegue localizar a entrada da Piscina com Ondas. É salvo pela seta na faixa que anuncia as "delícias da água em movimento".

Tide atravessa a pista na direção indicada pela seta, mas se distrai. Quase é atingido por um Maverick amarelo. Depois do susto, ele acelera o passo. Ainda tem de encontrar Duílio para pegar uma das cortesias que o amigo recebeu do pai.

Imensa e desordenada, a fila dá voltas na entrada da piscina. Só não é mais confusa do que a espera para o exame médico, logo depois das duchas. A cada instante chega mais gente, Tide observa pelo alambrado. Repara também nas nuvens escuras que se aproximam pelo lado do cemitério.

Tempestade a caminho.

Tide olha os ponteiros dourados do Technos. Os amigos não o perdoariam pelo atraso. Perdeu a hora na Colina, enfurnado no apartamento de um colega da Cultura Inglesa, escutando LPs trazidos da Inglaterra por um conhecido que trabalhava no Itamaraty. "No future!", berrava, com estridência e deboche, um cantor de *punk rock*. Ao menos eles tinham consciência do que faziam, Tide brincou com o colega. De fato, aquele tipo de música não iria muito longe.

Ele avista a Caravan bege do pai de Duílio em um estacionamento mais afastado, atrás da piscina. Vai até o carro. A tampa do porta-malas está parcialmente erguida, vidros cobertos por toalhas de banho. Dos alto-falantes sai um som límpido e cristalino. Tide identifica com clareza os agudos e os graves, ainda se impressiona com a pureza das FMs.

Tide levanta a tampa do porta-malas. Duílio, Hélio Pires e Rangel estão sentados com as costas apoiadas nos vidros para segurar as toalhas improvisadas como cortinas. No meio deles, uma garota magra, de biquíni, umbigo e ossos à mostra. Quinze anos, no máximo. E prestes a chorar.

"Chega mais, Tide", diz Hélio Pires. "Vem conhecer uma amiga que a gente acabou de fazer."

Ele volta-se para a garota.

"Diz o seu nome para o nosso amigo aqui."

A menina ignora o pedido de Hélio Pires. Permanece calada.

Tide hesita em entrar no porta-malas.

Duílio mostra à jovem uma das cortesias que recebeu do pai. "O ingresso é seu se fizer o que a gente combinou."

Os cabelos longos e lisos escondem o medo nos olhos grandes da adolescente.

"Tá bom, mas tem que ser rápido."

Ela desata o laço da parte de cima do biquíni e fecha os olhos.

Duílio e Rangel tocam os seios pequenos.

"Agora é você", ordena Duílio para Hélio Pires, que beija um dos mamilos da garota enquanto a acaricia. Uma lágrima pinga da ponta do nariz da menina até a palma da mão do rapaz.

"Isso é catarro?! Porra, você é imunda!" Hélio Pires aperta o seio da garota. Ela grita e chora.

Duílio aumenta o som do carro para abafar o grito da menina. Ele empurra o amigo.

"Assim não, porra!"

Duílio entrega o ingresso. "Toma, é seu."

A menina enxuga as lágrimas com a peça de cima do biquíni.

"Rápido demais", Rangel reclama. "Não deu tempo de fazer nada."

Duílio segura a jovem pelos ombros.

"Agora se acalma que tenho outra coisa pra você."

Duílio abre a carteira e tira uma nota de cinquenta.

"É sua se você tirar a parte de baixo e deixar a gente brincar um pouquinho aqui."

Ele toca o púbis da adolescente.

"Não!"

Ela tenta morder Duílio. É impedida por Rangel.

"Calma, calma...", diz Rangel, ao segurar as mãos da menina. "Escutou o que meu amigo falou? Tira o biquíni todo e você sai daqui com um dinheiro que nunca viu na vida."

A garota volta a chorar.

"Para, porra!", Tide grita. "Deixa ela ir embora."

"Tava bom até você chegar, Tide", Hélio Pires responde. "Vai embora você!"

Duílio continua a mostrar a nota de cinquenta.

Tide levanta a tampa do porta-malas e puxa a menina para fora. Ela sai do carro e ameaça os três.

"Meu irmão tá chegando. Vou contar tudo!"

A menina arranca a cédula da mão de Duílio e corre. Rangel tenta ir atrás, mas Tide o detém.

"Porra, Tide!", Rangel volta-se para os outros amigos. "Vai ficar por isso mesmo? A putinha mirim rouba a gente e ninguém faz nada?"

"Vocês já fizeram, agora deixa ela sumir."

Duílio balança a cabeça. "A grana você vai ficar me devendo", avisa, com a mão no peito de Tide. "Essa história tem que morrer aqui, senão Diana me mata."

Os três concordam.

"E o meu ingresso?", Tide pergunta.

"Ela levou, você não viu?", Duílio responde.

"Como eu vou entrar?"

Hélio Pires aponta para um buraco no alambrado ao redor da piscina. Os quatro deixam o carro e Tide corre até a cerca. Ele se esgueira e, depois de passar pela fenda, se mistura aos demais banhistas.

Do lado de fora, um vigilante aborda Duílio, Rangel e Hélio Pires. Eles mostram as cortesias e o segurança se afasta.

Longe do alambrado, Tide recobra o fôlego. Não há mais filas para o exame médico, apenas um aglomerado disforme e barulhento. Ele quase não consegue ver a água, gente demais. Um garoto chora nos braços da mãe. Tem sangue nos pés. Cacos de garrafas de refrigerante e cerveja se acumulam perto das bordas.

Tide decide entrar na piscina. Desce os degraus da escada de metal e molha os pés. O azul é ilusório; a água está turva e viscosa, provavelmente pelo uso excessivo de Rayito de Sol e outros cremes bronzeadores. Do alto de uma torre, o salva-vidas usa um apito para advertir um grupo de banhistas que joga vôlei na água. Eles ignoram o aviso. O salva-vidas desce do posto de observação e pede a bola. Recebe vaias, palavrões e uma ameaça.

"Você não sabe com quem tá mexendo, rapaz. Quer perder o emprego?"

O salva-vidas corre até a sede da administração. Vai em busca de reforços.

Duílio, Hélio Pires e Rangel se molham nas duchas. Tide acena para os três, depois mergulha. Toma um susto ao emergir.

A menina magra do estacionamento está ao lado dele.

A sirene toca. O som intimida. Parece o alerta de um bombardeio.

Duílio sai correndo da ducha e pula na água.

A adolescente cutuca Tide.

"Quero mais cinquenta."

A garota não vê Duílio se aproximar. "Meu irmão tá chegando com a turma da 12", avisa. "Vou dizer que os seus amigos fizeram de tudo comigo, eles vão quebrar vocês!"

Duílio também escuta a ameaça.

Onda a caminho.

"Fica quieta!", Tide grita.

Tide empurra a cabeça da menina para a água. Ainda do lado de fora, Rangel vê a ação de Tide e pula perto da garota. Hélio Pires o imita.

Tide mergulha e puxa a menina para o lado oposto de onde estavam os amigos.

Vem a onda.

Tudo balança.

O empuxo desloca Tide. Ele perde o contato com a garota.

Tide abre os olhos. Arde muito. Impossível enxergar alguma coisa.

A sirene toca de novo.

Com dificuldade, Tide alcança os ladrilhos no fundo da piscina e apoia os pés para impulsionar o corpo na direção do ponto onde havia largado a garota. Tateia até tocar o tornozelo da menina e tenta levá-la para a superfície.

Alguém segura a outra perna da adolescente e a arrasta para o fundo.

Tide tenta reagir, mas os dedos escorregam.

Ao sentir as pernas puxadas em direções opostas, a garota se desespera. Tenta gritar. A água invade boca, garganta e pulmões.

Mais uma onda. Com ela, outras mãos a puxar as pernas e os braços da garota, como se fosse uma boneca de pano.

A menina perde os sentidos.

De novo, a sirene.

Os quatro amigos vêm à tona, cada um deles em um dos lados da piscina. A menina boia de bruços. A terceira onda ergue o corpo inerte e o arremessa na escada de metal.

Uma mulher de maiô vermelho grita. Outros banhistas também se desesperam. A garota está sem a parte de cima do biquíni, as costas nuas e ossudas sob o sol vacilante do único feriado de outubro.

O salva-vidas retira o corpo da água e faz respiração boca-a-boca. Um, dois, três minutos. Nenhuma reação.

O salva-vidas insiste. Massageia o peito. Não adianta.

A banhista de maiô vermelho pega uma toalha azul e cobre os seios pequenos da menina magra e morta.

***

PASSEIO NOTURNO

Hélio Pires ainda não podia acreditar: pela primeira vez, ele comandava as ações! Estava cansado de ficar a reboque dos outros. Acatava as decisões de Alba em casa e no trabalho. Também atendeu por muito tempo aos interesses, disfarçados com um "posso-te-pedir-um-favor" ou "quebra-essa-pra-mim", de Duílio. No sábado, cumpriu tudo o que acertou com Rangel. A única coisa que fez por conta própria foi cortar uma mecha dos cabelos fartos do morto para entregar à Alba. Um troféu particular, prova de amor que ardeu na fogueira que eles acenderam no quintal para se livrar dos espetos de mulungu usados no churrasco que Duílio comeu com gosto, até elogiou a maciez da carne antes de perder os sentidos.

"O garoto vai chegar às nove, Rangel. Espero você às oito e a gente acerta o que eu vou dizer. Não se atrase."

Hélio Pires releu a mensagem que enviou. Estava no tom certo; era incisiva, mas não chegava a ser uma ameaça. Conseguiu o que queria: dividir o medo que o assombrava desde que o filho de Diana o procurou para propor uma barganha.

"Tio, vamos fazer uma troca? Eu esqueço que o senhor esteve na rinha dos cachorros, até retiro do vídeo e apago o seu depoimento. Mas só se me contar tudo o que sabe sobre o meu avô e aquele delegado amigo de vocês."

A primeira reação de Hélio Pires foi a de mandar Nuno à merda, que ele se entendesse com Rangel. Mas pensou melhor e avaliou que poderia usar a ameaça a seu favor.

Traçou uma estratégia para não ser surpreendido no dia seguinte. Começaria falando a Nuno sobre os cachorros, tinha informações que certamente interessariam ao garoto. Poderia até mostrar trechos dos vídeos que gravou na rinha sem que os outros apostadores percebessem. Nuno cresceria os olhos nas imagens. Mas o que Hélio Pires sabia sobre os encontros recentes de Rangel com o senador era valioso demais para entregar de mão beijada. Era melhor que Nuno esclarecesse suas suspeitas com os dois, aconselharia antes de dispensá-lo.

Depois de enrolar o garoto, Hélio Pires apresentaria a fatura a Rangel. Exigiria metade da quantia acertada com o parlamentar. Alba havia chamado sua atenção e, mais uma vez, ela estava certa. Sessenta/quarenta não era justo: o marido fez a parte mais difícil. Manteve a almofada sobre o rosto de Duílio, mesmo quando as pernas do amigo tremiam como se tivessem recebido uma descarga de mil volts. Encarregado de segurar os braços, Rangel quase pôs tudo a perder. Fraquejou e caiu em cima de Duílio. Somente recobrou as forças quando o rádio tocou *Free Bird*, uma das músicas da sequência de Tide, que os acompanhou enquanto carregavam o corpo inerte até o lago.

Hélio Pires vestiu uma bermuda cinza e calçou as sapatilhas que usava nas trilhas. Já na garagem, calibrou os pneus da bicicleta, lubrificou o ponto de contato da corrente com os dentes da coroa, também os elos. Verificou as três luzes de sinalização; a luz vermelha do capacete demorou a acender. Checou o GPS que consultaria no trajeto. Algumas horas pedalando, era o que precisava. Sentir o impacto do vento no rosto, a cabeça se esvaindo lentamente das preocupações e se concentrando apenas na dosagem de força e resistência necessárias para completar o "longão" do mês.

Com a bicicleta que Alba o presenteou no dia de seu aniversário, Hélio Pires retomou o que fazia com gosto desde os tempos em que as preocupações da vida se resumiam a garantir boas notas no colégio e enfrentar as trilhas enlameadas na parte da Asa Norte ainda virgem de prédios e lojas.

Demorou a atingir a meta inicial de dez quilômetros. Foi ganhando condicionamento e passou a encarar distâncias ainda maiores aos domingos. Sempre sozinho. Chegou a participar de treinos noturnos com outros ciclistas no Parque da Cidade, mas não gostou. As escolhas do puxador do percurso e a impaciência dos ciclistas da "cozinha", encarregados de ajudar os iniciantes, logo o fizeram desistir. O estopim de sua saída foi um tira-teima raivoso, que acabou na delegacia, entre os adeptos das bicicletas de alumínio e o grupo que preferia as de fibra de carbono. Nos últimos anos, toda divergência descambava em insultos e agressões. Por que o ressentimento e o ódio estavam dando as cartas em seu país?

Hélio Pires revestiu a parte interna do capacete com uma bandana para conter o suor na calva. Pegou a água que precisaria para concluir a primeira parte do trajeto. Encheria novamente a garrafa na chácara dos cachorros. Aproveitaria para avisar ao dono do cassino que renunciaria ao seu lugar entre os apostadores da rinha. Tentaria também negociar um parcelamento da dívida acumulada nos últimos meses. Aquele não era mais o seu ambiente, os longos itinerários percorridos de bicicleta garantiam endorfina e adrenalina suficientes para enfrentar o cotidiano. Torceria para que, depois da denúncia de Nuno, as autoridades tomassem providências para acabar com a jogatina dos homens e o sacrifício dos animais.

Hélio Pires usou o peso do corpo para testar a pressão dos pneus. Tudo certo para o pedal, ainda que a *mountain bike* não fosse o modelo adequado para longos percursos. Ele precisava de uma bicicleta de estrada; uma *speed*, como diziam as turmas do Parque da Cidade. Seria a primeira compra com o dinheiro que receberia do senador.

Ele saiu da garagem e fechou o portão. Avisou a Alba que ficaria fora por algumas horas. Fez cálculos enquanto ajustava a presilha do capacete: o montante que Rangel repassaria era insuficiente para fazer negócio com o vizinho e quitar a dívida com o dono da rinha. Teria de ser uma coisa ou outra. Enviou nova mensagem para Alba.

"E se eu pedisse 60/40 para o Rangel?"

Discutiriam a possibilidade no café da manhã. Deu uma olhada ao redor antes de pedalar até o acostamento. Faróis acesos, carros e motos zuniam na estrada. Acima deles, a fuligem das queimadas amortecia o brilho das estrelas.

***

"Muitos animais dormem o dia inteiro e saem à noite para se alimentar. Aqui eles não precisam ir atrás de comida, mas é nesse horário que eles se movimentam dentro dos recintos, como vocês vão ver. Uma orientação importante, pessoal: não direcionem as lanternas para os olhos dos animais, a luz pode lesionar as retinas deles."

Janine bebeu água antes de retomar as orientações ao grupo de visitantes reunidos no portão principal do zoológico.

"Vamos começar com a observação dos grandes felinos, depois veremos os elefantes, as cobras, os tamanduás… Encerramos no museu de ciências naturais. Todos prontos?"

A bióloga ajustou a garrafa de água no colete e aproveitou para avisar Tide, atrasado por causa de um acidente na Avenida das Nações. "O passeio já começou", escreveu. Depois de enviar a mensagem, notou que havia recebido três ligações consecutivas de um número desconhecido.

Tayrone.

Ela tentou se concentrar novamente no trabalho. Passou os olhos na lista dos participantes do passeio noturno. Boa parte dos visitantes eram alunos de uma escola pública de Ceilândia. Pelas reações, muitos jamais haviam visto de perto os animais de grande porte; os olhos das crianças brilhavam mais do que os das onças.

Um garoto magro, argola na orelha e tênis chamativos, perguntou por que animais como as capivaras podiam ficar soltos e outros viviam aprisionados em jaulas. Ela leu o nome do menino no crachá da escola antes de responder.

"Boa pergunta, Bruno. Mas a gente não fala mais em jaula: o nome é recinto."

Janine explicou que as capivaras viviam ali antes mesmo de existir o zoológico, iriam estranhar se perdessem a liberdade.

"Entendi." Bruno abaixou-se para remover a poeira dos tênis. "Mas por que tem sempre uma grade antes dos recintos? Pros bichos não fugirem e correrem atrás da gente?"

"É o contrário. Para o bicho-homem não atacar os animais", disse Janine.

Ela contava ao garoto o que o zoológico fazia para proteger felinos e primatas de visitantes agressivos, mas a fala foi engolida pelo barulho do escapamento intermitente de uma motocicleta em alta velocidade na via de acesso ao zoo.

Assustada, Janine fez sinal para o grupo seguir para o recinto dos elefantes. Tide, enfim, apareceu. Em vez de justificar o atraso, tentou beijá-la na boca. Ela abaixou a cabeça e o beijo foi parar na sobrancelha.

"Aqui, não. Tô trabalhando."

Ela pediu para Tide se juntar aos visitantes e reuniu o grupo perto dos elefantes.

"Quem pode me dizer uma diferença entre os homens e os animais?"

"Eles não falam", disse uma menina.

"Não fazem maldade de propósito", emendou outra estudante.

"É por aí", disse Janine. "Mais alguém?"

Tide levantou a mão.

"Posso responder?"

Janine apertou os lábios, contrariada.

"Claro."

"É que os animais vivem no presente, não ficam remoendo o passado ou planejando o futuro." Ele repetia o que escutou de Janine em um dos primeiros encontros do casal. "Pelo menos, foi assim que me ensinaram", completou, sorrindo. Envergonhada, ela também sorriu. Deus do céu, como seria difícil dizer a Tide que o melhor era que parassem logo de se ver!

"Faz sentido", comentou Janine. "E você, Bruno, o que acha?"

"Eu concordo com ele." Bruno voltou-se para Tide. "O senhor é o pai dela?"

Janine não deu tempo para Tide responder.

"Ele é meu amigo."

A atenção do grupo se desviou para o recinto. Um dos elefantes havia entrado no tanque e esparramava água para todos os lados.

"Chegou a hora da natação", disse Janine. "De dia, Luna usa a tromba para se sujar de terra e areia. Como é uma senhora muito asseada, faz questão de tomar banho antes de dormir."

"Senhora? Quantos anos ela tem?", Bruno perguntou.

"A gente não tem o registro porque Luna não nasceu em um outro zoológico. Mas, com certeza, tem mais de sessenta."

Bruno fez outra pergunta a Janine.

"É verdade que um elefante nunca esquece de nada?"

"Não é bem assim."

Ao notar a plateia, a elefanta saiu da água e foi na direção dos visitantes. Estendeu a tromba, uma mesura em agradecimento pela visita.

"Você sabe de onde ela veio?", Tide perguntou.

"De um circo", Janine respondeu. "Por quê?"

"E ela já se chamava Luna?"

Luna abanou as orelhas enormes, parecia feliz de ser o assunto da conversa.

"Não".

Janine bebeu um pouco de água da garrafa que carregava no colete.

"A gente rebatiza os animais que chegam de circos e de cativeiros. Muitos deles foram maltratados e um novo nome ajuda a esquecer o sofrimento do passado."

"Qual era o nome dela?"

Ainda abanando as orelhas, a elefanta encarava Tide com os olhos minúsculos, absurdamente desproporcionais em relação ao restante da cabeça.

"Lola."

O coração de Tide disparou.

"Lola!", ele gritou.

Ao escutar o antigo nome, a elefanta emitiu um som gutural, tão alto que assustou as crianças do grupo. Levantou as patas sujas de terra para saudar Tide.

"Parece que ela quer te ver de perto", comentou Janine.

Tide riu.

A vida inteira ele achou que Lola era o nome da bailarina de coxas grossas do circo que viu quando era criança.

"É que a gente se conhece faz muito tempo."

"Como assim?"

"No final do passeio eu conto."

When I looked in her eyes well I almost fell for my Lola

Tide havia pago uma fortuna em um disco importado dos Kinks apenas para escutar Ray Davies repetir as sílabas do nome de sua primeira paixão em um dos maiores sucessos da banda.

Lola lo lo Lola

E o nome era, na verdade, da filhote de elefante que se apresentava com a bailarina! Poderia ter morrido sem saber disso.

Tide sorriu novamente.

Janine chamou o grupo para atravessar a pista e seguir até os recintos dos felinos. As crianças brincavam com as lanternas e faziam muito barulho, por isso quase ninguém notou a moto que passou pelos visitantes. A descarga do cano de escape provocou a revoada de garças recolhidas na ilhota do recinto dos hipopótamos.

"É ele, Tide", disse Janine, a voz baixa para não chamar a atenção do grupo. "Tayrone."

A moto parou embaixo de um poste. Deu para perceber, mesmo sob a luz vacilante de uma das lanternas dos estudantes, a tensão no rosto da bióloga.

"Olha na cintura."

Tayrone carregava um revólver.

***

Hélio Pires pedalou forte para se distanciar rapidamente da chácara das rinhas. Depois de três quilômetros, parou no acostamento e conferiu as imagens que acabara de gravar. Estava tudo registrado: a entrada lateral que ele descobriu quando foi de bicicleta pela primeira vez, o estacionamento com os carrões dos apostadores, o lugar onde ficavam as chaves que abriam o galpão dos cães sequestrados, o acesso discreto ao ringue.

Mandou mensagem para Nuno.

"Fiz outras imagens do local da rinha. Interessa?"

A resposta foi imediata.

"Interessa, claro! Pode mandar agora?"

Hélio Pires obteve o que queria: despertar o interesse do garoto. Enviou o vídeo e voltou a pedalar.

Ele aproveitou o movimento reduzido para deixar o acostamento e ocupar a pista dos carros. Encarou sem dificuldades um leve aclive, sequer reduziu a velocidade ou alterou a respiração. Ainda se impressionava com o condicionamento físico adquirido nos últimos meses; às vezes se sentia com o mesmo fôlego dos tempos da equipe de atletismo do Colégio Militar. Verificou o cronômetro e a quilometragem percorrida. Foi por pouco, mas havia deixado escapar a meta estipulada para a terceira hora do longão. Compensaria nos três quilômetros de reta depois de duas curvas sinuosas.

Inalou fumaça de queimadas próximas à pista. Melhor prosseguir evitando o acostamento, avaliou.

Pedalar aliviava a cabeça. Alba também precisava de um escape do estresse. Ele surpreenderia a esposa com um presente antecipado de aniversário: uma *bike* de guidão alto e pneus grossos. Podia imaginar a expressão dela ao voltar do viveiro e encontrar outra bicicleta na garagem. Se fosse em outros tempos, a reação seria a pior possível; diria que ele jamais poderia ter feito uma compra daquelas sem consultá-la, talvez o fizesse até devolver o presente. Agora, não. Poderiam pedalar juntos nas manhãs de domingo. Sairiam cedinho do SMU para fazer a trilha da Água Mineral. Depois se refrescariam na piscina velha, voltariam a tempo de comprar um frango assado e tomar uma cerveja bem gelada antes do almoço.

Curva acentuada à esquerda, indicava a placa que Hélio Pires não viu.

Alba não disse, mas era evidente que se sentia mais leve depois da noite de sábado. Não gostava da influência que Duílio exercia sobre ele. Por isso, mesmo com a desaprovação de Rangel, Hélio Pires fez questão de levar a mecha para vê-la feliz. Depois de queimar os cabelos de Duílio e a sua cópia da confissão, ele teve muita vontade de aproveitar o momento para dizer que os dois poderiam jogar outras coisas na fogueira. Os conflitos silenciosos, os desejos reprimidos, os diálogos frustrados, os carinhos interrompidos. Tentou falar tudo isso, mas travou. Ainda não conseguia. Mas viu uma expressão diferente no rosto da mulher. Era o olhar que ele ansiava por tanto tempo, que o fazia assistir toda noite ao lado dela aos documentários da *National Geographic* e do *Animal Planet*, que o fazia querer vê-la feliz ao se dedicar somente às plantas do viveiro. Diante da fogueira, vislumbrou uma fagulha amorosa nos olhos de Alba.

Ele pedalou mais forte ao entrar na primeira curva.

Distraído com o futuro, ignorou o lobo-guará que fugia do fogo ao lado da pista. A freada, mesmo brusca, não impediu o choque. Ele e o lobo caíram no asfalto. O olhar assustado do animal foi a última coisa que Hélio Pires viu antes de ter os ossos esmagados pelas rodas de aro leve da camionete de Rangel.

***

Ainda abalada pela aparição de Tayrone, Janine pediu a uma colega que orientasse o grupo na visita ao museu de ciências naturais. Molhou o rosto com água do bebedouro e sentou-se em um banco. Fixou o olhar na direção do portão por onde Tayrone havia saído com a moto. As mãos tremiam, Tide reparou.

Teria de sair mais cedo por causa de um compromisso no Lago Sul, ele avisou.

"Mas posso ficar se você quiser."

"Não precisa. Ele já foi embora."

Tide insistiu, mas Janine garantiu que se recobraria para conduzir novamente o passeio e o dispensou.

Ele se despediu, contrariado, e foi até a portaria. Enquanto esperava o carro para levá-lo até a casa de Diana, perguntou ao vigilante sobre a moto que acabara de sair. Ficou sabendo que o condutor era perigoso, havia inclusive ameaçado um funcionário que tentou barrá-lo na portaria.

Tide ligou para Rangel.

"Lembra do rapaz que fica perturbando a Janine? Não tá dando mais, a gente tem de fazer alguma coisa!"

"Calma, Tide! O que aconteceu?"

Rangel segurava o celular com uma das mãos. Com a outra, guardava a pistola que havia acabado de usar para abreviar a agonia do lobo-guará atropelado por Hélio Pires.

"Você tem que dar um susto nesse cara!", gritou Tide, sem reconhecer a própria voz. E, por alguns minutos, somente ele falou.

Rangel escutou o relato enquanto acomodava o corpo de Hélio Pires embaixo de uma das poucas árvores que não haviam perdido a folhagem durante a seca. Por que o amigo foi parar logo depois da curva? Muito burro! Deveria ter ignorado o lobo e ido embora. Ou será que ele também não havia conseguido frear?

"Onde você tá agora? A gente pode se encontrar e acertar isso", sugeriu o delegado.

"Não dá. Tô indo ver a Diana", contou Tide. "Ela pediu."

Atraídas pelo cadáver, saúvas saíram da terra. Rangel se exasperou. Pisou em algumas, mas eram dezenas, centenas; moviam-se com rapidez até escalar pernas e braços do corpo. Ele arrastou Hélio Pires para longe das formigas.

"Então você aproveita e avisa à Diana que ela tem de dar um jeito no garoto. Tá fazendo pergunta demais."

"O que a Diana tem a ver com essa história, Rangel? Que garoto?"

Talvez tenha sido na hora que viu o sangue mudar a cor da bermuda de Hélio Pires. Ou por ter nas mãos o corpo do único amigo que sempre se importou com ele. Poderia ser também por não ter identificado a árvore que ofereceria sombra ao cadáver quando o sol chegasse para acelerar a putrefação dos órgãos esmagados. Ou ainda por causa do uivo aflitivo do lobo-guará antes do tiro de misericórdia. Mais provável que tenha sido por se dar conta que ninguém acreditaria que ele decidira seguir Hélio Pires para saber se ele ainda frequentava a rinha dos cachorros; jamais planejou atingir a bicicleta com as rodas da picape, queria apenas encontrar um jeito de manter o amigo de boca fechada. Quase certo de que era a revolta por mais uma sacanagem que o destino acabara de aprontar, repetindo o sábado: Tide com Diana, ele com um cadáver.

Ou foi tudo ao mesmo tempo.

O fato é que Rangel ficou fora de si quando Tide repetiu a pergunta.

"Que garoto?"

"O teu filho com ela, porra!"

O delegado amparou o celular no ombro enquanto arrancava os galhos de uma quaresmeira.

"Ou vocês achavam que iam esconder isso pra sempre? E que ninguém desconfiava?"

Ele tentou cobrir o corpo com os galhos, mas não deu certo.

Do outro lado da linha, silêncio.

Rangel não poderia deixar o cadáver do amigo ao relento, Hélio Pires jamais deixaria que fizessem o mesmo com ele. Poderia cavar uma cova. Mas sem pá, apenas com as mãos? Impossível.

"Porra, Tide! Você tá cansado de saber que o Duílio vivia brigando com o garoto. Não era por causa do curso de Direito, mas era porque tinha certeza de que o filho não era dele."

Como Tide permaneceu calado, Rangel prosseguiu ao caminhar até a picape que largou no acostamento.

"Ele chegou a comentar que pegou vocês juntos na minha casa, acho que foi no último aniversário que eu fiz festa. Eu desconversei: disse que todo mundo tinha bebido demais. Mas ele tinha certeza."

Rangel puxou a lona que carregava na carroceria da picape. Aproveitou para retirar da pista as peças da bicicleta.

"O Duílio dizia que você e a Diana tinham ficado juntos algumas vezes durante os ensaios da Plano Alto, mas não levou a sério na época, achou que era só coisa de excesso de doideira, de hormônio. Mas, quando ela engravidou, ele me chamou pra conversar e foi logo dizendo que tinha certeza de que o filho não era dele. Queria saber o que eu achava, se já tinha visto alguma coisa..."

Tide o interrompeu.

"O que você disse pra ele, Rangel?"

O delegado dobrou a lona e a colocou embaixo do braço. Enfim, Hélio Pires ficaria protegido das ações da natureza.

"Ele insistiu e eu tive que contar, porra. Contei somente o que eu vi na minha festa", disse Rangel. "Vocês dois deitados no meu quintal e, pela cara feliz que a Diana fez..."

Tide desligou o telefone. Perguntou se o motorista do Uber poderia ir mais rápido.

***

ENCONTRO MARCADO

Garçom com barba de talibã, cadeiras de acrílico, cantinho do narguilé... Os bares da Asa Norte não eram mais os mesmos, Denizard observou ao ir ao banheiro. Teve dificuldade de compreender o significado das inscrições grafitadas nas portas contíguas. Qual o problema com as placas "masculino" e "feminino"? Felizmente, uma ruiva com *piercing* no nariz saiu de um dos banheiros e, por exclusão, Denizard abriu a outra porta.

Voltou à mesa onde bebia cerveja com Nuno e Djennifer. Eles assistiam a um vídeo no celular.

"O que vocês estão vendo?"

Avaliavam se valeria a pena incluir outras imagens na reportagem que exibiriam na aula de telejornalismo, Nuno explicou.

"Eu sou contra", disse Djennifer. "Essa versão está bem redonda. Depois a gente pode fazer uma edição maior para inscrever em mostras de documentários. Sem contar que é muito estranho o amigo dos seus pais aparecer logo hoje com essas imagens. Você não vai falar com ele amanhã de manhã?"

Garota esperta, avaliou o colunista. Difícil de enganar, farejava a maldade das pessoas. Teria futuro na profissão.

"Qual é a história?", Denizard perguntou.

Nuno resumiu a denúncia sobre rinhas de cães com apostas milionárias. Era uma ótima pauta, Denizard reconheceu. Continha dois assuntos de grande apelo: cachorro e dinheiro. E, como os especialistas em internet que invadiram a redação nos últimos anos não cansavam de enfatizar, flagrantes de maus-tratos de animais de estimação rendiam mais cliques do que policiais descendo o cassetete em manifestantes ou *playboys* espancando mendigos.

"Posso ver também?"

"Essas são as imagens que recebi hoje", Nuno explicou.

A gravação começava em uma pista asfaltada, sucedida por uma trilha de terra que levava até um galpão de madeira e zinco. Depois, a câmera era retirada do guidão de uma bicicleta e o autor das imagens digitava, numa fechadura eletrônica, a senha que abria uma grade de alumínio. Dentro do galpão, havia uma sequência de baias, delimitadas por tijolos e arame farpado, ocupadas por cães encolhidos e deitados nas próprias fezes. Os cachorros recebiam uma descarga elétrica toda vez que esbarravam no arame. Os olhos assustados e os ganidos de dor cortavam o coração até dos que preferiam gatos, como Denizard.

"São os cachorros sequestrados?"

Nuno confirmou.

"Que história! Pode dar até no *Jornal Nacional*", Denizard avaliou. "E vocês têm também flagrantes das rinhas?"

"Alguma coisa." Djennifer pegou a cerveja e encheu os três copos. "As imagens não são boas, mas dá para ver o essencial: os cachorros se atacando até morrer com um bando de machos escrotos gritando em volta deles."

"Vocês estão loucos de deixar o vídeo circular somente na universidade", Denizard opinou.

Djennifer contou que eles publicariam o flagrante no YouTube logo depois de exibir o trabalho em sala de aula. Ela também pretendia repassar o vídeo para a polícia.

"Tem certeza, DJ?" Nuno deu uma risada irônica. "Você esqueceu do que os policiais daqui são capazes de fazer?"

"Então passamos para alguém disposto a fazer uma ação concreta. Uma ONG de defesa dos animais."

Ficaram de acertar para quem entregariam o vídeo e voltaram ao motivo do encontro com Denizard: discutir o que sabiam sobre a morte de Duílio. O colunista alertou que a perícia poderia atestar afogamento acidental. Nuno ficou inconformado.

"Meu pai ganhou um monte de medalha de natação quando tinha a minha idade. Mesmo se tivesse bebido muito, ele daria conta de nadar até a margem. E por que teria entrado de roupa social na água de madrugada?"

A convicção do rapaz convenceu os outros da mesa. Mas o que poderiam fazer para comprovar que Duílio havia sido assassinado? E como chegariam ao autor do crime se o delegado que resgatou o corpo parecia estar em conluio com o provável mandante?

"Talvez não haja alguém contratado para cometer o crime. Ele mesmo, o delegado, pode ter matado o meu pai." Nuno bebeu o resto da cerveja. Ficou surpreso ao especular sobre o fato sem sentir nada além do desejo de esclarecer o que ocorreu.

"Mas eles não eram amigos?", Djennifer observou.

"Você vai ficar muito surpresa se eu contar, por experiência própria, que o dinheiro compra até amizade sincera?"

A estagiária preferiu não responder.

"Precisamos de alguma coisa concreta." Djennifer lembrou que Rangel comandava a investigação e poderia conduzir o inquérito da forma que fosse mais conveniente. Deveriam procurar outra pessoa na polícia? Avisar ao secretário de segurança? Ou recorreriam ao MP?

"Melhor não se arriscar", Denizard aconselhou. "Muitas vezes esses caras trabalham em conjunto."

Nuno bateu o copo vazio na mesa.

"Então o que a gente pode fazer?"

A conversa não avançava. Denizard pediu outra cerveja e mostrou uma cartela de antidepressivos. "Meus amigos de todas as horas", brincou.

"Conheço bem os seus amigos", disse Nuno. "Minha mãe também não vive sem eles."

"Você toma toda noite?", Djennifer perguntou.

"Claro que não", Denizard reagiu. "Só quando tenho de fazer alguma coisa que acaba comigo. Viajar de avião, falar em público... Amanhã mesmo eu vou para o sacrifício."

Ele contou que havia sido escalado para cobrir mais um desdobramento da Operação Lava-Jato. Tentou adiar a viagem a Curitiba, disse que precisava continuar a apuração de uma história exclusiva, mas seu editor argumentou que o colunista político não poderia ficar de fora da cobertura mais importante dos últimos tempos.

"Não consigo confiar naqueles procuradores. Tenho um pé atrás com gente que fica se exibindo", disse Djennifer.

"Eu também. Minha impressão é que o compromisso maior da força-tarefa é com a vaidade, não com a justiça", Denizard complementou.

"Mas o seu editor tem razão", Nuno comentou. "Do jeito que tá o noticiário, parece até que a capital do Brasil foi transferida para Curitiba."

"Eu sei. Havia pedido umas dez vezes para viajar, e ele me enrolava, dizia que não tinha orçamento. Mas precisava ser nessa semana?" Denizard fez um sinal para o garçom servir a cerveja. "Ontem ele apareceu dizendo que tinha conseguido permuta de hotel e de passagem. Disse que é para eu ficar até garantir um furo para manchetar a edição de domingo. Mas eu sei que não é isso o que ele quer."

Denizard tomou sua cerveja antes de continuar. "Ele e o editor-chefe ficaram sabendo dos meus ataques de pânico depois que o vídeo viralizou. Estão apostando que não vou dar conta de participar da coletiva. Se eu der outro vexame, fica fácil me colocar na geladeira. Ou me mandar embora."

"Cacete!", Nuno reagiu. "Seus chefes são capazes de fazer isso?"

Denizard ergueu os ombros como resposta e mostrou a cartela de comprimidos.

"Por isso eu preciso dos meus amigos."

"Pode contar também com a gente." Djennifer cutucou o colega. Nuno fez que sim com a cabeça e ganhou um sorriso. Denizard avaliou que, se o rapaz ainda não estivesse apaixonado, aquele teria sido o momento.

"Tive uma ideia", Djennifer anunciou, antes de esvaziar o copo. "Mas você tem de convencer sua fonte a confirmar que viu o delegado com o senador."

"Eu ainda estou negociando." Denizard revelou a sua "dívida" com Alex, tinha duas letras de música para revisar. "Tenho de ver o que a gente pode oferecer."

"O que ele quer? Dinheiro?", perguntou Nuno.

"Dinheiro não pode", disse Djennifer. "Não é ético."

Se a estagiária soubesse como alguns jornalistas negociavam com as fontes, pensou Denizard, ela largaria o curso no dia seguinte.

"Dinheiro até ajudaria, mas não é por aí. Vou descobrir exatamente o que ele quer", disse o colunista, satisfeito pelo pretexto para rever Alex.

"Agora a gente vai repassar tudo o que sabe", disse Djennifer. "Quem pode anotar?"

"Eu", respondeu Nuno.

Denizard ofereceu uma caneta, mas Nuno já havia aberto o bloco de notas no celular.

***

O primeiro toque da campainha foi o suficiente para acordar Diana. Será que Nuno havia esquecido a chave?

A campainha tocou de novo.

Intrigada, Diana desceu as escadas e abriu a porta de casa.

Era Tide.

Parecia transtornado.

"Por que você não me contou antes?", ele perguntou, ainda do lado de fora.

Diana fez um sinal com a mão para ele entrar. "Do que você tá falando?"

Ele esbarrou na maçaneta da porta entreaberta e segurou Diana pelo braço.

"Sobre meu filho."

Diana recuou a ponto de encostar na parede.

"É verdade?"

Diana tocou o rosto de Tide.

"A gente tem de conversar."

Tide balançava a cabeça num movimento aflitivo.

"E eu soube pelo Rangel! Como você faz isso comigo?"

Foi a vez de Diana reagir.

"Rangel?! O que exatamente ele contou? Como ele sabe dessa história?"

"Pelo Duílio. Mas não importa. Que se foda o Rangel", disse Tide. "Eu quero saber dele."

Diana levou a mão até o ombro de Tide, mas ele a repeliu.

"Me fala, Diana: meu filho tá aqui ou na faculdade?"

Ela demorou a compreender o que ele dizia. Por isso, escolheu as palavras com cuidado.

"Daqui nunca vai sair", disse Diana, estendendo as mãos. "Vem ver o quarto do seu filho."

Tide hesitou.

"Nuno tá no quarto? Não é melhor você falar com ele antes?"

Diana não respondeu. Levou Tide até a porta do único quarto no andar térreo. Girou a chave e abriu a porta.

A luz estava acesa, como ficava todas as noites.

Tide e Diana entraram no quarto.

Tide reparou nos pôsteres, nas fitas e nos livros jurídicos em cima da escrivaninha. Mas foi somente ao ver o skate que ele entendeu que estava no quarto de Luti.

Ele sentou-se no chão e escondeu o rosto com as mãos. Queria ir embora dali, para o seu apartamento, para os braços de Janine.

Diana sentou-se ao lado de Tide e esticou as pernas. Os dois ficaram sem dizer nada por três, quatro, talvez cinco minutos.

O tempo de uma canção.

Coube a Diana romper o silêncio. Não entendia por que Rangel foi falar sobre esse assunto, quem era ele para se meter assim na vida dos outros? Certas coisas deveriam ficar no passado, não precisavam vir à tona.

Tide levantou-se e vagueou pelo quarto de Luti, com o receio e o respeito de quem é exposto à intimidade de um desconhecido.

"Aqui é o canto dele", disse Diana. "Vai ficar assim, não deixo ninguém mexer."

Tide apalpou o travesseiro estirado na cabeceira da cama. Especulou o que se passava pela cabeça de Luti antes de dormir e ao acordar, os sonhos que nasceram naquele travesseiro e morreram no asfalto da W3.

"Quer ver os discos?"

Tide assentiu.

"A porta do armário fica somente encostada."

Diana segurou na cadeira da escrivaninha para se levantar.

Tide abriu o armário. Penduradas nos cabides, entre camisas de flanela xadrez, uma gravata azul-marinho.

"A gravata foi presente do Duílio. Disse que era para o Luti usar no estágio no escritório", disse Diana, com os olhos embaçados. "Desculpa. Não consigo ficar aqui."

Ela esfregou o punho no rosto para secar as lágrimas e saiu.

Tide permaneceu no quarto. Abriu as gavetas. Camisetas estampadas, bermudas largas, cuecas e meiões. Na parte de cima do armário, dezenas de LPs e CDs.

Quase vinte minutos depois, Diana voltou com um copo de água. Encontrou Tide no chão, cercado pelos discos de Luti. Alguns estavam guardados em sacolas verdes e alaranjadas, o nome da discoteca escrito em letras pretas. Outros estavam protegidos apenas por um plástico transparente. Tide pegou um dos LPs, na capa apenas a foto de um par de tênis, e o mostrou para Diana.

Você fica bem melhor assim até o fim da semana que entra

"Então ele gostava dos mineiros?"

Diana riu. "Ele dizia que era minha influência, não conseguiu se livrar."

Tide voltou a cantarolar.

Jogue sua vida na estrada como quem não quer fazer nada

"Esse eu também ouvi na idade dele", disse Tide, devolvendo o disco de Lô Borges para a sacola verde. "Mas esses aqui eu não conheço. Você me empresta?"

Diana concordou. Tide passou a examinar as fitas. O nome nas capinhas era o mesmo de um dos adesivos na janela.

"The New Sneakers?"

"A banda dele", disse Diana. "No começo só cantavam em inglês, era a moda na época. Depois eu dei um toque e eles começaram a gravar também em português."

As capas das fitas dos Sneakers tinham a relação de canções gravadas nos ensaios. Tide reconheceu alguns títulos e quis saber como Luti havia levado aquele repertório para a sua banda.

"Não sabia que eles estavam ensaiando essas músicas", disse Diana. "Eu lembro que o Luti ficou impressionado quando eu mostrei uma gravação do Plano Alto, até mostrei o seu caderno com as letras."

Uma das fitas estava sem indicação de conteúdo.

"Um dia antes de eu viajar com o Duílio para Machu Picchu, o Luti me pediu dinheiro pra gravar uma demo num estúdio da Asa Sul. Essa sem capa pode ser a fita-matriz", disse Diana.

Tide contou que seu aparelho de som ainda rodava fitas cassete, poderia escutá-las e pedir a Caçapava para transformar as gravações em arquivos digitais.

"Faz o que você achar melhor. O que vai te fazer bem. Pode pegar o que quiser."

Diana terminou de beber a água.

"Guardei também umas fotos. Você quer ver?"

"Quero, claro. Mas não tenho como levar tudo isso", disse Tide.

"Vou dar um jeito."

Ela abaixou-se e pegou, embaixo da cama, a mochila emborrachada que Tide entregou quando ela e Duílio voltaram do Peru.

Tide guardou fitas, CDs e fotografias na mochila. Disse a Diana que iria para casa, precisava de um tempo para absorver o que acabara de saber. Antes, porém, queria esclarecer o que disse Rangel.

"O Nuno também?"

Diana fez uma expressão estranha ao ouvir a pergunta, o que já indicava a resposta. Mas ela foi mais clara.

"Não! Claro que não", disse Diana. "Quem disse que o Nuno era o seu filho? O Rangel?"

"Foi", disse Tide. "Tudo porque viu a gente junto em uma festa na casa dele. E ainda contou para o Duílio…"

Diana voltou a reclamar, disse que o delegado jamais poderia ter entrado em assunto que não lhe dizia respeito.

"O Rangel sempre foi meio metido. Nunca entendi como ele se dava tão bem com vocês dois. Só mudou um pouco quando nasceu o garoto, o que virou jogador de futebol."

"Como assim?"

"Eu acho que ele carrega muita inveja. Queria ser tão influente e bem relacionado quanto o Duílio. Ou provocar o mesmo *frisson* que você despertava nas moças."

Ela sorriu.

"E ainda desperta."

"Que viagem, Diana", disse Tide.

"Viagem a sua de achar que o Nuno também podia ser seu filho. Mas não seria ruim", ela especulou. "Ele ainda teria um pai."

"E eu teria um filho", Tide emendou, com o olhar perdido. Tinha acabado de perceber que havia sido o último a ver Luti com vida, vasculhando os CDs importados na loja de discos, pouco antes de ser atingido pelo ônibus. O sangue do garoto, que escureceu o asfalto, também era dele.

"O Luti era um menino maravilhoso", disse Diana.

"Já era um homem", Tide observou. "E você não me deu a chance de ficar perto dele."

Tide passou as mãos nos cabelos.

"Não entendo por que você nunca me contou nada. Acho que nunca vou entender."

Diana se calou.

Tide terminou de arrumar a mochila e avisou que iria para o seu apartamento. Ela não se opôs e o acompanhou até a porta.

Na calçada, enquanto esperava o Uber, Tide não tirou o olho da janela do quarto de Luti. Adesivos de bandas – The Mighty Mighty Bosstones, Operation Ivy, Urban Dance Squad, Cravo Rastafari, Fun Lovin' Criminals, Rocket From The Crypt, Oz, NOFX, DeFalla, Girls Against Boys, Ned's Atomic Dustbin, Pop Will Eat Itself –, por ele indecifráveis; reconheceu apenas Red Hot Chili Peppers e Faith No More. Entendeu o motivo de a luz do quarto ficar sempre acesa, as roupas no armário, os tênis ao lado da cama, os discos guardados, a gravata azul-marinho, até o fato de o cachorro se chamar Mike, nome do cantor de uma das bandas preferidas de Luti.

Era a ilusão da presença.

* * *

Tide colocou para rodar um disco dos Byrds antes de esvaziar a mochila que trouxera da casa de Diana.

As vozes de Roger McGuinn e David Crosby encheram a sala do apartamento.

Ele pegou o encarte e leu a letra da faixa de abertura do Lado A.

To everything (turn, turn, turn)

There is a season (turn, turn, turn)

Engraçado, cansou de cantar "reason" no lugar de "season". "Tudo tem uma razão" fazia mais sentido do que "Há uma estação". Bobagem, o que importava mesmo eram as boas vibrações da música.

And a time to every purpose under heaven

Pegou uma das fotos selecionadas por Diana. Luti, cinco anos no máximo, pouco à vontade em cima de um pônei tristonho. Duílio segurava as rédeas. Ao fundo, palmeiras recém-plantadas, as mesmas que havia na casa de Hélio Pires. Será que o senador havia comprado as palmeiras no viveiro? Mas, à época da foto, era Alba quem cuidava da loja. De toda forma, poderia ser um indício de que o amigo conhecia Hermes Filho muito antes do que ele imaginava. Era a primeira vez que surgia um motivo consistente para fazer Tide acreditar na história de Rangel, de que Hélio Pires e o parlamentar armaram a morte de Duílio.

A time to be born, a time to die

Tide foi até a cozinha e, ainda ao som de *Turn! Turn! Turn!*, voltou com uma lata de cerveja.

A time to kill, a time to heal

Depois do primeiro gole, deteve-se na foto de Luti no pônei. O garoto parecia assustado. A reação era compreensível. Ele mesmo, por um trauma de infância, nunca havia subido em um cavalo. Na única vez que esteve em uma charrete, com os pais em Tiradentes, implorou para descer porque se impressionou com o olhar triste do animal, açoitado para transportar gente.

Não, Tide não teria ensinado Luti a montar, muito menos a dirigir automóvel. Poderia, sim, tê-lo ensinado a andar de bicicleta. Diria ao filho para se concentrar em um pedal de cada vez, movimentar os pés de forma contínua e sincronizada até ganhar velocidade sem perder o equilíbrio. Se caísse, tudo bem. Recomeçariam. Ele ergueria a bicicleta e firmaria o guidão até sentir que Luti poderia avançar sozinho.

Sem medo.

Mas ensinar a andar de bicicleta era atribuição de todos os pais. Se pudesse voltar ao passado e repartir alguns momentos de sua vida com o filho, Tide teria feito algo diferente.

Levaria Luti a um *show* de um artista capaz de desafiar o tempo e atravessar décadas adicionando fãs a cada disco, a cada turnê.

Tide abriu a mochila e retirou uma das sacolas alaranjadas para examinar os LPs que pegou na casa de Diana. Escolheu uma gravação ao vivo para substituir os Byrds.

Para aproveitar ao máximo, ele ensinaria a Luti, é preciso ficar bem próximo do palco. Recordaria a intensidade e a energia que emanava nas apresentações em bares, garagens, *pubs*, porões. Repassaria também o que aprendeu ao ver as grandes bandas se apresentando em ginásios e estádios: estratégias para não ter o corpo espremido pela multidão. Afastar os pés, abrir os cotovelos e garantir o movimento dos braços, beber o suficiente para suportar a vontade de ir ao banheiro, cercar-se de amigos. Se não houvesse amigos, deveria puxar conversa e oferecer um beque aos desconhecidos ao redor. E, enfim, agrupados no minúsculo território à prova de intrusos, torceriam para que os músicos estivessem numa noite inspirada a ponto de despertar o êxtase interior maravilhosamente descrito por Cioran ao se referir aos concertos das grandes orquestras: a sensação difusa do sentimento que surgia com a soma de vibrações, ressonâncias íntimas e envolventes sonoridades.

O enlevo. A transcendência.

Tide retirou o encarte do disco com as fotografias de fãs extasiados diante dos ídolos. Ele, Luti, Diana, outros amigos, todos os amigos poderiam estar naquelas fotos. Perto do fim do *show*, ele diria a Luti para apreciar o suspense à espera do bis, eles e os demais fãs mergulhados na escuridão. E, na volta dos músicos ao palco, torceria para que eles tocassem uma música especial. A música que Luti havia escutado pela primeira vez no rádio, depois no disco que ganhou de presente da namorada e no CD que furtou na discoteca; a música que era a trilha sonora do seu mundo, a música que o fazia ir e voltar no tempo.

Depois do último acorde, Tide usaria o suor do rosto para ungir a testa do filho, tendo Diana e outros amigos como testemunhas. Ao redor deles, desconhecidos de súbito íntimos, muitos bêbados, alguns entorpecidos, todos roucos, suados, sorridentes e um pouco surdos, atingidos no peito e nos tímpanos pela força do som, agora a trilha de um batismo, o batismo de Luti.

Mesmo com as luzes acesas, todos os que assistiram ao *show* sabiam que a sensação não iria embora; muito pelo contrário, se alojaria nos que ali estiveram, impossível removê-la. A cada novo encontro, marcado pela afinidade ou pelo acaso, eles se reconheceriam e, sem palavras, apenas com olhares e sorrisos, talvez bastasse uma camiseta ou um assovio, voltariam para onde estiveram. Seriam cúmplices de um segredo que os outros que não suaram e cantaram e beberam e tragaram e se emocionaram juntos naquela noite seriam incapazes de decifrar. Tide, enfim, compreendeu que era por isso, pela possibilidade de reviver um conluio coletivo, que os fãs compravam discos ao vivo.

Enquanto retirava as fitas da mochila e colocava uma delas em seu aparelho de som, Tide também compreendeu o que buscava nas sacolas alaranjadas que pegou na casa de Diana. Tentava chegar até Luti. Fotos não serviriam. Somente a música seria capaz de levá-lo a um outro plano, à dimensão invisível e atemporal que o espanhol mencionou durante a entrevista com Milena, a tal da quinta dimensão que Diana não tirava da cabeça. A dimensão onde não há medo, onde nasce o êxtase de Cioran, onde não existe passado nem futuro, onde tudo é agora e sempre, onde Tide poderia encontrar o filho que a vida lhe oferecera depois da morte.

Ele desligou o toca-discos e apertou o *play*. A fita começou a rodar.

Parecia ser o registro de um ensaio dos Sneakers. Instrumentos plugados nos amplificadores, acordes para acertar a afinação, teste de microfone.

"Som! Um, dois, três. Som!"

Tide aproveitou para examinar os cassetes. Pela identificação nas capas, quase todas as fitas haviam sido gravadas na mesma sala de ensaios na W3.

A banda começou a tocar.

Tide deitou-se no sofá e fechou os olhos. A qualidade da gravação era bem superior ao que imaginara. Ficou surpreso também com os *covers*. Logo no início da fita, uma escolha inusitada para os que tinham vinte e poucos anos à época, ainda mais num arranjo tão diferente.

Resistindo na boca da noite um gosto de sol

De quem teria sido a sugestão de regravar *Nada será como antes*?

Algumas perguntas ficam sem respostas.

Tide encontrou outra fita, esta sem capa, a palavra "máster" escrita na face. Separou o cassete dos demais e o guardou na bolsa de couro. Entregaria a Caçapava para digitalização.

Voltou a prestar atenção no registro do ensaio. Guitarra, baixo e bateria se sobrepunham ao microfone. Teve de aguardar o refrão para escutar a voz de Luti.

Aumente o volume do teu grito

"Parou!"

Os outros integrantes da banda obedeceram.

"Vocês são foda, véi! Erraram a segunda parte de novo?! Dá pra prestar atenção ou tá difícil?"

O tom imperativo e sarcástico de Luti na gravação era idêntico ao de Duílio. A semelhança incomodou Tide e ele decidiu pegar mais uma cerveja.

Ao voltar à sala, viu no celular que Rangel havia enviado a foto de uma frase escrita à mão e sublinhada.

"Desde que surgira o filho, também ele, Sidarta, transformara-se num homem tolo, que sofria por causa da outra pessoa, que se agarrava a um ente querido, que andava perdido de amor, que, em razão dessa afeição, se convertera num imbecil."

Depois da foto, chegou uma mensagem.

"Copiei a frase de um livro que vocês me emprestaram e carrego essas palavras na minha carteira por causa do Felipe. Bem-vindo ao time dos homens tolos."

Tide não gostou de ser importunado pelo delegado. Mas teria de responder à mensagem, ainda precisava de Rangel para tirar Tayrone do caminho de Janine. Faria isso ao se recuperar da descoberta.

Queria encontrar novamente Diana para que ela contasse tudo sobre o filho. Tudo mesmo, desde o início.

Luti poderia ter sido o fruto de uma das noites alucinadas que ele e Diana passaram juntos depois de uma das brigas feias dela com Duílio. Que ano teria sido aquele? Setenta e sete? Não. O ano em que eles mais brigaram foi o da Copa da Argentina, o ano em que eles fizeram a maior besteira de suas vidas, o ano que estava escrito na confissão: 1978.

Tide cogitou perguntar a Diana se, em algum momento, Duílio suspeitou que não fosse o pai de Luti. Pensou melhor e decidiu que não perderia tempo com isso. Queria saber mesmo era sobre a vida breve do filho: as namoradas, os amigos. Pediria a elas e a eles para compartilhar histórias, fotos, boas lembranças. Tentaria exercer a paternidade que lhe coube, tardia e amputada.

"Me liga quando estiver menos puto comigo?"

Tide leu o pedido de Rangel e abriu outra lata antes de telefonar.

"O que você tem pra me dizer agora?", perguntou, com rispidez, ao delegado.

"Primeiro, tenho de pedir desculpas. Minha cabeça não tá boa, Tide", disse Rangel. "Tem o resultado do exame que eu falei. Meus chefes estão em cima de mim por causa do inquérito, a minha preocupação com o Felipe só aumenta. Muita coisa ao mesmo tempo e você me ligou num momento ruim."

Até aquele ponto Rangel estava preso à verdade, depois adaptou os fatos à história que desejava contar. "Eu tinha acabado de discutir com o Hélio depois dele me dizer que ia sumir por uns dias. O cara não é como a gente; não aguenta pressão. Sempre foi assim."

Tide se calou, então Rangel teve de dizer o que procurou evitar.

"Mas, de toda forma, eu não podia ter falado sobre o garoto", Rangel reconheceu.

"Agora já era", disse Tide. "Esquece isso."

"E a Diana? Como ela reagiu?"

"Isso é comigo e com ela."

Tite tentou ser menos seco ao mudar o assunto. "A gente precisa conversar sobre a noite de sábado: algumas coisas que o Hélio me disse não batem com o que você me contou."

Tide bebeu a cerveja. "Mas tem de ser pessoalmente. O que eu preciso agora é dar tranquilidade para a Janine."

"Você vai ter o que precisa", Rangel prometeu. "Como é que vai ser?"

"Primeiro eu quero ter uma conversa séria com o filho da puta. Saber quanto ele quer para sumir da vida dela."

"Se ele não aceitar, eu dou um jeito de botar ele na cadeia", o delegado garantiu.

"Grana ou cana. É isso."

Tide agitou a lata.

"Pode ser perigoso", disse Rangel. "Esses caras não são que nem a gente, Tide."

Ficaram calados. Tide escutava apenas o bater constante e aflitivo dos dentes do amigo nas bordas do copo.

"Estava pensando aqui… Será que você consegue alguém de confiança para ir comigo?"

"Porra, Tide! Como assim, 'alguém'? Eu vou com você", Rangel se ofereceu, os dentes ainda castigando o copo.

"Ótimo!"

Aliviado, Tide bebeu mais cerveja. "Mas a Janine não pode saber. Amanhã ela tá de folga e vai estudar o dia inteiro. A gente pode aproveitar e resolver essa história."

"Fica tranquilo", disse Rangel. "De um jeito ou de outro, a gente tira esse cara do caminho da moça. Dou notícias."

Eles se despediram. Tide pegou na estante a sua edição de *Sidarta*. Passou as páginas até achar o trecho subsequente ao que Rangel havia enviado.

"A essa altura, acometia-o, embora tardiamente, pela primeira vez na vida, a paixão mais forte, a mais estranha de todas, fazendo-o sofrer, sofrer miseravelmente e, mesmo assim, deixando-o sumamente feliz, dando-lhe a impressão de estar renovado e enriquecido."

Voltou a olhar os discos de Luti. Colocou o vinil de *Strange days* e deitou-se no sofá para seguir na leitura. A voz grave de Jim Morrison preencheu a sala.

Strange days has founded us

Tide cochilou com o livro aberto no peito. Acordou com a vibração do celular. Recebera mensagem de Rangel.

"Consegui marcar com o Tayrone. Amanhã à tarde."

"Ótimo. A gente resolve isso de uma vez", Tide respondeu.

Passava de meia-noite, não iria atrapalhar o sono de Janine, ainda mais sabendo que ela acordaria cedo para estudar. Deixaria para procurá-la depois de resolver com o marginalzinho.

Ele trocou o lado do LP.

Reconheceu a introdução de sua música preferida dos Doors. Aumentou o volume para escutar o grito de Jim Morrison que precedia o canto.

Yeah!

Retirou o encarte de *Strange days* para relembrar a letra.

When the music's over, turn out the lights

Como Luti havia chegado aos Doors? Tinha havido um *revival* da banda no início dos anos 1990 por causa do filme de Oliver Stone, a sessão que Tide assistiu no Cine Karim estava apinhada de adolescentes. Talvez Diana soubesse, poderia perguntar a ela.

235

Dance on fire as it intends

Pensando bem, não perguntaria nada. Preferia o mistério.

Music is your only friend until the end

Tide deitou-se no sofá e procurou se concentrar na releitura de *Sidarta*.

***

SENTINELAS

A neblina que cobria o Aeroporto Afonso Pena fez o avião de Denizard voar em círculos durante trinta turbulentos e intermináveis minutos até receber autorização da torre para o pouso. Com o atraso, o jornalista teve de abreviar o encontro com o agente que tinha informações sobre a rotina dos políticos presos na sede da Polícia Federal em Curitiba. Só deu tempo de anotar umas curiosidades sobre as refeições dos detentos e tomar um café. Ao menos ele aproveitaria que já estava no centro da cidade para conhecer o hotel onde os procuradores concederiam entrevista.

O assessor de imprensa do MPF testava os microfones da sala reservada para a coletiva.

"Olá, sou Luiz Denizard. Tudo bem?"

Como resposta, o assessor apenas ergueu as sobrancelhas.

Denizard explicou que acabara de chegar de viagem e gostaria de conhecer a dinâmica da entrevista.

"O senhor é novo na cobertura da Lava-Jato?"

Alguns palavrões vieram à mente de Denizard, mas ele preferiu se calar.

Enquanto dava soquinhos nos microfones, o assessor explicou que os procuradores fariam exposição de uma hora e, na sequência, atenderiam aos jornalistas inscritos previamente.

"Vai ser a coletiva mais concorrida da força-tarefa este ano. Tivemos de limitar a uma pergunta para cada repórter."

O assessor mostrou uma folha de papel com as inscrições.

"E pode ser feita por escrito?", Denizard perguntou.

"Não entendi."

"A minha pergunta. Posso escrever e repassar para a mesa?"

O assessor suspirou, impaciente. "O senhor já acompanhou uma de nossas coletivas?" Ele apontou para o tablado de madeira em um dos cantos da sala. "Todas as perguntas são feitas pelos jornalistas naquela posição."

"É um palanque?", Denizard provocou.

"É um púlpito." O assessor era mais frio do que as manhãs de julho na capital da Lava-Jato. "Chegou na semana passada."

"Sei. Como nas igrejas. Também vai ser usado para pregações?"

O gracejo não surtiu efeito.

"O senhor vai se inscrever ou posso terminar o meu trabalho?"

A impaciência do assessor irritou Denizard. Teve vontade de dizer que estava ali a contragosto. Por ele, ignoraria o circo de mídia montado para tratar os procuradores como celebridades em vez de servidores públicos com obrigação de prestar contas à sociedade.

Ficou quieto. Os tempos tinham mudado. Ele teria de se adaptar ou cair fora.

Denizard passou os olhos nos nomes dos inscritos. Nenhum conhecido, sequer poderia repassar a sua pergunta para um colega. Assinou ao lado do número sete, devolveu a folha e deu as costas para o assessor.

O colunista deixou o hotel. O relógio digital em um dos postes da rua exclusiva para pedestres indicava que ainda faltava mais de uma hora para o início da coletiva. Uma cerveja ajudaria a relaxar. Quem sabe um uísque? Merecia uma dose por não ter perdido a calma com o caga-regras que o tratou como se fosse um idoso atarantado em um caixa eletrônico. Não, nada de álcool. Evitaria as tentações nos bares. Mais prudente almoçar em algum lugar próximo e saber de Djennifer-com-D se ela e Nuno haviam conseguido avançar na história de Duílio Silveira.

***

Observadas por um soldado que fazia o patrulhamento da entrada do Setor Militar Urbano, Diana e Alba seguiram por um bosque de mangueiras até a área de convívio próxima ao busto de Duque de Caxias. À frente da imagem do patrono do Exército, dezenas de casas térreas delimitadas por muretas, sem fios ou grades a escondê-las. Despreocupada, uma mulher falava ao celular enquanto empurrava um carrinho de bebê na rua de residências destinadas exclusivamente aos oficiais e suas famílias.

Alba revelou a Diana que Hélio Pires havia desaparecido. Tentava falar com o marido, sem sucesso, desde a noite anterior.

"Às vezes ele passa horas pedalando, mas dessa vez não me avisou que ia ficar tanto tempo fora." Alba retirou a tiara que prendia os cabelos, um tanto maltratados. "Saiu somente com as chaves e o celular. Não levou nem a carteira."

Ela e Diana sentaram-se em um dos bancos próximos ao bosque.

Alba apertava a tiara para aliviar o nervosismo. Diana olhou em volta, estavam a sós. Avaliava se deveria contar que Nuno marcara um encontro com Hélio Pires para pressioná-lo a contar o que sabia sobre o envolvimento de Rangel na morte de Duílio.

O celular de Alba tocou. Antes de atender, ela mostrou o nome que apareceu no telefone: Rangel.

"Pedi pra ele me ajudar a achar o Hélio."

"Coloca no viva-voz", Diana pediu. "Depois eu explico."

Alba obedeceu. Repousou o telefone no colo.

"Alba? Tá me ouvindo bem?"

Ela confirmou.

"Fui atrás do Hélio como você pediu", disse Rangel. "Falei com um colega da delegacia que registra as ocorrências do local onde ele costumava pedalar. E as notícias não são boas."

Alba começou a arrancar o tecido da tiara.

"O Hélio estava com roupa de ciclista? Bermuda amarela, camisa preta, sapatilha?"

Alba confirmou.

"Então é melhor a gente conversar pessoalmente."

"Não consigo esperar, Rangel. Fala!"

"Tem alguém aí com você?"

Alba largou a tiara e pegou a mão de Diana.

"Uma amiga vem ficar comigo mais tarde", ela mentiu. "Mas pode falar."

O corpo de um ciclista havia sido encontrado no trajeto que Hélio Pires costumava percorrer, afirmou o delegado.

"O meu colega disse que os dados da vítima batem com os do Hélio. E a descrição das roupas, pelo que você me contou agora, também", disse Rangel. "Mas ainda não temos a confirmação da identidade."

Alba apertou as mãos de Diana.

"A bicicleta era dessas que custam os olhos da cara?"

"Costumava pedalar", "usava", "era." Mesmo nervosa, Alba reparou que Rangel já se referia a Hélio no passado.

"Foi meu presente de aniversário para ele", Alba revelou.

As duas escutavam a respiração arfante do delegado.

"Espera na linha, por favor."

Rangel se afastou do telefone e perguntou a um de seus agentes.

"Silas, as fotos chegaram?"

Ouviram Rangel murmurar. "Meu Deus..."

Ele voltou ao telefone.

"Recebi as fotos do local do acidente."

Ela olhava para a tela do celular.

"Você tem que ser forte..."

Alba abaixou a cabeça enquanto Rangel continuava a falar.

"É ele, Alba. O corpo é do Hélio."

Alba deixou o celular cair no chão. Soltou um grito tão forte que assustou a mulher com o bebê e chamou a atenção da sentinela do SMU. Diana recolheu o telefone e abraçou a amiga, as lágrimas escurecendo a camisa amarela. Foi um choro profundo e demorado, deu tempo até de o soldado acenar e perguntar a Diana, por meio de gestos, se Alba precisava de alguma coisa. Diana o dispensou.

O celular de Alba tocou novamente, na tela apareceu o rosto de Rangel.

"Não atende!", ela gritou para Diana, que obedeceu.

Alba, então, ergueu o rosto e sussurrou no ouvido da amiga.

"Vem aqui."

Não disse nada até chegar em casa.

Já na sala, apanhou um gravador na prateleira mais alta da estante.

"Melhor você sentar", disse Alba. "Eu passei mal da primeira vez que eu ouvi."

Diana obedeceu e sentou-se no sofá. Na mesa de centro, um porta-retratos com a foto dos donos da casa nas cataratas do Iguaçu.

"A gente planejava voltar a Foz no ano que vem..." Alba não conseguiu terminar a frase.

"O que você gravou aí?", Diana quis saber.

"Foi o Hélio", disse Alba. "Uma conversa dele com esse bandido."

Alba entregou o gravador.

"Não consigo escutar." Avisou a Diana que iria trocar de roupa e lavar o rosto. "Me chama quando terminar."

Alba deixou a porta aberta ao entrar no banheiro. Penduradas ao lado do box, a calça e a camisa que o marido vestiu no dia anterior. Ela recolheu as roupas e iria levá-las para a área de serviço, mas voltou atrás ao reconhecer as vozes de Hélio e Rangel tramando a morte de Duílio. Fechou a porta.

Pegou a colônia pós-barba do marido, borrifou os punhos e o pescoço. Molhou as mãos, o rosto, os cabelos. As lágrimas ficariam para depois. Tinha que dar a notícia à única irmã de Hélio, que morava no interior de São Paulo. Encarregaria Jorge das entregas do dia e passaria no fim da tarde para fechar o caixa. Pediria que Diana a acompanhasse na liberação do corpo para o velório.

O mais urgente, porém, era pegar o filho da puta que matou o seu marido.

Não acreditou em uma palavra do que Rangel dissera sobre roubo de bicicleta. O delegado usou Hélio para ajudá-lo a matar Duílio e depois se livrou dele, Alba deduziu.

O celular vibrou em cima da pia. Ela enxugou as mãos e viu que havia recebido uma mensagem de Rangel.

"O corpo seguiu para o IML. Eu tô aqui perto, posso te levar pra acompanhar a identificação."

Alba largou o telefone e o celular quicou nos azulejos do piso, por um milagre não se espatifou.

Diana bateu na porta.

"Você tá bem?"

Alba saiu e mostrou a mensagem de Rangel.

"Eu chamei o Nuno para me buscar, mas não vai dar tempo. A gente tem que ir embora daqui agora", disse Diana.

O carro de Hélio havia ficado no viveiro, mas Alba lembrou que havia um ponto de táxi perto de casa. Antes de sair, ela pegou uma pasta na estante e guardou na bolsa com o gravador. Em passos rápidos, logo chegaram em uma pracinha deserta e descuidada, onde o sol se encarregava de queimar a grama que resistia ao redor da quadra de esportes.

Não havia táxis no ponto. Diana usou o aplicativo do celular, o Uber mais próximo levaria dez minutos para chegar. Tentou falar com Nuno, mas o filho não atendeu.

Devia estar chegando, ela deduziu.

"Saímos da casa da Alba", ela escreveu, antes de mandar para o filho a nova localização.

Encostaram-se no alambrado da quadra e Alba abriu a pasta que havia retirado da estante. Mostrou uma folha para Diana.

"Você conhece isso?"

Era uma cópia que ela fizera da confissão que Hélio guardou até a noite de sábado, quando a queimou com os espetos do churrasco.

Um carro prateado, vidros escurecidos de tal forma que era impossível identificar o motorista, entrou na praça.

***

Enquanto amarrava o cadarço do tênis, Tayrone reparou que a avó cochilava diante da televisão no volume máximo. Ele desligou a tevê.

"Faz isso não, Tay", ela reclamou. "Tava de olho fechado pra descansar a vista, mas tô escutando."

"A senhora tava era dormindo."

Tayrone parou diante do espelho.

"Para onde vai todo elegante?", a avó perguntou.

"Tenho umas coisas pra resolver, mas volto de noitinha."

Tayrone arrumou a gola. "Ficou boa essa camisa?"

"Muito alinhada, parece até as que seu avô usava", disse a avó. "Isso tudo é para ver a Janine? Ela emprestou as apostilas do concurso? Se ela não ajudar, eu tenho um dinheirinho que pode…"

Tayrone a interrompeu com um afago nos cabelos ralos.

"Não precisa, vó. Um amigo ficou de pagar hoje o que me deve por um serviço. Depois vou comprar as apostilas."

"Tem certeza, Tay?"

O neto confirmou com a cabeça. A avó aumentou o volume da tevê.

"A senhora assistiu a essa missa hoje cedo, não tá lembrada?"

"E eu não sei? Pare com essa história que eu tô esquecida", ela respondeu. "Mas quero ver de novo. Esse padre fala bem e as músicas são bonitas. Agora se abaixe aqui."

Tayrone obedeceu e a avó, com os lábios machucados pela seca, o beijou no rosto.

"Traga pão francês para comer com a sopa."

"Sopa de quê?"

"De feijão. Não foi a que você pediu?"

A avó aumentou o volume da televisão para escutar a homilia.

"O que tem para nos dizer essa passagem da 1ª Epístola aos Coríntios: 'Onde está, ó morte, a sua vitória? Onde está, ó morte, o seu poder de ferir?'"

Tayrone deixou a avó entretida com a reprise da missa. Trancou o portão e conferiu as horas no celular. Ficou acertado que o encontro com o tal de Tide no zoológico seria depois do fechamento dos portões. Chegaria mais cedo para dar uma volta e se distrair com os animais, como ele e Janine fizeram tantas vezes aos domingos. Lembrou que ela não parava de falar sobre o que mais admirava nos animais; a autoridade dos leões, a elasticidade das ariranhas, a astúcia dos macacos, a sabedoria dos elefantes. E ele, mudo, somente admirando a sabedoria de Janine. Acontece que ela não estava mais ao seu lado e, por causa de um coroa, sequer admitia sair para tomar um açaí e trocar uma ideia, aprumar a cabeça dele para o concurso. Mas tinha certeza de que ela poderia voltar.

Decidira fazer as coisas sem pensar muito. Na base do instinto. Voltaria antes do anoitecer, pão quente para mergulhar na sopa e ver a novela das seis com a avó.

Tayrone mostrou a carteira do cursinho, pagou meia-entrada e entrou no zoológico.

***

Rangel esmurrou o volante da picape ao ver as duas mulheres correndo para entrar em um Celta vermelho no Setor Militar Urbano. O que Diana estava fazendo ali? Ele foi procurar Alba para garantir que repassaria a quantia que o marido receberia pela morte de Duílio. Mas, claro, a conversa teria de ser somente com a viúva de Hélio Pires.

Como sempre, Diana aparecia para estragar os planos dele. E quem estava dirigindo?

Ele acelerou a picape para alcançar o carro vermelho. O rosnar dos pneus chamou a atenção da sentinela do exército, bruscamente arrancada de uma modorrenta vigilância em área da cidade onde nada acontecia.

O soldado fez sinal para Rangel reduzir a velocidade.

"Reco de merda..."

O delegado ignorou a sinalização e encostou a picape no Celta onde estavam Diana e Alba. Reconheceu o motorista.

Era Nuno.

Rangel sabia o que o garoto queria desde que começou a cercar Hélio Pires.

Foder com tudo.

"Filho da puta!"

Rangel pisou fundo e ultrapassou o Celta. Usaria a picape para bloquear a única saída da praça. Mas outro sentinela, apontando um fuzil, apareceu à frente.

O delegado freou. O recruta aproximou-se da picape e mandou Rangel abrir o vidro.

"Desce!"

Rangel obedeceu.

Enquanto mostrava a carteira de policial e explicava ao soldado que estava em uma investigação, o Celta de Nuno passou ao seu lado. Os vidros escuros dificultavam a identificação dos ocupantes, mas Rangel poderia jurar que Diana sorria no banco de trás.

***

"Mensalão e Lava-Jato são duas faces da mesma moeda. Ambos são esquemas de corrupção desenvolvidos por um mesmo governo, e por um mesmo partido, com três objetivos: alcançar a governabilidade corrompida, perpetuar-se criminosamente no poder e enriquecer ilicitamente."

Denizard nem se dava mais ao trabalho de anotar o que os procuradores diziam, ainda estava atônito com o calhamaço distribuído pelo assessor de imprensa. Quase cento e cinquenta páginas de denúncia! Como conseguiria resumir aquele palavrório em uma matéria de cinquenta linhas, mais uma retranca de trinta e dois quadros, como seu editor havia encomendado?

Ao folhear a papelada, Denizard se deteve na página com o desenho tosco de uma pirâmide com os vértices do esquema de corrupção investigado pela Lava-Jato: o núcleo político no alto, os núcleos administrativo, operacional e empresarial nas bases. Enfim, algo compreensível e de fácil assimilação. Tirou o celular do bolso, fotografou o desenho e o mandou para adiantar o trabalho da editoria de arte. Aliviaria o esporro que certamente escutaria depois do que iria fazer na coletiva.

Denizard olhou o relógio e suspirou. A apresentação dos procuradores ainda não estava nem na metade. Alguns dos colegas, os mais jovens, mexiam a cabeça como cãezinhos adestrados. Será que não ensinavam na faculdade que jornalista tem de contestar em vez de concordar? O tom monocórdio das falas acentuou o sono que se insinuava. Ele deveria ter recusado a cerveja preta que o garçom do restaurante alemão sugeriu para acompanhar o *eisbein*.

As luzes da sala se apagaram e as atenções se voltaram para a projeção de um powerpoint. O coordenador da força-tarefa da Lava-Jato parecia especialmente orgulhoso com a representação gráfica da denúncia que atingia até um ex-presidente da República.

"O que o Ministério Público faz aqui é imputar a ele a responsabilidade pelos crimes de corrupção e lavagem de dinheiro em um contexto específico, afirmando qual é a medida de sua responsabilidade com base em evidências."

Mais sedutor que o powerpoint, o sono venceu Denizard. Acordou com a vibração insistente do celular. Era Djennifer, mas ele não podia atender. Em tom solene, o coordenador da força-tarefa discorria sobre o que chamava de "propinocracia", outro verbete do dicionário brasileiro da corrupção que logo estaria nas capas dos *sites* e, acrescida de exclamações e memes, nos grupos de WhatsApp.

Denizard aproveitou uma pausa do procurador para sair discretamente da sala. Trancou-se em uma das cabines do banheiro.

"O que foi, Djennifer?"

"Complicou", disse a estagiária. "O delegado sumiu. Não sei se fugiu, se foi atrás do senador, se vai mandar alguém atrás da gente. Temos pouco tempo. E não tô conseguindo falar com o Nuno."

"E aqui ainda nem chegou na parte das perguntas…" Denizard aproveitou as toalhas de papel da cabine para enxugar o suor nas axilas.

"Já terminei a edição do depoimento do seu amigo", ela afirmou. "Gatinho ele, hein?"

Denizard levou na esportiva o comentário de Djennifer.

"O que importa agora não é a beleza do gato, mas a intensidade do miado. Ele falou bem?"

"Falou bonito. Mas ele queria, de todo jeito, ir atrás dos cachorros ainda hoje. Só sossegou quando eu disse que não se deve misturar duas histórias grandes porque uma tira a força da outra."

"É isso mesmo." Denizard terminou de se enxugar e abotoou novamente a camisa. "Onde você aprendeu?"

"Foi no vídeo da palestra de um jornalista fodão." Djennifer sorriu antes de prosseguir: "Você disse isso cinco minutos antes de cair."

Denizard riu e voltou ao auditório. Estava chegando a sua hora.

**

"Me espera em frente às araras e a gente vai encontrar o cara no lugar que você sugeriu."

Rangel enviou a mensagem a Tide e voltou a se concentrar no noticiário no rádio. Queria saber se iriam falar sobre a morte de Hélio Pires. Mas as emissoras tinham outras prioridades. Transmitiam, de Curitiba, a entrevista da força-tarefa da Lava-Jato. O delegado conectava o *bluetooth* quando escutou um assessor de voz anasalada anunciar, na relação dos jornalistas inscritos para as perguntas, o nome de Luiz Denizard.

O colunista iria largar do seu pé por algum tempo, Rangel constatou. Enfim, uma boa notícia naquele dia tenso e triste.

Nova mensagem no telefone. Imaginou que pudesse ser a resposta de Tide, mas errou.

Era um áudio de cinco minutos de um número não-identificado, que chegou acompanhado de uma explicação.

"Oi, primo! Como estão as coisas aí no cerrado? Desculpe incomodar, mas é que preciso de ajuda numa investigação. Uma coisa delicada, tem a ver com aqueles dias que painho passou na casa de vocês. Eu explico tudo no áudio. Quando tiver um tempinho, escute. E salve aí o meu número novo!"

Somente trabalhando em Noronha para um delegado imaginar que um colega teria tempo de escutar um áudio de cinco minutos. Depois escutaria a mensagem do primo e destacaria Silas para ver o que podia fazer.

Rangel largou o telefone e aumentou o volume do rádio. Não queria perder a pergunta de Denizard. Se é que ele conseguiria falar alguma coisa. Provavelmente o colunista já tinha enchido a cara e a voz sairia ainda mais enrolada do que já era. Bem que o pilantra poderia repetir a cena ridícula do vídeo viralizado, tropeçar e cair com as pernas para o alto. Rangel abriu um sorriso ao imaginar a cena.

***

Denizard calculou a distância até o púlpito fincado em uma das laterais da sala. Vinte, no máximo trinta metros. Com as duas toneladas que pesavam nas pernas, seriam duzentos quilômetros. Apoiou-se nos braços da cadeira para se erguer, mas o corpo se recusou. Estava paralisado.

O assessor apontou para Denizard.

"Sua vez, senhor."

O colunista respirou fundo e fixou o olhar no teto da sala. Somente assim conseguiu se levantar. As pernas, enfim, o obedeceram e, sob os olhares impacientes dos colegas, moveu-se lentamente pelo corredor. Cada passo uma conquista, cada próximo passo uma ameaça. Chegou ao púlpito com o espírito de um maratonista iniciante: extenuado e realizado.

"A pergunta, por favor", disse o assessor.

Precavido, Denizard evitou o improviso. Pegou o caderno de anotações e leu o que havia preparado com Nuno e Djennifer. Eles queriam uma pergunta direta, mas o jornalista os convenceu de que um afago no ego seria uma forma eficaz de ganhar a atenção dos entrevistados.

"Boa tarde. Em primeiro lugar, eu gostaria de saudar a atitude dos integrantes do Ministério Público Federal de prestar esclarecimentos sobre o andamento de seus trabalhos à sociedade, por meio da imprensa, com transparência e clareza", disse Denizard.

Os procuradores sorriram.

Morderam a isca.

Denizard também sorriu.

"Não há o que agradecer. Faz parte de nosso trabalho", disse o mais jovem dos engravatados. "Não lembro de tê-lo visto em outras coletivas. Como é mesmo o nome do senhor?"

"Luiz Denizard. Não vim antes porque eu estava ocupado com outra história."

Ainda sorrindo, Denizard voltou os olhos para o caderno.

"Agora, na presença de alguns dos mais destacados membros do Ministério Público Federal, eu gostaria de saber se algum dos senhores tem interesse em denunciar um parlamentar pelos crimes de corrupção passiva, lavagem de dinheiro e homicídio qualificado."

Os procuradores se olharam, surpresos.

"Homicídio?" O coordenador da força-tarefa ajeitou os óculos. "Não é da nossa alçada, mas podemos encaminhar para investigação. Esse parlamentar já foi objeto de denúncia no âmbito da Lava-Jato? O senhor pode me procurar depois da coletiva para dizer o nome dele?"

"Poderia dizer agora", disse Denizard. "Mas faço questão de passar a palavra para dois futuros colegas de profissão."

Denizard tocou o ícone azul do aplicativo na tela do celular. Tinha ensaiado com Djennifer durante o almoço, tinha que dar certo.

O assessor de imprensa do MPF aproximou-se do púlpito e disse que o colunista deveria desligar o telefone. Lembrou que as perguntas tinham de ser presenciais e feitas por jornalistas previamente inscritos.

Um dos procuradores acenou para o assessor. "Parece que é importante, pode deixá-lo concluir."

Denizard agradeceu, virou-se para os câmeras das tevês.

"Vocês conseguem pegar bem a imagem da tela?"

Os câmeras se aproximaram e Denizard iniciou a transmissão. Djennifer e Nuno estavam em frente de uma casa no Lago Sul, palmeiras azuis emoldurando os dois andares da construção mais chamativa do conjunto de residências luxuosas.

"Boa tarde. Meu nome é Djennifer Luz e esse aqui é o Nuno Silveira. Somos estudantes de jornalismo. A gente tem depoimentos e provas de que o dono dessa mansão ordenou um assassinato para acobertar uma série de outros crimes."

Djennifer retirou dois cartazes da mochila aos seus pés e entregou um deles para Nuno. Abriu o outro cartaz, com o endereço de um *site*.

"Temos vídeos, gravações de conversas, provas materiais. Tudo que nós descobrimos até agora está em um vídeo hospedado nesse *site*. Acessem e baixem tudo antes deles darem um jeito de tirar da internet."

Nuno abriu o cartaz e Djennifer apontou para a fotografia que ocupava por inteiro o cartaz nas mãos de Nuno.

"Esse é o dono da casa."

A foto era imensa, por isso não foi necessário dar um zoom para que todos, procuradores, jornalistas, até o diligente assessor de imprensa, reconhecessem o rosto impresso em alta definição.

"Esse... Esse é o meu avô, o senador Hermes Filho", disse Nuno, a voz hesitante, mas as mãos firmes no cartaz que segurava na altura do peito. "Desculpem, esqueci de dizer que eu sou filho do advogado Duílio Silveira."

Djennifer segurou a mão de Nuno e ele ganhou forças para concluir o que tinha para dizer.

"Meu avô mandou matar o meu pai."

***

UMA TARDE DE SETEMBRO

À sombra da única árvore de grande porte no recinto dos animais de origem africana, Lola usava a tromba para erguer feixes de feno do terreno até a boca. Tide se distraía com a agilidade e precisão da elefanta. Ele ainda tinha um tempinho antes de encontrar Tayrone e Rangel. Atrás de Lola, uma zebra, listras brancas encardidas pela poeira, se empenhava em arrancar uma raiz. A zebra e o elefante pareciam conviver de forma harmoniosa. Teria relação com o fato de as duas espécies serem herbívoras? Perguntaria a Janine logo que ela saísse da biblioteca e aproveitaria para saber a data do próximo passeio noturno.

A árvore que protegia Lola parecia um angico. Poderia consultar Hélio Pires para tirar a dúvida. Tentaria falar com ele no viveiro, no celular estava impossível. Ligou para ele três vezes nas últimas horas, caiu na caixa postal. Queria encontrá-lo para passar a limpo o que Rangel revelara a respeito da morte de Duílio. Precisava de munição para enfrentar o delegado numa conversa olho-no-olho, mas somente depois que ele o ajudasse a se livrar de Tayrone.

Tide tinha apressado o trabalho para chegar cedo ao zoológico. Recorreu a sequências veiculadas nos últimos dias. Trocou uma ou outra música, também os dias e os horários, para a repetição não ficar evidente. Depois de concluir os especiais do fim de semana, verificou o resultado da digitalização das fitas de Luti. Caçapava havia caprichado: removeu ruídos e outras impurezas da fita magnética sem apagar a crueza típica das bandas de garagem. E, como Tide pediu, manteve os comentários de Luti.

"Essa é das antigas!"

"Essa é pra você, que não para de me encher o saco."

"Essa é foda!"

"Essa a gente acabou de fazer."

As falas forneciam pistas das origens das canções. Tide começou a achar a voz de Luti parecida com a sua, até perguntou a Caçapava sobre a semelhança, mas sem revelar o nome do vocalista. O sonoplasta riu, disse que não tinha nada a ver.

Ao passar pela lagoa dos hipopótamos, Tide cantava uma das músicas programadas para o início da noite.

Eu já estou com um pé nessa estrada.

Uma ema surgiu à frente e assustou os cisnes a vaguear entre a pista e a lagoa. Em um dos passeios recentes, ele quis saber de Janine por que alguns animais no zoológico podiam viver em liberdade e outros, às vezes da mesma espécie, permaneciam em cativeiro. "É como o *homo sapiens*", ela explicou. "Uns podem ficar soltos, outros têm que ficar presos. Vai da natureza de cada um."

Tide sorriu ao lembrar da resposta.

Que notícias me dão dos amigos

Ele ainda cantarolava ao passar entre cambuís, patas-de-vaca e jamelões, pelo menos duas das árvores com ninhos nas copas.

Que notícias me dão de você

Seguiu para o recinto dos grandes pássaros: gaviões, mutuns, socós. Havia, ao lado, uma estrutura de ferro desativada e tomada pela vegetação. Janine deixara escapar que, por contenção de despesas, a administração havia retirado as câmeras das áreas onde não havia animais. A gaiola vazia era o lugar ideal para o encontro com o ex de Janine, Tide avaliou.

Ventania em qualquer direção

Camisa social azul, bermuda folgada, boné imenso, pernas finas e lisas como bambus, olhos grandes e inquietos, Tayrone apareceu diante dele.

Tide parou de cantar.

"O senhor é o tal de Tide?"

"Sou eu. Por quê?"

O rapaz mexia nos botões da camisa. Parecia nervoso.

"Tide é um nome engraçado."

"É apelido. Meu nome mesmo é Athaíde", disse Tide. Ele escutou o barulho de um carro, devia ser Rangel. Melhor esperar o amigo para fazer a proposta, avaliou. Precisava ganhar tempo.

"E Tayrone, de onde veio? É por causa do ator?"

"Sei de ator nenhum não, moço", respondeu o rapaz. "Meu nome quem deu foi minha avó."

Tayrone escondeu as mãos nos bolsos da bermuda semelhante à que Luti usava no dia do atropelamento. A lembrança provocou em Tide um calafrio despropositado para uma tarde ainda mais quente e seca do que as secas, quentes e desagradáveis tardes de setembro.

"Eu vi você rondando por aqui ontem à noite. Queria o quê?", Tide perguntou.

"Quando me falaram que Janine tava com um velho, não acreditei", Tayrone respondeu. "Tive de vir pra ver." Ele esfregava a mão direita na bermuda para enxugar o suor.

"Meu coração é novo...", Tide cantarolou, sorrindo.

Tayrone levantou a camisa e sacou um revólver.

"Então vai morrer jovem."

Tide parou de cantar e de sorrir.

Tayrone disparou duas vezes e correu.

Assustadas com os estampidos, as garças no alto do cambuí voaram para a ilha na lagoa dos hipopótamos. Um casal permaneceu para vigiar os ovos no ninhal de gravetos e fibras algodoadas de paineiras.

Tide levou as mãos à barriga ao cair. Pressionou o buraco acima do umbigo, a umidade avermelhando os dedos. Não lembrava que o sangue era tão espesso. Tentou gritar para pedir ajuda, mas não conseguiu.

Por que Rangel não aparecia?

À frente de Tide, dois pássaros de pernas longas o olhavam com curiosidade. Eram tuiuiús, Janine tinha ensinado a ele numa tarde de domingo.

"Tuiuiú é igual ao jaburu, Tide. Só muda o nome."

Pediria a Rangel para socorrê-lo somente depois de pegar Tayrone.

If I leave here tomorrow, would you still remember me

Free bird veio à cabeça de Tide enquanto ele se arrastava para se encostar na mureta da gaiola desativada.

And this bird you can not change

Quantos ípsilons mesmo ele disse a Diana que havia em Lynyrd Skynyrd?

***

Atraído pelo matraquear das aves, Rangel desceu da picape a tempo de ver Tayrone correndo em direção ao recinto dos macacos.

A mão tremia ao ajustar o silenciador da pistola.

Disparou seguidas vezes até Tayrone cair com os braços estendidos.

O delegado deu um chute na barriga do rapaz. Nenhum movimento. Rangel agachou-se para verificar a extensão dos ferimentos. Ao menos um dos disparos foi certeiro: o projétil havia atravessado as costas e atingido o coração. O delegado pegou o celular no bolso de Tayrone, retirou o *chip* e arremessou o telefone no lago dos macacos. Colocou na mão direita do rapaz o revólver que estava na cintura. Legítima defesa, justificaria aos colegas da 11ª; atirou depois de Tayrone reagir à voz de prisão e apontar uma arma.

"Aqui!"

Rangel correu na direção do grito de Tide. Chegou no recinto desativado que havia indicado a Tayrone.

Encostado em uma mureta, Tide acenava e, com a outra mão, pressionava a barriga. O sangue escorria pelos dedos e escurecia o chão.

Rangel olhou para os lados. Estavam a sós.

Ele agachou-se diante de Tide. Rasgou a camisa do amigo para conferir a extensão do ferimento.

Era um rombo.

"Como você tá?"

Tide respondeu com uma pergunta.

"Pegou o cara?"

"Tá estirado ali na frente. Nunca mais vai perturbar a sua moça."

Tide suspirou. Não tinha sido do jeito que queria, mas o importante é que Janine estava livre de Tayrone. Ela teria sossego para estudar, viajar e, quando voltasse, os dois poderiam ficar juntos.

Rangel esticou o braço direito. A mão tremia.

Tide tocou o peito. A ardência era maior do que a dor. O sangue tingia seus dedos, também a tatuagem no pulso.

"É grave?", perguntou.

Rangel mordeu os lábios e confirmou.

Interessada no que faziam os dois homens, uma capivara surgiu no recinto abandonado. O delegado jogou uma pedra para afastar a intrusa e sentou-se ao lado de Tide.

"Não consigo me levantar. Chama uma ambulância!"

Rangel ignorou o pedido. Tide tentou agarrá-lo pelo braço. Com os dedos ensanguentados, não conseguiu.

"Você não vai fazer nada?"

O delegado não respondeu.

"Só vai me ver sangrar?"

Rangel guardou a pistola, encostou as costas na mureta e abraçou as próprias pernas.

Somente neste instante Tide percebeu que o amigo não iria socorrê-lo.

"Acho que você ainda tem dois, três minutos", disse Rangel, em tom gentil.

Ele pegou o celular e mostrou uma lista de músicas.

"Escolhe."

"O quê?"

"A trilha. Pode escolher."

Tide balançou a cabeça e tentou gritar.

Rangel teve de usar a mão esquerda, a que não tremia, para impedi-lo.

"Não faz isso ser ainda mais difícil, por favor. Escolhe a porra de uma música."

Tide batia as pernas e agitava a cabeça.

Rangel deslizou os dedos trêmulos na tela do celular.

"Então eu escolho", ele decidiu.

Manteve uma das mãos sobre a boca de Tide e ajoelhou-se ao lado do amigo.

Play.

Bastaram alguns segundos para Tide reconhecer a introdução. Arregalou os olhos antes de Rangel antecipar o primeiro verso.

So

Tide afastou os dedos de Rangel. Gritou o mais alto que conseguiu e tentou se erguer.

A dor não deixou.

Tentou gritar novamente. Rangel pressionou a boca e o nariz do amigo.

Tide não conseguia respirar.

Heaven from hell

Os joelhos de Tide se chocando, descontrolados.

Blue skies from pain

Os calcanhares batendo no chão, o sangue encharcando também as meias e os sapatos.

We're just two lost souls

Ainda criança em Guanhães, muito antes de conhecer a acrobata de coxas grossas que umedeceu os seus sonhos, Tide passava a tarde com os discos dos pais. Imaginava as expressões nos rostos dos músicos durante as gravações; se faziam caretas, se sorriam, ou se ficavam apenas quietos, concentrados, absortos. De vez em quando também tinha uns pensamentos esquisitos, meio mórbidos, que nunca teve coragem de contar aos pais, muito menos aos amigos, mesmo os mais próximos: ficava se perguntando qual seria a última música que escutaria antes de morrer. Mas, que estranho, o que veio na cabeça de Tide momentos antes de perder a consciência (e durou menos do que os poucos instantes que a agulha leva para percorrer, silenciosa, o intervalo das faixas dos sulcos do vinil), não foram os versos da canção que Rangel escolheu, mas a passagem sublinhada no exemplar de *Demian* que Diana havia emprestado e ele nunca devolveu.

"Assim seria minha vida e minha morte; tais eram o som e o ritmo do meu destino."

A falta de ar turvou a visão de Tide.

Year after year

A escuridão completa, contudo, somente chegou depois de ele lembrar outra passagem de *Demian*. Não enxergava mais as mãos de Rangel que o impediam de respirar, apenas palavras dançando diante de seus olhos como se tivessem saltado do livro. O coração queria saltar do peito, imitar juritis e jaburus, bater asas e voar.

"Novo mundo luminoso."

Que houvesse, então, um mundo novo, feito de luz e som.

Tide chegaria com os discos e Luti estaria à sua espera, sacolas alaranjadas repletas de fitas e gravações de *shows* ao vivo, e eles, no avesso dos dias e das noites, escutariam todas as músicas de todos os tempos.

The same old fears

Com o sangue que pingava na ponta dos dedos, Tide escreveu na camisa de Rangel o ponto de exclamação que havia tatuado no pulso.

O delegado apertou ainda mais o nariz do amigo e, enquanto Tide agonizava, fixou o olhar no movimento gracioso das aves de volta ao ninho na copa do cambuí.

Rangel deitou o corpo de Tide ainda quente, agora inerte, o coração morto. Usou força mínima para fechar os olhos do amigo. Ergueu-se e balbuciou um pedido de desculpas que parou na garganta.

Wish you were here

Olhou o relógio. Tide teria de ficar sem o minuto final do réquiem.

Stop.

Rangel retirou o *chip* de seu celular e inseriu o de Tayrone.

Fotografou o corpo. Poderia precisar da imagem para convencer Nuno a não se meter nas histórias dos outros. Guardou o celular e andou em passos rápidos até se afastar do recinto dos pássaros e chegar ao lugar onde havia largado a picape. Teve dificuldade para encontrar a chave e abrir a porta. Dentro do carro, tentou remover a exclamação que Tide pintou em sua camisa.

Não conseguiu.

Pelo retrovisor, viu dois funcionários correndo na direção do lugar onde jazia Tayrone. Ligou o carro e acelerou em direção ao aeroporto. Tinha um encontro com o senador.

Além de cobrar o restante do pagamento pela morte de Duílio, diria ao parlamentar para não esquentar a cabeça com a denúncia que Denizard fez em Curitiba. Não havia mais ninguém que pudesse abrir a boca e confirmar a história. Ainda teria de dar um jeito em Alba se ela insistisse em saber como tinha sido a morte de Hélio, mas isso ele resolveria depois.

Diana poderia querer criar confusão. Caberia ao senador arrumar alguém para deter a filha, ela era problema dele. O que o delegado precisava informar era o reajuste no valor do serviço depois das adaptações que tivera de fazer no plano original. Ligou no celular de Hermes Filho, mas ele não atendeu. Talvez ainda estivesse voando.

Rangel entrou na pista de acesso ao aeroporto. Avistou dois urubus em um dos postes precocemente acesos. À direita, uma coluna de fumaça no horizonte. Ligou o rádio, precisava se distrair.

***

O chefe de Diana esperou a luz vermelha se apagar e entrou no estúdio.

"A diretoria-geral mandou uma nota que tem de entrar no próximo boletim. Trouxe uma cópia para você ler antes", ele comunicou à locutora.

Diana passou os olhos no papel, impresso no gabinete do pai. "Denúncia irresponsável", "desavenças familiares causadas por diferenças ideológicas", "parentes manipulados por adversários políticos", "campanhas insidiosas nas redes sociais", "ataques pessoais contra os que se posicionam com firmeza pelas reformas...", entre outros termos que os políticos sempre usam na tentativa de justificar o injustificável.

Ela reparou que o assessor de imprensa havia caprichado no trecho final da nota oficial assinada pelo senador.

"Vivemos em uma república denuncista. Todos são considerados culpados e precisam provar a própria inocência. Estou à disposição para prestar, no devido momento, os esclarecimentos necessários às autoridades. Faço isso em nome da minha honra, em nome da minha família e do meu país."

"Em meu nome não. Nem do meu filho." Diana falou baixo, mas o chefe a escutou.

"Se tiver algum problema para você ler, eu peço à Milena", disse o chefe. "Ela até se ofereceu."

"Tenho quase trinta anos de profissão, já li muita coisa parecida", ela respondeu.

Diana esperou o chefe sair do estúdio para fotografar a nota e enviá-la para Nuno. Tentou falar com Tide, queria que ele soubesse por ela sobre a morte de Hélio Pires e o alertaria a respeito de Rangel.

"Não posso atender no momento, mas deixe o seu recado que eu ligo assim que puder."

Caçapava havia contado mais cedo que Tide comentou sobre um assunto pessoal que teria de resolver no zoológico. A menção ao local de trabalho de Janine fez Diana deduzir que Tide estava com a namorada. Havia revelado que teria uma conversa séria com a bióloga. Será que ele a chamaria para dividir o apartamento? Talvez por isso Tide tenha perguntado se, mesmo com a morte de Duílio, poderia fazer uma obra na sala para instalar uma estante capaz de abrigar todos os seus discos. Ela planejara algo parecido, só não foi adiante porque ficou grávida e decidiram morar na casa no Lago Sul.

Diana decidiu que Tide merecia saber tudo sobre a vida de Luti. Convidaria ele, a namorada e Nuno para um fim de semana na chácara. Levariam Mike, claro. Brincariam com o cachorro, colheriam jabuticabas no pomar, pegariam algumas garrafas de vinho italiano na adega para acompanhar as pizzas que assariam no forno a lenha antes de um carteado.

Recebeu uma mensagem de Nuno.

"Mãe, essa nota é um absurdo! Que é que a gente vai fazer?"

"Só um minuto que vou te ligar", Diana respondeu. "Deixa entrar a próxima música."

In the mornin' you go gunnin' for the man who stole your water

Se a memória de Diana não a traía, *Do it again* havia tocado no programa "Máquina do tempo" de sábado. Engraçado, Tide não era de repetir música num intervalo tão curto de execução, devia mesmo estar com a cabeça voltada para o lance com Janine. Seria até bom que ele se resolvesse com a moça para definir o futuro.

Ela também precisava olhar para a frente.

Talvez fosse melhor ir sozinha para a chácara e colocar a cabeça no lugar. Um banho de cachoeira ajudaria a remover as energias negativas. Mergulhar na água fria empoçada, deixar o tempo amargo com Duílio escorrer entre as pedras, ficar apenas com as boas lembranças, apta ao recomeço. Deitaria na rede para ver, da varanda, o sol morrer atrás das árvores que Alba plantou.

Mas ainda havia algumas coisas para resolver.

You go back, Jack, do it again.

A música ainda estava na metade, dava tempo de pegar água. Diana saiu do estúdio. Depois de encher sua garrafa, ela parou em frente à tevê do jornalismo, sintonizada em um canal de notícias. Um dos comentaristas dizia que, depois do episódio inusitado durante a coletiva da Lava-Jato em Curitiba, o STF sinalizava que iria autorizar uma operação de busca e apreensão na residência e no gabinete do senador Hermes Filho. Ao saber disso, Diana avaliou, o pai mandaria destruir qualquer documento ou gravação capaz de incriminá-lo.

Ela também teria de agir.

Wheels turnin' 'round and 'round

Voltou para o estúdio e ligou para Nuno. Contou o que pretendia fazer depois de entrar no ar e ler a nota. Pediu apenas que ele aguardasse, ainda precisava fazer uma última tentativa. Seria também um gesto de consideração. Pelo filho, não pelo pai.

***

Rangel soube pelo rádio do carro que um incêndio de grandes proporções na área verde do aeroporto havia suspendido pousos e decolagens. Contrariado, ele contornou o balão e mudou de destino. Iria para casa e se livraria da roupa ensanguentada. Mexeu no dial até reconhecer a voz de Diana numa gravação sobre as atribuições do Poder Legislativo. Gostava de escutá-la naquele horário, na delegacia sempre deixava o rádio ligado no fim de tarde.

Recebeu um áudio do chefe de gabinete do senador avisando que o jatinho de Hermes Filho teria de pousar em Goiânia. Ficou de remarcar o encontro, mas avisou que não poderia ser no dia seguinte. Hermes se dedicaria a preparar um pronunciamento para anunciar que, após reunião produtiva com o governador de seu estado, decidira apoiar a construção da hidrelétrica e da cidade planejada por Duílio. "Ele se convenceu que as obras são imprescindíveis para o desenvolvimento econômico do estado, desde que respeitadas as questões ambientais", disse o chefe de gabinete, como se estivesse lendo uma nota oficial. Foi para isso que o parlamentar havia viajado, Rangel deduziu: para acertar a entrada dele no lugar de Duílio no esquema com as empreiteiras.

Logo depois de entrar na Avenida das Nações, o delegado foi surpreendido pelo cheiro forte de esgoto. Nauseado, fechou os vidros e ligou o ar-condicionado. Não teve jeito: o mau cheiro se apossara do interior do carro.

O celular de Rangel tocou e ele acionou o viva-voz. Logo reconheceu a voz macia de Diana.

"Depois do que aconteceu hoje na Lava-Jato, a imprensa resolveu prestar atenção na morte do Duílio e vai vasculhar a vida do meu pai. E tenho certeza de que ele vai dar um jeito de sobrar para você", disse Diana, as palavras se enfronhando entre os bancos de couro.

Rangel pegou o acesso à ponte. À sua frente, colunas espessas de fumaça embaçavam o céu.

"Daqui a pouco eu vou colocar os meninos no ar. Eles vão contar tudo o que sabem. Pensa bem se vale a pena morrer abraçado com meu pai."

Enquanto Diana falava, Rangel escutava, ao fundo, uma das músicas tocadas durante o churrasco de sábado.

And you're sure you're near the end

"A programação desse horário é do Tide?", ele perguntou.

"É, mas não muda de assunto. Você prestou atenção?"

Rangel compreendeu por que Tide havia escolhido *Do it again* para tocar na noite de sábado: na letra, vingança e traição. E o refrão, meio que um mantra, voltava o tempo inteiro para afirmar que tudo aconteceria novamente.

You go back, Jack, do it again

Que sacana esse Tide, programou uma profecia.

"Vou dizer de outro jeito: meu pai vai te foder, Rangel", disse Diana, e ele se excitou ao ouvi-la falando palavrão.

"Mas não precisa ser assim. Você é policial, você é esperto, deve ter alguma coisa guardada contra ele." Ele quase deu uma risada com o elogio. Sabia que era por interesse, apenas para ela ter mais chances de conseguir o que queria. E o que ele disse para Duílio que tinha em mãos, um flagrante do senador entrando num motel com um rapaz que tinha idade para ser o neto dele, era um blefe. Alguém tinha desembolsado uma fortuna e o dono do motel apagara as imagens.

"Me passa o que você tem e eu dou um jeito de aliviar a sua parte."

Rangel reduziu a velocidade e levou o carro para a faixa da direita. O fluxo maior era em direção às cidades-satélites, no sentido contrário ao Plano Piloto; boa parte dos trabalhadores começava a voltar para casa.

"E o que eu ganho com isso?"

Rangel cogitou enviar a foto do corpo de Tide para Nuno. Quem sabe assim o bastardinho parava de encher o saco? Riu ao pensar na possibilidade.

"Do que você tá rindo, Rangel?"

"Nada."

Ele tentou se concentrar na conversa.

"Podia ter sido diferente, Diana", disse Rangel, de olho nos focos de incêndio além das casas do lago, já na região dos condomínios.

"Com você e comigo. Lá atrás. Na festa do meu aniversário, você podia ter ficado comigo, em vez de ir fazer filho com o Tide..."

Diana não o deixou terminar a frase.

"Do que você tá falando, Rangel? Não aconteceu nada naquele dia. Foi isso o que você disse aos dois?"

Então ela não lembrava de tudo que aprontou na festa, nem das horas que permaneceu estirada no sofá da sala, calça aberta, calcinha à mostra, oferecendo o que ele sempre quis?

Filha da puta.

"Nunca foi nem nunca podia ter sido nada", disse Diana. "Não com você."

Por muito tempo, tempo demais, Rangel sonhou que um dia teria de Diana o que Duílio teve e não soube cuidar. O que Tide conseguiu sem fazer força: uma noite com ela (se é que foi somente uma noite). E o que Diana tinha para ele eram palavras que, se fossem escolhidas por um inimigo, não teriam tanta capacidade de machucar.

"Não com você."

Ouvir aquilo foi pior do que tomar um tiro no peito.

Um ciclista fez sinal com a mão e atravessou a pista, a luzinha prateada piscando acima da roda traseira. Rangel lembrou de Hélio Pires, do barulho da colisão do carro com a bicicleta do amigo, a bermuda grudada de sangue escuro, o corpo retorcido, braços e pernas fraturados. A náusea foi ainda mais forte do que a provocada pelo cheiro do esgoto. Seria um sinal de arrependimento? Mas ele não fizera nada de propósito, tinha sido um acidente! Ninguém acreditaria nele.

Às vezes as coisas tomam rumos diferentes e a verdade deixa de fazer sentido.

"Vai começar a última música e vou chamar os meninos. Depois eu posso te colocar no ar, fica sendo um gesto espontâneo seu", disse Diana.

Rangel tentou acionar o controle remoto para abrir o portão do condomínio.

"Você tá na linha?"

Agora Diana não iria deixá-lo em paz.

"Claro, tô sempre te ouvindo."

"Então faça o que eu pedi." Diana fez uma pausa. "Pelo Felipe."

Olha quem falava de Felipe: a mulher que fez um filho que não era do marido! Diana tinha de lavar aquela boca linda antes de falar o nome de Felipe.

"Você tem mais cinco minutos", ela avisou, antes de desligar.

O controle não funcionou e Rangel abriu a janela para digitar a senha. O cheiro de fumaça tomou conta do carro.

Rangel iria fazer o que Diana sugeriu. Mas do jeito dele.

Estacionou na garagem e desceu do carro. Notou que a fumaça vinha de labaredas próximas ao condomínio.

Telefonou para Silas e resumiu o que aconteceu no zoológico: atirou em Tayrone depois que o marginal, inconformado com o fim de seu relacionamento com uma funcionária do zoo, matou o atual namorado da moça.

"Aquele que eu segui?", Silas perguntou.

"Ele mesmo, Silas. Perdi o meu amigo", disse Rangel, a voz embargada. "Ao menos acertei o filho da puta que tirou a vida dele."

Rangel teve dificuldade para girar a chave na fechadura da porta. A mão voltara a tremer.

"Os corpos ainda não foram removidos. Vai lá e cuida de tudo."

Depois de detalhar o que Silas deveria dizer para os agentes, Rangel entrou em casa. Deixou o colete pendurado na cadeira e largou o distintivo em cima da mesa. Ligou o som ambiente. Em um clique, a voz de Diana preencheu a sala com os títulos das três músicas da última sequência. Ele sorriu. Pagou caro a Caçapava por um arquivo de áudio com mais de uma hora de nomes de canções de *blues* e *jazz* na voz de Diana.

"Volto daqui a pouco com as notícias da hora no boletim legislativo", Diana anunciou.

Rangel parou de sorrir. Tirou o revólver da cintura, examinou o cilindro. Não havia mais balas. Gastou todas para acertar o tal Tayrone da Candanga, o aprendiz de bandido. Pegou um celular recuperado em uma *blitz* e inseriu o *chip* do telefone do rapaz. Depois, tirou o próprio telefone do bolso e ligou para Diana.

"Eu aceito a proposta. Mas se você prometer que o Felipe vai saber o que eu vou contar."

Ela concordou e pediu para ele se apressar, tinha pouco tempo antes de voltar ao ar.

"O Duílio colheu o que plantou, Diana", disse Rangel. Fixou o olhar nos objetos na estante. Impiedoso, o sol de setembro castigava porta-retratos, diplomas, livros, garrafas. "Não me arrependo: era ele ou o senador. Você deve saber que os dois tiveram uma briga feia por causa de dinheiro de campanha. Todo mundo no Congresso ouviu falar dessa história. E eu achei que seria menos complicado para você ficar sem ex-marido do que sem pai."

Ele pegou uma das garrafas de uísque que reluziam na estante. "Quero que você acredite em mim. Se não acreditar, ao menos diga à Alba que não consegui salvar o Hélio", disse Rangel. Abriu a garrafa e tomou um gole no gargalo. Precisava de um incentivo para mentir.

"Também não pude fazer nada pelo Tide."

"Tide! Como assim? Que você fez?!"

Rangel desligou.

Examinou os dois telefones. Usou o polegar e o indicador para ampliar, no celular com o *chip* de Tayrone, a foto de Tide morto. O amigo parecia sereno, Rangel se conformou, antes de apagar a imagem e destruir o *chip*.

Escreveu mensagem para Diana.

"Aí tem o que você precisa."

Enviou áudio com a conversa que tivera com o senador na noite anterior ao crime. Tinha gravado o encontro para evitar uma eventual queima de arquivo. Não precisava mais disso.

Pesado, o arquivo demorou um pouco para seguir. Deu tempo de Rangel escrever para Diana.

"Qualquer dia a gente se vê."

Dois tracinhos azuis, mensagem visualizada.

Rangel desligou o celular. Pegou o envelope com o resultado de seus exames. A degeneração de músculos e nervos era irreversível, avisou o médico. Com sorte, Rangel passaria os próximos anos apenas com tremedeiras e espasmos. Depois as pernas não suportariam o peso do corpo e ele ficaria numa cadeira de rodas. Por último, o sistema respiratório também seria comprometido e ele teria de ficar em uma cama de hospital, totalmente lúcido e completamente apavorado. E, quando perdesse a capacidade de mastigar e engolir, enfiariam uma sonda e colocariam nele uma máscara de oxigênio para tentar, inutilmente, evitar a derrocada dos pulmões.

Não merecia isso.

Rangel guardou o envelope no bolso da calça. Pegou o estojo de remédios, uma cartela seria o suficiente. Um gole para cada comprimido, foi assim que calculou. Abriu as cápsulas, dissolveu o pó no uísque. Foi até a estante, pegou outra garrafa da bebida e a pasta com a cópia da confissão que os quatro assinaram. Abriu a pasta, pegou a folha e a dobrou para acomodá-la no único bolso da camisa.

Pegou o celular e escreveu ao filho.

"Vou estar sempre na sua torcida."

Enviou a mensagem e aguardou que a cor dos traços mudasse de cinza para azul.

Nada.

Felipe deveria estar no treino.

Tudo bem, melhor assim.

Rangel colocou o celular em modo avião. Procurou a caixa de *copper bullet* que guardava na primeira gaveta da escrivaninha. Revirou papéis e documentos, achou a apólice do seguro de vida, mas não encontrou as balas revestidas de cobre.

Teria de ser de outro jeito.

Ele foi até a varanda, arrastou uma das cadeiras de vime até o quintal. Fincou a cadeira na grama e sentou-se para admirar a fachada, a única parte da casa que ficou exatamente como queria. Não deveria ter escutado os palpites de Duílio. Arquiteto frustrado, o amigo se meteu tanto que sugeriu até o redesenho de alguns cômodos. O delegado acatou as sugestões e jamais se sentiu inteiramente à vontade na própria casa. Mais um motivo para Duílio arder no inferno.

Descontrolado, o fogo atingiu a cerca do condomínio de Rangel. Depois de consumir os galhos secos do cipreste, as labaredas tocaram a grama.

O delegado levantou-se e foi até a casa. Voltou com um rádio e uma garrafa de uísque.

As chamas já haviam alcançado o pomar.

Rangel sentou-se na cadeira e ligou o rádio. Diana estava no ar.

"Uma gravação obtida com exclusividade pela nossa reportagem comprova a participação do senador Hermes Filho na morte de seu suplente, o advogado Duílio Silveira…"

A voz. Jamais esqueceria aquela voz. Esperou a vida inteira para a língua irrequieta de Diana roçar o céu da boca e dizer, bem devagar, o seu nome completo. Ela bem que poderia fazer uma pausa na hora do sobrenome. Eram duas sílabas fortes, separadas e depois unidas pelos lábios carnudos da locutora; ele por inteiro, dentro dela.

"Ran-gel."

Ele sentiu o coração pressionar os ossos, parecia querer sair do peito.

"O delegado José Luís Rangel foi responsável pela execução do crime…"

As chamas se aproximaram da cadeira.

Rangel desligou o rádio e pegou no bolso da camisa a sua cópia da confissão. Rasgou a folha em quatro partes. Restos de uma flor apodrecida caíram da calça quando tirou o envelope com os exames. Arremessou nas labaredas os laudos, os pedaços da confissão e o que sobrou da pétala que encontrou no corpo de Duílio.

O fogo ganhou força. Rangel entornou na cabeça a garrafa de uísque. A bebida molhou os cabelos antes de escorrer pelos ombros, empapar a camisa e a calça. Ele sentou-se. A exclamação desenhada por Tide em sua camisa estava mais escura, notou. Usou o indicador para contornar o traço e o ponto feitos com sangue. Tomou mais um gole, derramou a bebida nos braços e na cadeira. Pegou o celular e selecionou um dos arquivos de áudio. Corpo encharcado de uísque, ele escutou a narração do último gol de Felipe.

As labaredas cercaram a cadeira.

Irritados pelo calor, os olhos de Rangel se fecharam. Talvez já fosse efeito dos comprimidos, mas a cabeça foi invadida por imagens de um fim de tarde na Ermida Dom Bosco. Só não sabia se eram lembranças ou se faziam parte de um delírio.

Ele, Duílio, Hélio Pires e Tide, os quatro juntos na Ermida, projetando o futuro da Plano Alto, a banda que haviam formado. Conversavam, tocavam violão, fumavam e contemplavam o lago: na água o espelho do céu, o sol sumindo entre árvores tortas e palácios de mármore. A cidade planejada não existia mais, talvez sequer tenha existido; ou existira apenas naquele momento, uma cidade da qual os quatro se apossaram e por isso a eles pertencia. Faltava alguém, Diana não estava lá naquela tarde. Mas, na cabeça de Rangel, ela sempre estava. E agora ela chegava, sorrindo e cantando, os cabelos longos e acesos pelo que sobrou da luz do dia.

Tudo que você amar será iluminado como o sol

Na ponta da língua de Diana, a língua que ele sempre quis na sua boca e nunca provou, a sonzeira dos Mutantes que eles tentavam tocar nos ensaios na garagem de Duílio.

"Viva sempre em sua luz", ela sussurrou.

Tudo foi feito pelo sol. Também o fogo, foi o que Rangel percebeu antes de tombar como um tronco em chamas.

***

O PLANO FINAL

I feel the pain of everyone. Then I feel nothing.
Dinosaur Jr., *Feel the pain*

UMA MANHÃ EM 1968

Da cadeira de balanço do terraço, com um livro no colo, João Silveira observa os meninos jogando futebol no meio da poeira levantada pelos ônibus e caminhões na W3. Não consegue avançar na leitura de *Antes, o verão*. Só pensa na ordem que recebeu de destinar um imóvel funcional para a assessora de um ministro. Teria de ser no dia seguinte, logo depois de conferir a relação dos apartamentos de quatro quartos ainda desocupados.

Silveira não queria estar naquela cidade.

Domingo era dia de levar o filho à praia. Atravessar a Avenida Atlântica com a cadeira e o novo romance de Cony embaixo do braço. Depois de ler um pouco, ajudar Duílio a erguer um castelo na areia e dar um mergulho antes de voltar ao apartamento na Gustavo Sampaio. Frango à cubana e maionese de batata no almoço, futebol no Maracanã, um chope no centro; deixou tudo para trás ao ser transferido para a nova capital.

Silveira sonhava quase todas as noites com o Rio, até da maresia sentia falta. Mas não podia voltar, ao menos não nos próximos anos. Planejava guardar o montante que passou a receber com a dobradinha no salário para retornar à cidade natal em outras condições. Alugaria uma saleta no Catete e montaria seu escritório de advocacia. O filho herdaria, naturalmente, os seus clientes. Enquanto isso não ocorria, a fotografia o ajudava a superar a combinação perigosa do tédio com a espreita da cobiça.

Uma ventania faz a poeira formar um tubo avermelhado diante das casas geminadas. Silveira pede aos garotos que se afastem do redemoinho. Eles obedecem. Surge outro redemoinho, ainda maior, e os dois giram simultaneamente; parecem dançar. Fascinados, os meninos interrompem o futebol para admirar os movimentos da poeira vermelha. Silveira aproveita a distração dos garotos e faz uma proposta.

"Quem quer dar uma volta de carro?"

Sem saber o destino, eles aceitam.

Silveira entra em casa, guarda o livro e volta com a bolsa onde transportava as lentes e o corpo da câmera fotográfica.

Duílio e os outros garotos ocupam o banco de trás do Gordini. Ele assovia o refrão da música que toca no rádio.

Que será, será, what ever will be, will be

Os quatro encostam os rostos nos vidros traseiros, logo ficam para trás os letreiros das lojas na W3. O mais alto dos garotos pede a Silveira para aumentar o volume do rádio.

The future's not ours to see.

Menos de dez minutos e o Gordini chega à Esplanada. Passa pelos ministérios, desliza pelo declive da pista vizinha ao Congresso e chega à Praça dos Três Poderes.

O frio inibe a presença de turistas. Apenas dois integrantes dos Dragões da Independência fazem a guarda na rampa do palácio.

João Silveira para o carro entre o espelho d'água do Congresso e as palmeiras imperiais recém-plantadas, troncos já marcados por inscrições feitas a canivete. Ainda precisam de escoras para que o vento não as derrube.

"Vou fazer uma foto. Vocês querem dar uma volta?"

Os meninos concordam e descem do carro. Primeiro sobem até o Congresso; sem serem incomodados, fazem da cúpula do Senado um tobogã.

Silveira abre a bolsa preta e usa uma flanela para limpar uma das lentes, a grande angular.

Duílio, Tide, Pires e Rangel voltam para explorar a rampa do Supremo Tribunal Federal. Escalam as colunas curvas. Fingem surfar nas ondas de mármore de um mar imaginário, o mar possível.

Eles jogam futebol no espaço vazio entre os palácios, aproveitam as linhas retas no chão de pedras para delimitar o campo. Dois contra dois. Como não há troncos ou galhos, somente cimento e concreto, usam as sandálias para marcar as traves.

"Uma nota de dez para o primeiro que escalar a estátua!"

Com o grito de Silveira, os meninos largam a bola e correm em direção à estátua da Justiça.

De tênis emborrachado, Duílio vai na frente. Ergue-se ao chegar no colo da mulher de granito. Os olhos da Justiça estão escondidos por uma venda, mesmo assim Duílio os cobre com os dedos.

"Tira a foto agora, pai!"

Silveira obedece.

"Um dia vocês vão me visitar ali na frente", diz Duílio, apontando para o Palácio do Planalto. Ele estica os braços, como se fosse voar.

"Sem as mãos!", grita para os amigos.

Silveira entrega dez cruzeiros novos aos garotos. Os três passam a nota de mão em mão e a fazem chegar até Duílio. Silveira fotografa o filho no alto da estátua, sorridente, nas mãos a nota de dez.

Duílio começa a descida. Hesita. Cogita pular, mas tem medo da altura. Pede ajuda aos amigos. Eles estendem os braços e Duílio chega ao chão.

Sentam-se para acompanhar a troca de guarda no Planalto. Ficam fascinados com os movimentos sincronizados dos Dragões da Independência, que giram os fuzis e dão meia-volta ao pé da rampa.

Duílio mostra na camisa as primeiras marcas de suor. "Esquentou, pai. Agora a gente podia dar um mergulho na piscina do Vizinhança."

Silveira retira o filme da câmera e faz sinal para os meninos entrarem no Gordini.

As breves explosões no cano de escape do carro são o único barulho que se escuta na Praça dos Três Poderes. Depois de o automóvel vencer com alguma dificuldade a inclinação do terreno, os garotos avistam os ministérios.

Os prédios retangulares e enfileirados parecem peças de um dominó, Silveira comenta.

"Pois eu queria ser um gigante para derrubá-los", diz Duílio.

Os quatro garotos imaginam como seria a vida de um gigante na Esplanada. Dormiria perto da rodoviária, lavaria as mãos nas fontes do Palácio da Justiça e os pés no espelho d'água do Itamaraty, usaria as cúpulas brancas do Congresso como bacia e berço.

"Gigante pela própria natureza e deitado em berço esplêndido", comenta Duílio, sorrindo.

A alusão ao Hino Nacional faz João Silveira sorrir. Agora sabe o que vai responder ao ministro. Ele engata a quarta marcha no Gordini e acelera em direção à W3.

***

CERIMÔNIA

"Ministro, qual a orientação que o senhor deu aos seus novos subordinados?"

"Combater o crime. Combater a corrupção."

Denizard mordeu a tampa da caneta e folheou o bloco de anotações.

"A crise ética e moral corrompeu a nossa sociedade, a nossa capacidade de separar o que é certo e errado. O crime não pode compensar."

As respostas do ministro se repetiam e pareciam trechos de discurso. Denizard não tinha mais nada a fazer na entrevista coletiva. Levantou-se e, sob os olhares de reprovação dos colegas, deixou a sala. Na recepção do ministério, leu uma mensagem de Djennifer.

"O vídeo do Alex passou de um milhão de visualizações!"

Denizard já sabia que o vídeo havia viralizado. Na portaria do ministério, enquanto aguardava o carro para levá-lo de volta à redação, ele escutou a conversa do porteiro com o segurança plantado na porta do prédio.

"Já recebeu o vídeo dos cachorros de madame que o pessoal roubava na rua pra fazer rinha? Os bichinhos machucados, encolhidos, muita maldade", dizia o porteiro. "Um maluco foi lá na tora e soltou todos."

Falavam de Alex.

"Esse não é frouxo, não."

Denizard sorriu. Alex conseguiu o que queria: um jeito rápido de ser famoso. Foi o que exigiu para gravar o depoimento que comprometeu Rangel e enlameou o senador. O michê sabia também que a condição de testemunha-chave do conluio que resultou num homicídio não renderia tanta popularidade em um país dilapidado e desamparado. Avisou que somente falaria o que viu se ganhasse a mídia com uma ação mais forte do que o noticiário político, uma ação capaz de mexer com criança, adolescente, adulto, idoso, todo mundo.

Djennifer, então, ofereceu a Alex a oportunidade de aparecer como protagonista no desfecho da história dos cães sequestrados. Ele aceitou na hora. De novo, em vez de emperrar no problema, Djennifer oferecia a solução. Denizard avaliou que, se a garota quisesse, poderia enveredar pela área de gestão de imagem. Ganharia muito mais dinheiro e se livraria dos obstáculos à missão maior do jornalista: a busca, tão obstinada quanto rigorosa, pela verdade.

Ou o mais próximo da verdade.

Correu tudo como Djennifer havia planejado. Em poucas horas, o nome de Alex estava entre os assuntos mais comentados nas redes sociais.

A fama repentina veio com o vídeo do michê resgatando os cachorrinhos usados nas rinhas. Uma gravação, sem cortes, da chegada à chácara até a entrada no galpão. As imagens mais fortes foram captadas dentro do galpão. Pouca luz, mas Nuno conseguiu registrar Alex retirando das baias, um a um, os cãezinhos machucados e assustados.

Os cães foram levados para o furgão de uma associação de defesa dos direitos dos animais. Em troca do empréstimo do veículo, a entidade teve a exclusividade na divulgação do resgate nas redes sociais. Bastaram algumas horas para o vídeo viralizar. *Sites* noticiosos, rádios e tevês correram atrás do herói do dia. O flagrante, acompanhado pelas lágrimas de Alex ao devolver os cachorrinhos aos donos, foi parar na abertura do *Jornal Nacional*. Empurrou para o segundo bloco o noticiário político, monopolizado pela cobertura de mais uma operação da Lava-Jato, e encerrado com uma nota de trinta segundos com a notícia da autorização do STF para a investigação do envolvimento do senador Hermes Filho na morte de seu suplente, o advogado Duílio Silveira.

Denizard entrou no carro do jornal e seguiu para a redação. Ainda na Esplanada, reparou nas nuvens de fumaça cobrindo a região dos condomínios. Escutou o comandante do Corpo de Bombeiros lamentar o contingenciamento de recursos para compra de equipamentos mais eficientes no combate ao fogo. Passou em frente aos ministérios, retângulos enfileirados diante da grama queimada. Recebeu nova mensagem de Djennifer.

"Fechamos a edição. Me diz o que você acha. Mas seja sincero!", ela pediu.

O videoclipe era a segunda parte do acordo que Djennifer propôs e Denizard intermediou. Alex surfaria na popularidade recém-adquirida com o viral dos cachorros e se lançaria como cantor. No vídeo, dirigido por Nuno, o rapaz aparece com os shih tzus, lhasas e outros cãezinhos resgatados, alguns com curativos nas orelhas e patas. A performance dos bichos era mais convincente do que a do intérprete.

Nuno fez questão de valorizar as imagens de Alex devolvendo um poodle para uma menina cega. Ao reconhecer o cachorro pelo tato, a garotinha chorava. Alex, atento à câmera, aparecia ao fundo, enxugando as lágrimas e acariciando o cãozinho. Era o plano final.

"Muito apelativo?", Djennifer perguntou.

"O que eu acho não importa. Vai ser um grande sucesso", Denizard escreveu.

Já na redação, o colunista foi abordado pelo editor de política. Queria um retorno da coletiva do novo ministro da Justiça.

"Foi o de sempre", disse Denizard. "Perguntei se ele iria comentar a decisão do STF de autorizar o inquérito contra o senador, mas ele desconversou."

"Você mesmo fez a pergunta?", disse o editor, um tanto incrédulo.

"Fiz, claro." Denizard omitiu o fato de que havia anotado a pergunta em seu bloco, apenas leu o que escreveu quando chegou a sua vez. O tratamento do transtorno de ansiedade estava indo bem, o único problema é que teria de dar um tempo no álcool.

O editor chamou Denizard para ir até a sala de reunião, onde havia dezenas de folhas de papel espalhadas em cima da mesa. Mostrou o *layout* da coluna em um novo projeto gráfico do jornal, criação de um *designer* espanhol.

"O que você achou?"

"É impressão ou minha coluna encolheu?"

"Não é a coluna, é a página. O jornal vai virar um tabloide." O editor evitava o olhar desconfiado de Denizard. "O espanhol convenceu a direção. Disse que é o formato mais adequado para ser lido no ônibus, no metrô..."

"Mas o metrô não chega nem na Asa Norte!", Denizard reclamou. "O cara chega com um monte de receita pronta e todo mundo aceita sem contestar?"

O colunista saiu da sala de reunião e foi pegar o mate e a cuia em sua mesa. Precisava de um chimarrão para aturar aquelas sandices.

O editor o seguiu. "Você vai se acostumar", disse, com um tapinha nos ombros de Denizard. "Jornalista é engraçado. Trabalha com o imprevisto, mas odeia mudança."

"E o espaço do seu artigo? Também encolheu?"

O editor ignorou a provocação e mudou o rumo da conversa.

"Negociei com o chefe e você vai ganhar um estagiário para ajudar com a versão da coluna para o *site*."

"Pelo menos isso."

"Quer que o RH faça a seleção dos candidatos ou você mesmo faz?"

"Não precisa trazer ninguém de fora", disse Denizard. "Eu tenho um nome. Se quiser, pode anotar."

O mate estava especialmente encorpado, Denizard notou. As melhores coisas da vida: escrever a coluna, vitória do Grêmio, tomar um mate. E, antes ou depois das três coisas, uma trepada com Alex.

Se é que Alex continuaria a fazer programa se o videoclipe daquela música horrorosa fizesse o sucesso que ele esperava. Será que ele iria cobrar mais caro?

"Quem é?"

"Djennifer Luz."

A vibração da estagiária fazia bem a Denizard; há tempos não se sentia tão entusiasmado com o trabalho. Tinha certeza de que eles formariam uma ótima dupla. Quem sabe, no futuro, ela poderia ser a sua parceira no livro que planejava escrever sobre a história da corrupção no Brasil?

Denizard agitou a cuia antes de lembrar ao editor.

"Djennifer com D."

***

Diana tirou as sandálias e molhou os pés antes de subir no deque. Mesmo escondido por nuvens rechonchudas e assimétricas, o sol fazia brilhar no lago a crista de ondulações provocadas pelo vento forte da manhã. Ela acenou para Alba e Nuno. Eles a viram e, carregando uma bolsa, chegaram à extremidade da estrutura de madeira.

"Alguém tá sentindo um cheiro forte?", Alba perguntou.

"Tô sentindo nada", Nuno respondeu.

"Um cheiro doce, forte."

"É do perfume que eu comprei no cemitério", disse Diana. Usou o tom de voz de quem aprontou uma travessura para esclarecer. "Um coveiro gato me convenceu a comprar."

"Coveiro gato? Só você mesmo... Parece que ficou impregnado no meu cabelo, não sai de jeito nenhum."

"Vai sair, Alba", garantiu Diana. "Mais tarde, quando você estiver no viveiro, mexendo nas plantas, você nem vai lembrar."

"Vamos fazer logo a cerimônia?", Nuno pediu.

As duas concordaram.

Nuno retirou da bolsa a urna com as cinzas de Duílio. Alba fez o mesmo com a urna de Hélio Pires.

"O irmão do Tide me falou ontem que desistiu do enterro em Guanhães, ia ficar muito caro levar o corpo", disse Diana. "Sugeri que ele fizesse a mesma coisa que a gente vai fazer. Poderia até convidar o pessoal da rádio e a moça do zoológico."

"É uma boa ideia", disse Alba. "Assim os três ficam juntos."

Diana concordou.

O sol se desgarrou das nuvens e resplandeceu. Foi a senha para o início da despedida.

Diana pegou na bolsa a sua edição de *Sidarta*. Leu o trecho que havia sublinhado na noite anterior.

"Todas as vozes formavam uma só, a lamentação da nostalgia, a risada do ceticismo, o grito da cólera e o estertor da agonia. Tudo era a mesma coisa, tudo se entretecia, enredava-se, emaranhava-se mil vezes. E todo aquele conjunto, a soma das vozes, a totalidade das metas, das ânsias, dos sofrimentos, das delícias, todo o bem e todo o mal, esse conjunto, era o mundo. Era o rio dos destinos, era a música da vida."

A força do vento obrigou Diana a segurar as páginas com as duas mãos.

"Foi nessa hora que Sidarta cessou de lutar contra o destino. Cessou de sofrer."

Os três ficaram quietos por algum tempo após a leitura.

Em movimentos simultâneos, as duas mulheres abriram as urnas e jogaram na água as cinzas dos dois homens.

Lentamente a água engoliu as cinzas.

"Podia ter trazido um som", disse Nuno.

"Com o Tide a gente faz isso", disse Diana, com um leve sorriso. "Vou trazer umas fitas que ele me deu. Tem uma passagem do livro que vai ficar bonita para a despedida dele, querem ouvir?"

Ninguém teve tempo de responder. Foram surpreendidos por um jovem alto, de mochila nas costas. Em pé diante do deque, o rapaz hesitava em subir na estrutura de madeira.

"É o Felipe", disse Diana.

"A cara do pai", Alba reparou, os dentes trincados de raiva.

Diana acenou e Felipe se aproximou.

"Me contaram no crematório que vocês viriam aqui."

Ele retirou uma caixa da mochila.

"Posso também?"

Alba abaixou a cabeça.

"A área é pública", murmurou.

Felipe ignorou a contrariedade de Alba e voltou-se para Diana.

"Li tudo o que eu encontrei na internet. Mas eu quero saber da senhora o que meu pai realmente fez", disse Felipe. "A verdade é importante pra mim."

Diana respirou fundo. De que servia a verdade? Por mais que tenha buscado a resposta, e tentou de tantas maneiras, nunca soube.

Talvez um dia soubesse.

"A verdade é que seu pai estava doente, Felipe", disse Diana. "Muito doente."

Ela deixou escapar um sorriso leve, meio triste. "O resto a gente conversa depois."

Felipe afastou-se e foi até a extremidade do deque. Da mochila retirou uma Bíblia e leu uma passagem do Livro de Jeremias.

"Só eu conheço os planos que tenho para vocês: não a desgraça, mas um futuro cheio de esperança. Sou eu, o Senhor, quem está falando."

Felipe terminou a leitura, guardou a Bíblia e esvaziou a caixa no lago; com o vento, parte das cinzas de Rangel foi parar nas asas de uma garça que, assustada, voou em direção à ponte.

Distraída com a ação de Felipe, Diana perdeu Nuno de vista. Olhou para os lados, nada do filho.

Escutou um grito que vinha da superfície do lago.

"Olha, mãe. Sem as mãos!"

Nuno mergulhava e deixava apenas as pernas de fora da água.

"Por que vocês não vêm?", Nuno perguntou, enquanto usava as mãos para molhar os cabelos.

"Agora?!", disse Alba, incrédula.

Diana não esperou a amiga se decidir. Tirou os sapatos e pulou na água ao lado do filho.

***

A pauta de votações no plenário interrompe a programação musical da Rádio Senado. Diana aproveita a interrupção e sai do estúdio. Fica sabendo no cafezinho que a situação do pai havia se complicado depois da divulgação da conversa com Rangel. Os colegas de partido o pressionavam para renunciar. E, com isso, perdeu força a sindicância aberta na emissora para, eventualmente, punir Diana pela veiculação da gravação comprometedora. Morreria, como tantas outras, no fundo de uma gaveta.

Caçapava pede para Diana acompanhá-lo até a sala da programação.

O sonoplasta entrega uma folha de papel e avisa que a última música da sequência do horário havia sido digitalizada.

Diana reconhece a letra de Tide. Respira fundo e volta ao estúdio.

***

Quase sete da noite na Asa Sul e quem trabalhou fora o dia inteiro acelera o passo para o início da volta para casa. Com as mãos crispadas nas alças das bolsas, algumas de banho tomado, diaristas atravessam os pilotis e vendedoras deixam as entrequadras comerciais. Seguem, contritas, para os pontos de ônibus no eixinho. Uma delas grita para o garoto na quadra de cimento onde Duílio jogou bola poucas horas antes de morrer.

"Vem, menino!"

Distraído pela visão da curicaca que, à procura de insetos, abre as asas e bica o gramado ao lado da quadra, o jovem não escuta o chamado.

"Tá na hora, Bruno!"

Ele remove o suor da testa e esfrega as mãos na bermuda antes de ir até a mãe. Ela entrega um pacote de biscoitos ao filho e os dois entram em um ônibus amarelo. Rumo à rodoviária, somem.

No parquinho da superquadra, a babá acena e a última criança salta do balanço. O brinquedo enferrujado para de ranger. Até os morcegos se recolhem. Não sobra nada além do silêncio.

As flores roxas dos ipês apodrecem na calçada. Surge entre as árvores queimadas, intruso, o amarelo dos outros ipês. Faltam os brancos; estão atrasados, é setembro. Talvez tragam as primeiras chuvas, ainda fracas, insuficientes para iludir a grama. Chuvinha boa e abençoada, estava precisando chover, é o que se dirá na portaria do bloco, na fila da lotérica, na farmácia que abriu no lugar da livraria. Chuvas de verdade, contudo, somente em outubro ou novembro. Com elas, a floração avermelhada dos flamboyants e as mariposas, atraídas e desnorteadas pelas lâmpadas dos postes e nos apartamentos. Faltará o anúncio do fim da seca.

As cigarras não cantam mais.

***

Dentro do estúdio, Diana lê os títulos das músicas que Tide havia escolhido para o horário. Caçapava fizera um trabalho impecável de recuperação. A gravação, com mais de duas décadas, parecia ter sido feita ontem. E o sonoplasta havia sido cuidadoso ao separar os áudios.

"Agora a gente vai gravar aquela da banda do meu pai. Todo mundo pronto aí?"

É a voz de Luti.

"Aumenta o volume no meu grito: um, dois, três!"

Não sei

Luti canta os versos que Tide escreveu em um caderno.

Se é teu nome
que me voa da boca
na hora de todos os pássaros
de todas as asas...

Diana apoia os cotovelos na mesa do estúdio e esconde o rosto entre as mãos.

Não sei

se somos nós

ou a imagem de outros corpos

rolando em outros cantos.

Cessa a música.

"Encerrando a sequência, um encontro de gerações: diretamente da década de 90, ouvimos The New Sneakers com uma *cover* de *Não sei*, da Plano Alto, banda que surgiu e sumiu nos anos 70."

Diana enxuga os olhos e pega o celular. O aplicativo crava a chegada do Uber em dezoito minutos. Ela decide seguir diretamente para casa. Tentaria dormir antes da meia-noite para acordar cedinho e levar Mike para passear pela orla do lago. Chamaria Nuno para acompanhá-la. Se o filho não pudesse, tudo bem. Já tinham acertado de ir juntos para a chácara no domingo, Alba ficou de aparecer para almoçar com eles.

A luz vermelha se acende. Pela última vez no dia, Diana está no ar.

"Amanhã eu volto a partir das duas da tarde. Fiquem agora com *A Voz do Brasil*. Uma boa noite."

Diana desliga o microfone e olha o relógio.

Em Brasília, dezenove horas.

***

AS MÚSICAS

LADO A

Tudo que você podia ser – Milton Nascimento (Lô Borges/Márcio Borges, EMI, 1972)

Sorriso dela, Vida antiga – Erasmo Carlos (Roberto Carlos/Erasmo Carlos, Polydor, 1972)

So far away, I feel the earth move – Carole King (EMI, 1971)

The boys in the band – Gentle Giant (Derek Shulman, Ray Shulman, Gary Green, Kerry Minnear, John Weathers, Vertigo, 1972)

Stayin' alive – Bee Gees (Maurice Gibb/Robin Gibb/Barry Gibb, RSO, 1977)

Smoke on the water – Deep Purple (Ritchie Blackmore/Ian Gillan/Roger Glover/Jon Lord/Ian Paice, EMI, 1972)

Agora só falta você – Rita Lee & Fruto Proibido (Luiz Carlini/Rita Lee, Som Livre, 1975)

You make me loving fun – Fleetwood Mac (Christine McVie, Warner, 1977)

Free bird – Lynyrd Skynyrd (Allen Collins/Ronnie Van Zant, MCA, 1973)

Change your mind – Neil Young (Reprise, 1994)

LADO B

A palo seco – Belchior (Chantecler, 1973)

Feira moderna – Som Imaginário (Fernando Brant/Beto Guedes/Lô Borges, EMI, 1970)

Nepal – Som Imaginário (Frederyko, EMI, 1970)

Lola – The Kinks (Ray Davies, Pye, 1970)

Turn! Turn! Turn! – The Byrds (Pete Seeger, Columbia, 1965)

Strange days – The Doors (Jim Morrison/Ray Manzarek/Robbie Krieger/ John Densmore, Elektra, 1967)

Nada será como antes – Milton Nascimento (Milton Nascimento/ Ronaldo Bastos, EMI, 1972)

Wish you were here – Pink Floyd (Roger Waters/David Gilmour, Columbia, 1975)

Tudo foi feito pelo sol – Mutantes (Sérgio Dias, Som Livre, 1974)

Do it again – Steely Dan (Donald Fagen/Walter Becker, ABC, 1973)

Não sei – The New Sneakers

***

NOTAS DO AUTOR

A letra de *Não sei* é uma adaptação do poema *Relance,* de Eudoro Augusto, incluído em *Dia sim dia não* (Edições Mão no Bolso, 1978), livro com Chico Alvim. Também pertencem a Eudoro os versos citados no capítulo "Sangue e goiaba".

Os poemas "De dia corro com meus medos à noite passeio com meus sonhos" e "Aumente o volume do teu grito" estão nos livros mimeografados *Iogurte com farinha* (Pobrás, 1977) e *Chá com porrada* (Pobrás, 1978), de Nicolas Behr. Há uma menção aos versos de *Juriti,* de Paulo Tovar e Nonato Veras, do Liga Tripa, no capítulo "Uma tarde de setembro".

As citações de livros foram retiradas das seguintes edições: *O grande jogo de Billy Phelan*, de William Kennedy (CosacNaify, 2009, tradução de Sergio Flaksman); *Invenção da cidade* (2ª edição, INL/Record, 1982), de Clemente Luz; *O livro das ilusões*, de Emil Cioran (Rocco, 2014, tradução de José Thomaz Brum); *Zero,* de Ignácio de Loyola Brandão (12ª edição, Global, 2001); *Demian,* de Herman Hesse (46ª edição, Record, 2015, tradução de Ivo Barroso) e *Sidarta,* de Herman Hesse (5ª edição, BestBolso, 2016, tradução de Herbert Caro).

As informações sobre a planta sugerida a Alba para Hélio Pires foram adaptadas a partir da leitura do artigo "Amansa-senhor: a arma dos negros contra seus senhores", de Maria Thereza Lemos de Almeida Camargo, do Centro de Estudos Etnofarmacológicos da Unifesp, publicado na revista Pós-Ciências Sociais da Universidade Federal do Maranhão.

***

Agradeço a Abelardo Mendes Júnior, Adriano Siri, Alexandre Botão, Arthur Dapieve, Carlos Pinduca, Claudio Ferreira, Conceição Freitas, Cristóvão Tezza, Eudoro Augusto, Fernando Bonassi, Fernando César Lima de Souza, Graça Ramos, Lourenço Flores, Marisa Vieira de Carvalho, Marcos Pinheiro, Milton Hatoum, Nicolas Behr, Rodrigo Lacerda, Sérgio Abranches, Sérgio de Sá, Teresa Albuquerque e Wesley Monteiro, pelas leituras, comentários, informações e esclarecimentos.

A Luciana Villas-Boas, Anna Luiza Cardoso e todos da Villas-Boas & Moss, pelo entusiasmo e dedicação. A Gustavo Abreu, e todos da Letramento, pela acolhida e confiança. A Júlio Moreira, pela parceria na capa.

E a Tarcila, sempre a primeira a escutar.

Este livro também é dedicado ao mestre Luis Humberto (1934-2021), autor das fotografias da capa e contracapa, que nos ensinou a enxergar além das imagens.

editoraletramento
editoraletramento
grupoletramento

editoraletramento.com.br
company/grupoeditorialletramento
contato@editoraletramento.com.br

casadodireito.com
casadodireitoed
casadodireito

Grupo
Editorial
LETRAMENTO